ARENA KINDERBUCH-KLASSIKER

Die Herausgeberin der ARENA KINDERBUCH-KLASSIKER, Dr. Freya Stephan-Kühn, geboren 1943, studierte Geschichte und Latein an der Universität Köln und promovierte anschließend mit einer Dissertation über ein Thema aus der mittelalterlichen Geschichte. Heute lebt sie in Mönchengladbach. Sie ist Leiterin eines Krefelder Gymnasiums und Vorsitzende des nordrhein-westfälischen Landesverbandes der Geschichtslehrer. Dr. Freya Stephan-Kühn hat zahlreiche wissenschaftliche Aufsätze verfasst und sich mit Arena-Büchern wie *Was in den Höhlen begann...* oder den Titeln aus der *Viel Spaß!*-Reihe auch als Sachbuchautorin einen Namen gemacht. An der Universität Düsseldorf hat sie einen Lehrauftrag für Geschichte und Jugendbuch. Sie verfügt über eine umfangreiche Sammlung internationaler Kinderbuch-Klassiker.

Herman Melville

Moby Dick

Kapitän Ahab
jagt den weißen Wal

Deutsch von Roland Vocke
Mit Bildern von Don Oliver Matthies

Arena

In neuer Rechtschreibung

3. Auflage 2005

Einbandillustration: Bernhard Oberdieck
Innenillustrationen: Don Oliver Matthies
Herausgegeben und mit einem Nachwort versehen von
Freya Stephan-Kühn
Gesamtherstellung: Westermann Druck Zwickau GmbH
ISBN 3-401-04940-2

www.arena-verlag.de

Inhalt

Aufbruch

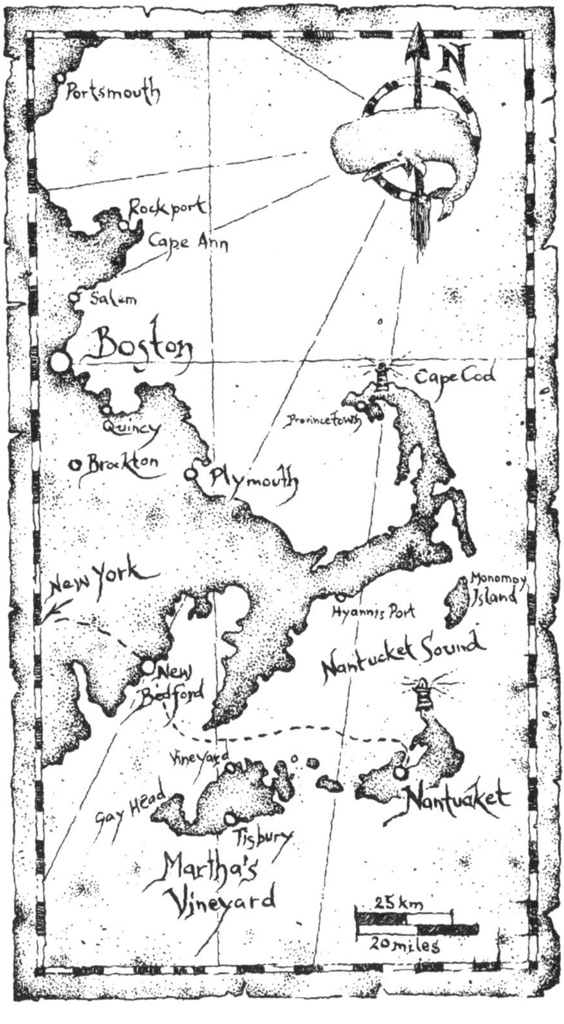
N
Portsmouth
Rockport
Cape Ann
Salem
Boston
Cape Cod
Provincetown
Quincy
Brockton
Plymouth
New York
Monomoy Island
Hyannis Port
Nantucket Sound
New Bedford
Vineyard
Gay Head
Nantuaket
Tisbury
Martha's Vineyard
25 km
20 miles

Nennt mich Ismael. Vor Jahren – wer weiß, wie lange es her ist, – da war eines Tages mein Beutel leer, und da mich an Land nichts mehr hielt, beschloss ich zur See zu gehen und mir den nassen Teil unserer Erde zu besehen. Das ist meine Art mich wieder aufzumuntern, wenn ein feuchter, kalter November in meiner Seele Einzug hält, wenn ich unwillkürlich vor den Schaufenstern eines Sarghändlers stehen bleibe und jedem Leichenzug folge, und besonders wenn ich der Versuchung kaum widerstehen kann auf die Straße hinauszulaufen und jedem, der mir begegnet, den Hut vom Kopf zu schlagen. Dann ist es höchste Zeit für mich, wieder zur See zu gehen. Vielleicht ist jeder einmal in der Stimmung einfach an Bord zu gehen und hinauszufahren auf den Ozean. Nur wissen die meisten nichts davon.

Das soll nun allerdings nicht heißen, dass ich meine Seereisen als Passagier mache, denn dazu braucht man einen Geldbeutel, und wenn er leer ist, dann ist er nicht mehr als ein wertloser Lappen. Außerdem werden Passagiere seekrank, werden streitsüchtig, können des Nachts nicht schlafen und haben im Ganzen keine Freude an der Reise. Nein, ich bin nie als Passagier gefahren, auch nicht als Kommodore, Kapitän oder Koch, obwohl ich doch ein alter, erfahrener Seemann bin. Diese ehrenvollen Stellungen überlasse ich gern denen, die sich danach drängen. Ich habe genug mit mir selber zu tun und kann mich nicht auch noch um Schiffe, Barken, Briggs, Schoner und dergleichen kümmern. Und als Koch zu fahren? Nun, ich gebe zu, das ist ein angesehener Posten, denn der Koch ist eine Art Offizier an Bord. Aber es hat mir nie Freude gemacht, Geflügel zu braten, obwohl ich gerade ein gut gewürztes und in zarter Butter gebratenes Huhn besonders zu schätzen weiß.

Nein, wenn ich zur See gehe, dann fahre ich vor dem Mast als gewöhnlicher Matrose. Gewiss, sie hetzen mich umher und ich muss springen wie ein Grashüpfer im Mai. Und zuerst ist das ein höchst unangenehmer Job. Es geht einem sogar gegen die Ehre, vor allem wenn man aus einer alteingesessenen Familie stammt. Besonders schlimm ist es aber, wenn man kurz vorher noch als Dorfschulmeister Herr über eine Klasse war und nun mit dem blütenweißen Hemd in einen Teertopf langen muss. Der Übergang ist schwer, aber auch das gibt sich mit der Zeit. Was macht es denn schon, wenn mich ein filziger alter Kapitän nach dem Besen schickt und das Deck fegen lässt? Wer wäre denn, so betrachtet, kein Sklave? Das möchte ich wissen! Sollen mich also die Kapitäne herumkommandieren und herumschinden. Jeder kriegt auf seine Weise seinen Teil ab.

Ich gehe auch deshalb zur See, weil man mir für meine Mühen auch noch etwas zahlt, während man noch nie gehört hat, dass ein Passagier Geld bekommen hätte. Im Gegenteil: Er wird zur Kasse gebeten. Zahlen und Bezahltwerden, das ist ein gewaltiger Unterschied.

Und schließlich ist da noch ein letzter Grund, warum ich als Matrose zur See gehe; es ist nämlich gesund, sich in der frischen, reinen Seeluft auf dem Vordeck kräftig zu bewegen, während der Kapitän auf dem Achterdeck die Luft nur aus zweiter Hand erhält.

Warum ich aber diesmal auf die Idee kam ausgerechnet auf einem Walfänger anzuheuern, das kann ich nicht genau sagen. Von allen Beweggründen war sicher die überwältigende Vorstellung vom großen Wal der stärkste. Das riesenhafte, geheimnisvolle Ungetüm reizte meine Phantasie; dazu die fernen, wilden Meere, durch die er seinen Riesenleib wälzt wie eine Insel, und die unnennbaren Gefahren und die tausend Wunder der Südsee, das alles lockte mich unwiderstehlich, denn ich fahre für mein Leben gern in verbotenen Gewässern und gehe an den Küsten der Barbaren an

Land. Gewiss, ich verachte nicht das Gute und Schöne, aber das Grauenhafte zieht mich unsagbar an.
Aus diesen Gründen war mir die Fahrt auf einem Walfänger gerade recht. Die Tore zu einer Wunderwelt taten sich auf.
Ich stopfte meine paar Hemden in einen alten Seesack, nahm ihn unter den Arm und brach auf nach Kap Hoorn und dem Pazifik. Dem guten alten Manhattan sagte ich Lebewohl und kam glücklich in New Bedford an. Es war an einem Samstagabend im Dezember. Meine Enttäuschung war groß, als ich erfuhr, dass das kleine Postschiff nach Nantucket schon abgefahren sei. So musste ich bis zum Montag warten.
Da die meisten jungen Anwärter für eine Fahrt mit dem Walfangschiff ihre Reise bereits in New Bedford antreten, muss ich ausdrücklich erwähnen, dass ich ganz andere Pläne hatte. Ich wollte durchaus mit einem Schiff aus Nantucket fahren, denn alles, was mit dieser alten, berühmten Insel zusammenhing, hatte etwas Abenteuerliches an sich, was mich ungemein anzog. Wohl hatte in letzter Zeit New Bedford den größten Teil des Walgeschäfts an sich gerissen und das arme, alte Nantucket war bedenklich ins Hintertreffen geraten. Aber Nantucket ist das große Vorbild, denn schließlich wurde hier der erste von Amerikanern erlegte Wal an Land gebracht und von hier aus fuhren die Urwalfänger, die Rothäute, mit Kanus hinaus.
Da ich nun in New Bedford eine Nacht, einen Tag und noch eine Nacht vor mir hatte, ehe ich mich nach meinem Bestimmungshafen einschiffen konnte, musste ich mich zunächst einmal nach einem Quartier umsehen. Der Ort sah am Abend wenig Vertrauen erweckend aus und obendrein war es bitterkalt. Ich kannte keine Menschenseele. Sorgenvoll kramte ich in meiner Hosentasche herum und zog schließlich ein paar Silberstücke hervor. »Aufgepasst, Ismael«, sagte ich zu mir, während ich auf der Straße stand

und meinen Seesack schulterte, »wo du zu übernachten beschließt, mein lieber Ismael, vergiss nicht nach dem Preis zu fragen und sei nicht wählerisch.«

Zögernd tappte ich die düsteren Straßen entlang und kam am Wirtshaus »Zu den gekreuzten Harpunen« vorüber; aber das sah zu teuer für mich aus. Außerdem ging es dort laut und ausgelassen zu. Weiter unten leuchteten die Fenster der »Schwertfisch-Kneipe« so strahlend in die Nacht hinaus, dass es mir schien, als hätten sie Schnee und Eis vor dem Haus weggetaut, denn sonst lag der Schnee überall zehn Zoll hoch und war hart wie Straßenpflaster. Allmählich wurde ich müde. Einen Augenblick blieb ich stehen, sah das grelle Licht, das auf die Straße fiel, und hörte das Gläserklingen von drinnen. »Nein, auch da geht's zu lustig zu, Ismael«, sagte ich zu mir, »mach, dass du weiterkommst.«

Ohne lange zu überlegen, folgte ich der Straße, die hinunter zum Wasser führte, dorthin, wo die billigsten, vielleicht aber auch die nettesten Kneipen liegen.

Trostlose Straßen! Zu beiden Seiten keine Häuser, vielmehr Quader aus rabenschwarzer Finsternis, hin und wieder der trübe Schein einer Kerze wie aus einem Grab. Zu dieser Stunde, am letzten Tag der Woche, war das Viertel wie ausgestorben.

Ich ging weiter, bis ich schließlich in der Nähe der Docks einen schwachen Lichtschimmer erspähte und über mir ein klägliches Kreischen vernahm. Als ich aufblickte, sah ich ein Blechschild hin und her schwingen. Darauf stand, undeutlich zu lesen, »Gasthaus zum Walfisch – Peter Coffin«.

»Coffin, das heißt Sarg; und dazu Walfisch – das ist kein gutes Vorzeichen in dieser Zusammenstellung«, sagte ich mir, »aber der Name soll häufig vorkommen in Nantucket.« Das Licht schien trübe, die Gegend war still und das verfallene Blockhaus sah aus,

als hätte man es aus einer Feuersbrunst hierher gerettet. Aus all dem schloss ich, dass ich hier vor der richtigen Tür war und mit einem billigen Quartier und einem erbärmlichen Kaffee rechnen konnte. Etwas verdächtig sah das alte Haus schon aus, wie es so windschief an der Ecke stand, als hätte es die Gicht.
Aber ich hatte keine andere Wahl.

Das Gasthaus »Zum Walfisch«

Betrat man das Gasthaus »Zum Walfisch«, dann kam man in einen weiten, niedrigen Vorraum mit einer altmodischen Holztäfelung, die an das Schanzkleid eines alten, abgewrackten Schiffes erinnerte. Auf der einen Seite hing ein riesiges Ölgemälde, das so verräuchert und entstellt war, dass man, bei dem ungewissen Licht, nur nach eingehender Betrachtung und Befragung der Nachbarn überhaupt etwas erkennen konnte. Unerklärliche Massen von Schatten und Schattierungen türmten sich aufeinander, sodass man zunächst glaubte, ein ehrgeiziger junger Künstler habe sich bemüht einen Hexentanz aus Neuenglands frühen Tagen darzustellen.

Besonders rätselhaft und wirr war eine lang gestreckte, Unheil drohende, schwarze Masse in der Mitte des Bildes, die über drei senkrechten Linien aus blässlichem Blau schwebte. In der Tat glich das ganze Gemälde einer schwabbligen, quabbligen Masse, die einen empfindsamen Menschen wohl beunruhigen konnte. Und doch ging von dem Bild eine eigenartige Wirkung aus. Was mochte es darstellen? Einen Sturm zur Mitternacht über dem schwarzen Meer? Den Kampf der vier Elemente? Eine verdorrte Heidelandschaft? Eine nordische Winterlandschaft? Doch alle Deutungsversuche scheiterten zuletzt an dem unheilvollen schwarzen Etwas in der Mitte. Wenn das Rätsel gelöst war, dann war alles Übrige klar. Erinnerte es nicht von ferne an einen riesenhaften Fisch? Sollte es etwa der große Leviathan selbst sein?

Die Absicht des Künstlers war es wohl gewesen, einen Kap-Hoorn-Fahrer im Orkan darzustellen. Von dem sinkenden Schiff waren nur noch die drei abgetakelten Masten zu sehen. Ein wütender Wal, der mit einem gewaltigen Satz über das Schiff hinwegspringen wollte, spießte sich dabei auf den Mastspitzen auf.
Die gegenüberliegende Wand des Vorraums war über und über mit Furcht erregenden Keulen und Speeren behangen. Manche waren dicht mit blinkenden Zähnen bedeckt und erinnerten an elfenbeinerne Sägen, andere waren mit Strähnen aus Menschenhaar geschmückt. Auch eine sichelförmige Waffe war darunter, mit der man wohl unter den Feinden wüten konnte wie ein Schnitter in frischem Gras. Mich schauderte allein vom Hinsehen. Dazwischen hingen rostige, alte Wal-Lanzen und Harpunen, alle zerbrochen und geknickt. Mit dieser Lanze da, die jetzt völlig verbogen war, tötete vor fünfzig Jahren Nathan Swain fünfzehn Wale an einem einzigen Tag. Und diese Harpune dort, die jetzt aussah wie ein Korkenzieher, wurde einst ins Meer bei Java geschleudert, von dem getroffenen Wal davongetragen und erst nach Jahren wieder gefunden, als der Wal bei Kap Blanco erlegt wurde. Die Waffe war damals am Schwanz eingedrungen und dann wie eine Nadel im menschlichen Körper weitergewandert, bis man sie schließlich, im Höcker eingebettet, wieder fand.
Durch einen düsteren, gewölbten Flur, wohl durch den ehemaligen Hauptkamin gebrochen, gelangte man in die Gaststube, wo es noch dunkler war. Die mächtigen Deckenbalken waren so niedrig und die Bodenplanken so abgetreten, dass man sich fast ins Raumdeck eines alten Kahns versetzt fühlte, besonders an einem Abend, wo der Sturm heulte und die schlecht vertäute alte Arche in allen Fugen ächzte. Auf der einen Seite stand ein langer, niedriger Tisch mit einigen zersprungenen Glaskästen darauf, gefüllt mit allerlei verstaubten Raritäten aus den entlegensten Winkeln der Welt. Ganz hinten ragte ein schwärz-

liches Gebilde in den Raum, die Theke – eine rohe, ungeschickte Nachbildung eines Walfischkopfes. Darüber wölbte sich ein Walkiefer so riesengroß, dass beinahe eine Kutsche hätte hindurchfahren können. Darunter standen ein paar schäbige Regale mit alten Flaschen und Karaffen. Und mitten in dem mörderischen Rachen stand ein dürres, altes Männchen, das den Matrosen für gutes Geld die abscheulichsten Getränke verkaufte.

Als ich eintrat, saßen da ein paar junge Matrosen um einen Tisch und prüften beim trüben Licht einer Kerze allerlei Schnitzereien aus Muscheln und Walfischbein. Ich trat auf den Wirt zu und fragte ihn nach einem Nachtquartier, erhielt aber zur Antwort, das Haus sei voll, kein Bett sei mehr frei. »Doch halt«, fügte er hinzu und griff sich an die Stirn, »haben Sie etwas dagegen, mit einem Harpunier das Bett zu teilen? Sie wollen doch vermutlich auch auf Walfang ausfahren. Da können Sie sich beizeiten daran gewöhnen.«

Ich erwiderte ihm, ich hätte noch nie gerne zu zweit unter einer Decke geschlafen; wenn es aber sein müsse, so hänge es ganz davon ab, was der Harpunier für ein Kerl sei. Wenn es aber wirklich keinen anderen Platz gebe und gegen den Harpunier nichts einzuwenden sei, dann sei es besser, mit einem anständigen Burschen die Bettdecke zu teilen, als bei der bitteren Kälte noch länger durch eine fremde Stadt zu strolchen.

»Das habe ich mir gedacht. Geht also in Ordnung. Setzen Sie sich. Wollen Sie noch essen? Wird gleich fertig sein.«

Ich ließ mich auf einer alten Holzbank nieder, in die Generationen von Seeleuten ihre Zeichen geschnitzt hatten. An der anderen Ecke saß, ganz in sich gekehrt, ein Seebär und bearbeitete ein Stück Holz.

Endlich wurden wir, vier oder fünf Mann, zum Essen in den Nebenraum geholt. Dort herrschte eisige Kälte, kein Feuer im

Kamin, denn der Wirt behauptete, er könne es sich nicht leisten. Eilig knöpften wir unsere Jacken zu und griffen mit klammen Fingern nach dem kochend heißen Tee. Das Essen war jedenfalls sehr kräftig, denn es gab nicht nur Fleisch und Kartoffeln, sondern sogar Klöße – Donnerwetter, auch noch Klöße! Ein junger Bursche im grünen Mantel widmete sich denn auch den Klößen mit einem geradezu entsetzlichen Appetit.

»Mein lieber Freund«, sagte der Wirt, »nach dieser Portion wirst du heute Nacht Alpträume haben.«
»Herr Wirt«, flüsterte ich ihm zu, »das ist doch nicht etwa der Harpunier?«
»Nein, nein«, erwiderte er und man merkte, dass es ihm einen ganz teuflischen Spaß machte, »der Harpunier ist ein dunkler Bursche, der isst niemals Klöße. Der frisst nur Steaks, je roher, desto lieber.«
»Zum Teufel, wo steckt er denn eigentlich? Ist er hier?«, fragte ich.
»Nur Geduld, der kommt schon noch«, war die Antwort.
Dieser dunkle Bursche wurde mir allmählich unheimlich. Auf jeden Fall, so beschloss ich bei mir, sollte er sich als Erster ausziehen und ins Bett kriechen, wenn wir schon zusammen schlafen sollten.

Nach dem Essen gingen die anderen Gäste wieder in den Schankraum, und da ich nichts weiter vorhatte, entschied ich mich den Abend als Zuschauer zu verbringen.
Da plötzlich gab es Lärm auf der Straße. Der Wirt sprang auf und rief: »Das sind die Leute von der ›Grampus‹, drei Jahre unterwegs und voll bis oben hin. Holla, Jungens, jetzt erfahrt ihr das Neueste von den Fidschiinseln!«
Seestiefel trampelten durch den Vorraum, die Tür wurde aufgerissen und herein torkelte eine wilde Rotte von Matrosen. Eingehüllt in ihre rauen Wachmäntel, zerlumpt und zusammengeflickt, mit steif gefrorenen Bärten, aus denen die Eiszapfen hingen, schienen sie geradewegs aus Labrador zu kommen. Sie waren eben an Land gegangen und dies war das erste Haus, das sie betraten. Kein Wunder, dass sie sogleich auf den Walfischrachen zusteuerten, wo ihnen der dürre, kleine Wirt die Gläser bis zum Rand voll schenkte. Einer beklagte sich über seinen fürchterlichen Schnupfen, worauf ihm der Alte ein pechzähes Getränk zusammenbraute und heilige Eide schwor, das sei die beste Arznei für alle Arten von Erkältungen und Katarrh, die man sich in Labrador oder auf der Wetterseite eines Eisbergs holen könne.
Der Schnaps stieg ihnen bald zu Kopf und sie begannen, wie nicht anders zu erwarten war, Krach zu schlagen. Einer der Matrosen wollte sich unbemerkt davonstehlen, doch wenig später vermissten ihn seine Gesellen. Sie erhoben ein großes Geschrei und stürmten hinaus auf die Straße.
Es war jetzt etwa neun Uhr, der Raum schien beinahe unnatürlich still nach dieser Sauferei. Glücklicherweise hatte ich mir, ehe die Matrosen hereingepoltert waren, einen Plan zurechtgelegt.
Niemand schläft gerne mit einem anderen in einem Bett, und wenn es sein eigener Bruder wäre. Im Schlaf ist man eben am liebsten allein. Wenn man nun gar mit einem Fremden in einer fremden

Wirtschaft in einer fremden Stadt zusammen schlafen soll und der Fremde obendrein ein Harpunier ist, dann stimmt das noch weit bedenklicher. Und auch für einen Seemann gibt es keinen einleuchtenden Grund, mit einem anderen sein Bett zu teilen, denn schließlich hat auch ein Seemann seine eigene Hängematte und seine eigene Decke.

Je mehr ich nun über diesen Harpunier nachdachte, desto unangenehmer war mir der Gedanke mit ihm zusammen schlafen zu müssen. Im Übrigen wurde es allmählich auch spät und ein anständiger Harpunier hätte schon längst zu Hause und im Bett sein müssen. Wenn er nun gar erst gegen Mitternacht hereintorkeln sollte! Und wer konnte denn schon wissen, aus welcher gemeinen Kneipe er kommen mochte?

»Hallo, Wirt! Ich habe mir's anders überlegt. Mit dem Harpunier schlafe ich nicht. Ich will mir's hier auf der Bank bequem machen.«

»Wie Sie wollen. Schade, dass ich kein Tischtuch übrig habe. Sie könnten sonst darauf schlafen, denn das Brett hier ist verdammt rau. Einen Augenblick, ich habe da einen Hobel hinter der Theke. Sie sollen's ganz bequem haben.« Mit diesen Worten holte er den Hobel, staubte erst einmal mit einem alten Seidentuch die Bank ab und begann aus Leibeskräften mein Bett glatt zu hobeln. Dabei grinste er wie ein Affe. Die Späne flogen nach allen Seiten, bis plötzlich das Eisen gegen einen Knorren stieß, der nicht nachgab. Ich sagte ihm, er solle jetzt um Gottes willen aufhören, das Bett sei mir schon weich genug und aus Fichtenbrettern würden eben mal keine Eiderdaunen. Er grinste wieder, kehrte die Späne zusammen und warf sie in den großen Ofen mitten in der Gaststube. Dann machte er sich wieder hinter der Theke zu schaffen und ließ mich mit meinen düsteren Gedanken allein.

Nun maß ich die Bank aus und fand, dass sie einen Fuß zu kurz war. Doch konnte man immerhin einen Stuhl anstellen. Aber sie war auch um einen Fuß zu schmal und die zweite Bank in der Stube war um vier Zoll höher als die abgehobelte, sodass sie nicht zueinander passen wollten. Schließlich rückte ich die erste Bank an die Wand und ließ einen kleinen Zwischenraum, um meinem Rücken Platz zu schaffen. Aber bald merkte ich, dass vom Fenster her ein eiskalter Luftzug kam; und da es auch von der Tür her zog, entstand fortwährend ein kleiner Wirbelwind gerade an der Stelle, wo ich mein Lager aufgeschlagen hatte.

Der Teufel soll den Harpunier holen, dachte ich bei mir. Doch halt! Könnte ich ihm nicht zuvorkommen, die Tür von innen verriegeln und ins Bett steigen? Mag er dann klopfen, ich wach nicht auf. Kein übler Plan. Aber wer konnte mir garantieren, dass mir nicht morgen der Harpunier den Schädel einschlägt, wenn ich aus der Tür trete?

Wieder sah ich mich um, fand aber keine Gelegenheit die Nacht angenehmer zu verbringen, es sei denn zusammen mit einem anderen. Vielleicht waren es doch nur grundlose Vorurteile gegen den Harpunier? Warten wir noch ein Weilchen, dachte ich mir, er muss ja bald kommen. Dann schaue ich mir den Burschen einmal genau an. Vielleicht werden wir noch ganz gute Bettgenossen.

Nach und nach kamen die anderen Schlafgäste herein, allein, zu zweit, zu dritt – aber von meinem Harpunier keine Spur.

»Herr Wirt«, sagte ich, »was ist denn das für ein Kerl? Bleibt der immer so lange aus?« Es war fast Mitternacht.

Der Wirt ließ wieder sein dünnes Gemecker vernehmen. Irgendetwas schien ihm mächtig Spaß zu machen, nur wusste ich nicht, was. »Nein«, sagte er, »im Allgemeinen ist er früh dran, zeitig im Bett, zeitig wieder raus. Morgenstund hat Gold im Mund. Aber heute will er was verkaufen. Weiß der Teufel, wo er sich so lange herumtreibt. Vielleicht wird er seinen Kopf nicht los.«

»Seinen Kopf nicht los? Erzählen Sie keine Märchen!« Ich wurde wütend. »Wollen Sie tatsächlich behaupten, dass dieser Harpunier heute am heiligen Samstagabend oder vielmehr Sonntagmorgen unterwegs ist, um seinen Kopf feilzubieten?«

»Genau so ist es«, erwiderte der Wirt, »und dabei habe ich ihm doch gesagt, dass er ihn hier nicht loskriegt. Es gibt zu viel von diesem Zeug.«

»Was für Zeug?«, schrie ich ihn an.

»Na, Köpfe. Gibt's nicht sowieso zu viel Köpfe auf der Welt?«

»Ich will Ihnen was sagen, Herr Wirt«, sagte ich ganz ruhig, »hören Sie auf mit dem Unsinn. Ich bin kein grüner Junge mehr.«

»Grün vielleicht nicht«, er nahm ein Stückchen Holz und schnitzte sich einen Zahnstocher zurecht, »aber vielleicht werden Sie braun und blau geschlagen, wenn der Harpunier erfährt, dass Ihnen sein Kopf nicht passt.«

»Einschlagen werde ich ihm seinen Schädel«, gab ich zurück, denn allmählich machte mich das unsinnige Gerede wütend.

»Der ist schon eingeschlagen«, sagte er.

»Eingeschlagen? Wirklich eingeschlagen«, fragte ich, »was soll das heißen?«

»Eingeschlagen. Und gerade deswegen kriegt er ihn wohl nicht los.«

»Herr Wirt«, ich trat auf ihn zu, »jetzt aber Schluss mit dem Geschnitze da. Wir müssen klarkommen, und zwar sofort. Ich komme hier herein und will ein Bett. Sie können mir nur ein halbes anbieten, weil die andere Hälfte einem gewissen Harpunier gehört. Und von diesem Harpunier, den ich noch nicht gesehen habe, erzählen Sie mir die merkwürdigsten und haarsträubendsten Geschichten, bis es mir vor dem Menschen graut, mit dem ich zusammen schlafen soll. Offen und ehrlich: Was ist mit diesem Harpunier los? Bin ich denn meines Lebens sicher? Und dann erklären Sie mir gefälligst die Geschichte mit dem verhökerten Schädel. Denn wenn die Geschichte stimmt, dann ist der Harpunier verrückt und ich denke nicht daran, mit einem Irrsinnigen das Zimmer zu teilen. Und Sie, Herr Wirt, ja, Sie, wenn Sie mich wissentlich in eine solche Lage bringen, dann gehören Sie vor Gericht gestellt.«

»Schon recht, schon recht«, sagte der Wirt und holte tief Luft, »das war eine lange Predigt für einen armen Teufel, der hin und wieder auch gern einmal das Maul zu weit aufmacht. Immer mit der Ruhe. Der Harpunier, von dem ich erzählte, kommt eben von der Südsee. Und von dort hat er einen ganzen Sack voll einbalsamierter Neuseeländerköpfe mitgebracht, lauter Kuriositäten. Und die hat er alle bis auf einen verkauft und den will er heute Abend verhökern, weil doch morgen Sonntag ist. Und wenn die Leute in die Kirche gehen, dann kann er doch den Kopf nicht auf der Straße anbieten. Vergangenen Sonntag habe ich ihn gerade noch im letzten Augenblick erwischt, als er eben mit vier Köpfen, schön wie Zwiebeln auf einer Schnur aufgereiht, aus dem Haus wollte.«

Der Bericht klärte das Geheimnis auf und bewies, dass der Wirt mir wenigstens keinen Bären aufgebunden hatte – aber andererseits, was sollte ich von einem Harpunier halten, der sich bis in den heiligen Sonntag hinein auf der Straße herumtrieb, um seinen kannibalischen Geschäften nachzugehen und Köpfe von toten Heiden anzubieten?

»Glauben Sie mir, Herr Wirt, der Harpunier ist ein gefährlicher Bursche.«

»Immerhin, er zahlt pünktlich«, war die Antwort. »Kommen Sie, es ist spät. Es ist ein schönes, ein breites Bett. Los, ich mache Ihnen Licht.« Damit zündete er eine Kerze an, reichte sie mir und wollte schon vorangehen. Aber ich zögerte noch. Er sah auf die Uhr in der Ecke: »Was? Schon Sonntag?«, rief er erstaunt. »Da werden Sie den Harpunier heute Nacht nicht mehr zu Gesicht kriegen.

Der hat irgendwo Anker geworfen. Also, vorwärts jetzt! Oder wollen Sie nicht?«

Einen Augenblick stand ich noch da, dann stiegen wir die Treppe hinauf. Die Kammer war zwar eiskalt, aber das Bett, das drinnen stand, war so groß, dass tatsächlich vier Harpuniere bequem Platz gefunden hätten.

»So«, sagte der Wirt und stellte die Kerze auf eine alte Seekiste, die als Waschtisch und Esstisch diente, »jetzt machen Sie sich's bequem. Gute Nacht.« Als ich mich umwandte, war der Wirt schon verschwunden.

Ich schlug die Decke zurück und beugte mich über das Bett. Elegant war es nicht, aber es sah ordentlich aus. Dann sah ich mich in der Kammer um. Außer Bett und Tisch war kein anderes Möbelstück zu erblicken, nur ein grob gezimmertes Bord, die vier Wände und ein tapezierter Kaminschirm mit einem Mann darauf, der einen Wal erlegte. In einer Ecke auf dem Fußboden lag eine Hängematte, dazu ein Seesack, der die Kleider des Harpuniers enthielt. Ferner lag auf dem Kaminsims ein Bündel fremdländischer, beinerner Angelhaken und am Kopfende des Bettes stand eine lange Harpune.

Ich setzte mich auf die Bettkante und dachte über den Kopfhändler und Harpunier nach. Dann stand ich auf, legte meine Jacke ab, stellte mich mitten ins Zimmer und dachte immer noch nach. Doch dann wurde mir kalt, und da der Wirt gesagt hatte, der Harpunier werde wohl in dieser Nacht nicht mehr zurückkehren, zog ich mir rasch Stiefel und Hose aus, löschte das Licht, fiel ins Bett und empfahl mich dem Schutz des Himmels.

Der Harpunier

Ob die Matratze mit Maiskolben gefüllt war oder mit Topfscherben, darüber schweige ich mich aus. Jedenfalls wälzte ich mich unruhig hin und her und konnte lange nicht einschlafen. Endlich fiel ich doch in einen leisen Schlummer und war schon beinahe tief eingeschlafen, als ich auf dem Flur schwere Schritte hörte. Unter der Tür drang ein schwacher Lichtschimmer in die Kammer.

Gott steh mir bei, dachte ich, das muss der Harpunier sein, der höllische Kopfhändler. Ich lag mäuschenstill da und beschloss kein Sterbenswörtlein zu sagen, bis er mich anredete. Ein Licht in der einen Hand, in der anderen den bekannten Neuseeländerkopf, so trat der Fremde ins Zimmer. Dann stellte er, ohne einen Blick aufs Bett zu werfen, die Kerze in eine entfernte Ecke auf den Boden und machte sich an dem schon erwähnten Seesack zu schaffen. Ich wollte unbedingt sein Gesicht sehen, aber er hielt es abgewendet, während er an dem Seesack herumnestelte.

Als der Sack endlich offen war, wandte er sich um. Gott im Himmel, welch ein Anblick! Was für ein Gesicht! Dunkles Gelb mit Purpur, dazwischen große, schwärzliche Vierecke! Also doch: ein grauenvoller Bettgenosse! Der war natürlich bei einer Messerstecherei, wo man ihm das Gesicht so grausam zugerichtet hatte; und jetzt kommt er eben vom Wundarzt. Doch in diesem Augenblick drehte er sich zufällig so, dass das Licht voll auf sein Gesicht fiel. Ich sah nun deutlich, dass die Quadrate keine Wundpflaster sein konnten. Es waren einfach Flecken, über deren Herkunft ich mir allerdings auch nicht im Klaren war. Dann aber erinnerte ich mich an eine Geschichte von einem weißen Mann, einem Walfänger übrigens, der den Kannibalen in die Hände gefallen und von ihnen tätowiert worden war. Vielleicht war das auch dem Harpunier auf seinen weiten Reisen zugestoßen. Und wennschon, dachte ich mir, unter jeder Haut kann ein anständiger Kerl stecken. Aber wie sollte ich mir die ungewöhnliche Hautfarbe rings um die dunklen Flecken erklären? Vielleicht ein tropischer Sonnenbrand, gewiss, aber ich hatte nie gehört, dass ein Sonnenbrand einen weißen Mann in einen purpurgelben verwandelt. Allerdings war ich noch nie in der Südsee gewesen. Wohl möglich, dass die Sonne dort solch eigenartige Farbenspiele hervorruft. Während mir all diese Gedanken blitzschnell durch den Kopf schossen, nahm der Harpunier überhaupt keine Notiz von mir. Als er seinen Seesack mit vieler Mühe endlich geöffnet hatte, wühlte er darin herum und zog dann eine Art Tomahawk und einen Beutel aus Seehundfell hervor. Beides legte er auf die alte Kiste in der Mitte der Kammer, packte dann den Neuseeländerkopf, das grausige Ding, und stopfte ihn in den Sack. Als er seinen Hut, eine Art Zylinder, abnahm, da hätte ich vor Überraschung beinahe laut geschrien: Sein Kopf war völlig kahl, nur über der Stirn hatte er eine kleine Skalplocke, kaum der Rede wert. Der purpurrote Glatzkopf sah beinahe wie ein vermodernder Totenschädel aus. Wenn mir der Fremde nicht den Weg zur Tür versperrt hätte, so wäre ich auf und davon gelaufen. Ich dachte sogar

einen Augenblick daran, durch das Fenster zu entwischen, aber das Zimmer lag im zweiten Stock.
Ich bin kein Feigling. Aber der purpurrote Bursche, dieser Kopfhändler, erschien mir zu dieser mitternächtlichen Stunde wie der Teufel. Ich hatte tatsächlich solche Angst, dass ich es nicht über mich brachte, ihn anzusprechen und ihn zu fragen, was das alles bedeuten sollte.
Indessen zog er sich weiter aus, bis auch Brust und Arme zum Vorschein kamen. So wahr ich lebe, sein ganzer Körper war genauso gefleckt wie sein Gesicht; auch der Rücken war übersät mit den dunklen Quadraten, als wäre er mit knapper Not und mit einem Hemd aus Wundpflastern dem Dreißigjährigen Krieg entronnen. Selbst seine Beine waren gezeichnet, als kletterte eine Schar von grünen Fröschen an den Stämmen junger Palmen empor.
Jetzt war mir alles klar: Der Kerl musste ein greulicher Wilder sein, der in der Südsee an Bord eines Walfängers gelangt und auf diese Weise in unser christliches Land geraten war. Ich schauderte, wenn ich nur daran dachte. Und noch dazu mit Köpfen handeln, vielleicht gar mit den Köpfen seiner eigenen Brüder! Womöglich gefiel ihm auch der meine – und dann noch dieser Tomahawk!
Doch ich hatte gar keine Zeit mehr meine Gedanken weiterzuspinnen, denn nun tat der Wilde etwas, was meine ganze Aufmerksamkeit in Anspruch nahm und mich endgültig überzeugte, dass ich einen Heiden vor mit hatte. Er nahm seine schwere Seemannsjacke vom Stuhl, wühlte in den Taschen herum und brachte schließlich ein merkwürdiges, buckliges Figürchen zum Vorschein, so schwarz wie ein drei Tage altes Kongo-Baby. Im Hinblick auf den einbalsamierten Kopf glaubte ich zunächst, die Puppe sei vielleicht tatsächlich ein präparierter, echter Säugling. Als ich aber sah, dass es nur ein Stück poliertes Ebenholz war, schloss ich, dass es wohl

ein Götzenbild aus Holz sein müsse, und damit hatte ich schließlich Recht. Denn nun trat der Wilde an den leeren Kamin heran, schob den Schirm zur Seite und stellte seinen buckligen Götzen wie einen Kegelkönig zwischen die beiden Feuerböcke. Die Wände und Backsteine im Inneren waren so verrußt, dass sie einen passenden Hintergrund, eine Art Kapelle für den kleinen Kongo-Götzen abgaben.

Ich fühlte mich etwas unbehaglich, aber ich konnte kein Auge abwenden, denn ich musste sehen, was jetzt geschah. Zuerst nahm er zwei Hand voll Sägespäne aus seiner Jackentasche und streute sie andächtig dem Götzen zu Füßen, dann legte er obendrauf ein Stück Schiffszwieback und setzte mit der Kerze die Späne in Brand, bis das Opferfeuer aufflammte. Dann zog er, nicht ohne sich die Finger zu versengen, den Zwieback aus der Glut, reinigte ihn sorgfältig und hielt ihn dem kleinen Götzen hin. Das Teufelchen schien aber nicht den geringsten Appetit zu haben, denn es bewegte nicht einmal die Lippen. Das ganze Zeremoniell begleitete der Wilde mit merkwürdigen Kehllauten, möglicherweise einem Gebet oder irgendeinem heidnischen Singsang. Dabei zuckte sein Gesicht ganz eigenartig. Als er das Feuer schließlich gelöscht hatte, packte er ohne Umstände den Götzen und stopfte ihn höchst unfeierlich wieder in die Jacke. Der ganze Hokuspokus war nicht dazu angetan, mich zu beruhigen, und da ich jetzt merkte, dass er sich anschickte ins Bett zu steigen und das Licht zu löschen, hielt ich den Augenblick für gekommen, etwas zu unternehmen.

Doch während ich noch überlegte, nahm er den Tomahawk vom Tisch, prüfte flüchtig das eine Ende und hielt es an die Flamme und schon paffte er Wolken von Tabaksqualm in die Luft. Im nächsten Augenblick erlosch die Flamme und der wüste Kannibale sprang, mit seinem Tomahawk im Mund, zu mir ins Bett. Ich stieß einen

Schreckensschrei aus und schon begann er unter verwundertem Grunzen nach mir zu tasten.
Ich stammelte noch etwas Unverständliches, rollte mich zur Wand und beschwor ihn, wer er auch sei, still liegen zu bleiben und mir zu gestatten das Licht wieder anzumachen. Die gurgelnden Laute, mit denen er mir antwortete, überzeugten mich, dass er mich überhaupt nicht verstanden hatte.
»Wer-är Teufel du?«, knurrte er endlich. »Du nicht sprächen – värdammt-rr, ich dich totschlärr«, und schon sah ich den qualmenden Tomahawk über mir.
»Herr Wirt! Um Gottes willen, Peter Coffin!«, schrie ich. »Wirt! Hilfe! Coffin! Ihr Engel Gottes! Helft mir!«
»Redä-rr! Wer-är du sein oder dich totschlägä-rr«, knurrte er von neuem, während bei dem scheußlichen Herumgefuchtel mit dem Tomahawk die Asche herumflog, sodass ich schon fürchtete, das Bettzeug könnte Feuer fangen. Doch Gott sei Dank, in diesem Augenblick erschien der Wirt mit einer Kerze in der Hand. Ich sprang auf und stand schon neben ihm.
»Keine Angst«, sagte er und grinste schon wieder so infam. »Quiqueg wird Ihnen kein Haar krümmen.«
»Hören Sie doch endlich auf zu grinsen!«, schrie ich ihn an. »Und warum haben Sie mir nicht gesagt, dass der Höllen-Harpunier ein Menschenfresser ist?«
»Ich dachte, Sie wüssten das längst. Ich habe Ihnen doch gesagt, dass er mit Köpfen hausieren geht. Aber jetzt marsch ins Bett und gut geschlafen! Und du, Quiqueg, hast mich verstanden, der Mann schlafen mit dir.«
»Verstanden genug«, grunzte der und stieß gewaltige Rauchwolken aus.
»Du in Bätt-rr«, fügte er hinzu und wandte sich an mich und schlug die Decke zurück, das alles auf freundliche und durchaus

menschliche Weise. Ich stand noch einen Augenblick da und betrachtete ihn und da fand ich, dass er eigentlich ein ganz appetitlicher, netter Menschenfresser war, trotz all seiner Tätowierungen. Ich hatte allen Grund mich ein wenig zu schämen. Lieber ein nüchterner Menschenfresser als ein betrunkener Christ, dachte ich bei mir.

»Herr Wirt«, sagte ich, »er soll doch seinen Tomahawk ausmachen oder die Pfeife. Kurzum, er soll aufhören zu rauchen. Dann will ich mit ihm schlafen. Ich kann es nicht ausstehen, wenn einer im Bett raucht, gefährlich ist es auch.«

Quiqueg war sofort einverstanden und lud mich nochmals aufs Freundlichste ein ins Bett zu steigen und dabei drückte er sich ganz hinaus auf seine Seite, als wollte er sagen, keine Angst, ich tu dir nichts.

»Gute Nacht, Wirt, Sie können jetzt gehen«, sagte ich.

Ich kroch ins Bett und schlief wie nie zuvor.

Mein neuer Freund

Als ich am nächsten Tag bei Morgengrauen erwachte, fühlte ich, dass Quiqueg liebevoll den Arm um mich geschlungen hatte. Die Decke war aus allerlei Flickwerk zusammengesetzt, aus lauter seltsamen, bunten, kleinen Quadraten und Dreiecken, und da Quiquegs Arm ja über und über mit verschlungenen Linien tätowiert war, die sich in ihrer Färbung unterschieden, hob er sich von der Decke überhaupt nicht ab.

Jetzt fielen mir auch die Ereignisse des vergangenen Abends wieder ein und ich empfand meine eigenartige Lage. Nach einigen vergeblichen Versuchen gelang es mir nun auch, mich von dem Arm zu befreien. Quiqueg grunzte und schüttelte sich wie ein Neufundländer, der eben aus dem Wasser kommt, und setzte sich stocksteif im Bett auf. Er rieb sich die Augen und sah mich an, als erinnerte er sich nicht mehr genau, wie ich zu ihm ins Bett kam. Ich lag indessen ganz still da und betrachtete jetzt ohne Vorurteile dieses merkwürdige Geschöpf. Und als er sich endlich über seinen Bettgenossen im Klaren war und nichts mehr gegen ihn einzuwenden hatte, sprang er mit einem Satz auf den Fußboden und deutete durch Zeichen und eigenartige Laute an, dass er sich, wenn es mir recht wäre, zuerst anziehen wolle, um mir dann die Kammer allein zu überlassen. Quiqueg, dachte ich, das ist unter diesen Umständen ein höchst anständiges Angebot.

Mit dem Ankleiden fing er oben an, indem er sich seinen mächtigen

Hut aufsetzte. Dann suchte er, noch immer ohne Hosen, seine Stiefel. Dann kroch er – weiß der Himmel, warum – mit den Stiefeln in der Hand und dem Hut auf dem Kopf unter das Bett. Nach all dem Ächzen und Stöhnen zu schließen, war es wohl ein hartes Stück Arbeit, die Stiefel an die Füße zu kriegen. Endlich tauchte er wieder auf, der Hut verrutscht und bis auf die Augen herabgedrückt, und humpelte in der Stube herum, denn er war wohl an dieses Schuhwerk noch nicht gewöhnt. Im Übrigen mag es ihn bei den ersten Schritten in den feuchten, kalten Stiefeln ganz schön gezwickt haben.
Da unsere Fenster keine Vorhänge hatten und die Straße sehr eng war, genoss man von dem Haus gegenüber einen vollen Einblick in unsere Kammer. Das war mir peinlich, wenn ich daran dachte, welche Figur Quiqueg etwaigen Betrachtern bot, denn er hüpfte da herum und hatte eigentlich nicht mehr als seinen Zylinderhut und die Stiefel am Leib. Darum bat ich ihn sich mit der Toilette etwas zu beeilen und vor allem in seine Hose zu schlüpfen. Er war sogleich bereit und begann mit der Morgenwäsche. Zu so früher Stunde hätte ein normaler Christenmensch sich zuerst das Gesicht gewaschen. Quiqueg aber begnügte sich zu meiner Verwunderung damit, sich Brust, Arme und Hände zu kühlen. Dann zog er seine Weste an, nahm ein Stück harter Seife, tauchte sie ins Wasser und rieb sich das Gesicht ein. Jetzt war ich neugierig, woher er ein Rasiermesser nehmen werde. Doch, siehe da, er nahm die Harpune aus der Ecke, zog sie an seinem Stiefel ab und begann vor dem Spiegelscherben seine Backen kräftig zu schaben oder vielmehr zu harpunieren. Später wunderte ich mich weniger darüber, als ich sah, aus welch edlem Stahl die Spitze seiner Harpune geschmiedet war und wie haarscharf er stets die langen Schneiden hielt.
Alles andere war rasch erledigt und bald stolzierte er, eingehüllt in seine raue Seemannsjacke, aus der Kammer, wobei er seine Harpune trug wie einen Marschallstab.

Bald darauf stieg auch ich hinunter ins Gästezimmer und begrüßte freundlich den grinsenden Wirt. Ich hatte keinen Groll mehr gegen ihn, obwohl er sich in dieser Nacht einen recht üblen Scherz mit mir erlaubt hatte.

Die Schankstube war schon voll von Logiergästen, die am Abend vorher eingetroffen waren und die ich erst jetzt genauer betrachten konnte. Fast alle waren Walfänger, Steuerleute, Bootsleute, Schiffszimmerleute, Küfer, Schmiede und Harpuniere, eine Gesellschaft von wetterharten Burschen mit zottigen Bärten, ungeschoren und struppig; kurzum ein Volk, das lieber in der Seemannsjacke als im Schlafrock frühstückte.

»Essen gibt's!«, rief der Wirt und riss die Tür auf und schon drängte sich alles um den Frühstückstisch.

Ich hatte mich auf ein paar gute Geschichten vom Walfang gefreut. Aber zu meiner größten Überraschung herrschte an der Tafel allgemeines Schweigen, ja sogar eine gewisse Verlegenheit. Da saßen sie also, die Seebären, von denen wohl mancher die Riesenwale auf der hohen See, ohne mit der Wimper zu zucken, angegriffen hatte, und hier beim Frühstück glotzten sie vor sich hin wie blöde Schafe, die nie aus ihren Hürden hinausgekommen waren. Merkwürdig: verschämte Seebären, schüchterne Helden der See.

Und Quiqueg? Nun, der saß auch dabei, ganz oben an der Tafel, auch er so unbewegt wie ein Eiszapfen. Aber selbst der wohlwollendste Betrachter konnte nicht übersehen, dass seine Tischmanieren ungewöhnlich waren. Denn er langte mit seiner Harpune ohne Umstände über den Tisch, um sich die Steaks zu angeln. Hemmungen kannte er nicht.

Nach dem Frühstück zog er sich mit den anderen in den Schankraum zurück, zündete seine Tomahawkpfeife an und saß, den unentbehrlichen Zylinderhut auf dem Kopf, friedlich rauchend und verdauend

da, während ich aufbrach, um einen kleinen Stadtbummel zu unternehmen.
Man glaube nicht, dass die berühmte Stadt Bedford ihren Besuchern nur Kannibalen und Harpuniere zu bieten hat. Durchaus nicht. Und doch ist New Bedford ein merkwürdiger Ort. Ohne uns Walfänger wäre dieser Landstrich heute wohl ebenso öde wie die Küste von Labrador. Auch jetzt ist das Hinterland noch erschreckend kahl wie ein Skelett. Die Stadt selbst ist vielleicht das teuerste Pflaster weit und breit in Neuengland, ein Land, das seinen Reichtum aus dem Öl bezieht, aber kein Paradies wie Kanaa, wo Milch und Honig fließen. Im Frühling sind auch die Straßen nicht mit frischen Eiern gepflastert. Und dennoch: Man findet in ganz Amerika nicht diese Patrizierhäuser, nicht diese üppigen Gärten und Parks, wie sie New Bedford zu bieten hat. Woher kommt das?
Ein Blick auf die eisernen Harpunen vor manchem Herrenhaus gibt Antwort auf diese Frage. Ja, all diese stattlichen Häuser und blühenden Gärten kommen aus dem Atlantik, dem Pazifik und dem Indischen Ozean. Sie alle wurden sozusagen mit der Harpune aus der Tiefe des Meeres heraufgeholt. Darum steht auch in New Bedford eine Kapelle der Walfänger und mancher Walfänger geht dort vor der Ausreise in den Indischen oder Pazifischen Ozean sonntags zum Gottesdienst.
Als ich nach dem Stadtbummel in den »Walfisch« zurückkehrte, fand ich dort Quiqueg ganz allein. Er saß auf einer Bank vor dem Ofen und betrachtete seinen kleinen Negergötzen. Er sah ihm scharf ins Gesicht und schnitzelte mit seinem Seemannsmesser behutsam an dessen Nase herum.
Doch da er nun gestört war, legte er das Figürchen beiseite. Dann trat er an den Tisch, nahm ein dickes Buch zur Hand, legte es auf den Schoß und begann die Seiten zu zählen. Er zählte jedes Mal

fünfzig Seiten ab und staunte am Ende, wie viele Seiten ein solches Buch enthielt.

Ich beobachtete ihn aufmerksam. Zwar war er ein Wilder und sein Gesicht war, wenigstens nach meinem Geschmack, gräulich entstellt und doch hatte er in seinen Zügen auch etwas Symphatisches. Die Seele lässt sich eben nicht verbergen. Trotz all der schrecklichen Tätowierungen glaubte ich ein einfaches, redliches Herz zu erkennen. Aus seinen großen, dunklen Augen sprach ein Mut, der sich auch vor tausend Teufeln nicht fürchtete. Im Übrigen sah er aus wie einer, der sich noch nie gedemütigt hatte, wie einer, der noch nie einen Gläubiger gehabt hatte. Vielleicht lag es daran, dass an seinem kahl geschorenen Kopf die Stirn freier und bedeutender hervortrat. Es mag lächerlich klingen, aber er erinnerte mich an General Washingtons Kopf, wie man ihn an den allgemein verbreiteten Büsten sieht. Quiqueg: ein George Washington, ins Kannibalische übertragen!

Während ich ihn so betrachtete und dabei so tat, als sehe ich zum Fenster hinaus, nahm er von meiner Gegenwart überhaupt nicht Notiz. Er schenkte mir keinen einzigen Blick und schien völlig in die Seiten des Buches vertieft.

Als ich daran dachte, wie einträchtig wir heute Nacht zusammen geschlafen hatten, vor allem, wie freundschaftlich er seinen Arm um mich gelegt hatte, kam mir seine Gleichgültigkeit doch recht seltsam vor. Ich hatte bemerkt, dass Quiqueg sich kaum an die anderen Seeleute in der Wirtschaft anschloss. Er drängte sich niemandem auf; er hatte offenbar gar nicht das Bedürfnis neue Bekanntschaften zu schließen. All das kam mir außerordentlich sonderbar vor. Doch lag darin auch etwas Würdevolles. Da war also ein Mensch 20 000 Meilen von seiner Heimat entfernt unter Menschen gekommen, die ihm so fremd sein mussten wie Marsmenschen, und doch war er durchaus gelassen und heiter. Er hatte an sich selbst genug.

So saßen wir hier in der einsamen Wirtsstube. Das Feuer hatte den Raum erwärmt und war nun in sich zusammengesunken. Die abendlichen Schatten sammelten sich um die Fenster und starrten uns schweigend an. Draußen tobte der Sturm. Da kamen mir seltsame Empfindungen; ich fühlte etwas in mir schmelzen. Mein Herz wütete nicht mehr gegen diese wölfische Welt. Der sanfte Wilde hatte mich mit ihr ausgesöhnt. Ich fühlte mich zu ihm hingezogen und rückte nun auch meine Bank näher zu ihm hin, um durch freundliche Gesten eine Unterhaltung anzubahnen. Zuerst beachtete er mich kaum, doch als ich seine Gastlichkeit in der vergangenen Nacht erwähnte, fragte er zaghaft, ob wir wieder Schlafkameraden sein würden. Ich bejahte und hatte das Gefühl, dass er sich darüber freute, dass er sich sogar ein wenig geschmeichelt fühlte.
Dann blätterten wir zusammen in dem Buch und ich versuchte ihm zu erklären, was die Buchstaben und die Bilder bedeuteten. Als ich so seine Aufmerksamkeit gewonnen hatte, schwatzten wir, so gut es ging, über die verschiedenen Sehenswürdigkeiten dieser berühmten Stadt. Bald schlug er vor, wir sollten eine Pfeife zusammen rauchen. Er zog seinen Tabaksbeutel und den Tomahawk hervor und bot mir einen Zug an.
Während die Pfeife zwischen uns hin- und herging, wurden wir vertraute Freunde. Als dann die Pfeife schließlich ausgeraucht war, drückte er seine Stirn gegen die meine, umfasste mich und sagte, wir seien jetzt ein Paar, was in seiner Ausdrucksweise nichts anderes bedeutete als, wir seien von jetzt an gute Freunde. Bei einem Landsmann wäre es voreilig gewesen, einem plötzlichen Gefühl so bald nachzugeben, aber diesem einfachen Wilden gegenüber galten diese Regeln nicht.
Nach dem Abendessen schwatzten und rauchten wir noch, ehe wir ins Zimmer gingen. Dort schenkte er mir den präparierten Kopf,

dann holte er seinen riesigen Tabaksbeutel und wühlte darin herum, bis er dreißig Silberdollar fand. Die warf er auf den Tisch, teilte sie in zwei Hälften und machte mir, trotz meines Protestes, den einen Teil zum Geschenk. Bevor wir zu Bett gingen, holte er noch seinen Götzen hervor, um sein Abendgebet zu sprechen, an dem auch ich schließlich nach einigem Zögern teilnahm.
Quiqueg stammte aus Kokovoko, einer Insel fern im Südwesten, die auf keiner Karte zu finden ist. Schon früh regte sich in seiner kühnen Seele der Wunsch mehr von der Welt der Christen zu sehen als nur hie und da ein paar Exemplare von Walfischfängern. Sein Vater war ein Oberhäuptling, ein König, sein Onkel ein Oberpriester. Er hatte also königliches Blut in seinen Adern.
Ein Schiff aus Sag Harbour legte eines Tages in der Bucht seines Vaters an und Quiqueg wollte mitfahren in die Länder der Christen. Da aber die Mannschaft vollständig war, wurde er abgewiesen; und nicht einmal der Einfluss seines Vaters konnte etwas errei-

chen. Da paddelte er, kurz entschlossen, allein in seinem Kanu nach einer entfernten Meerenge, die das Schiff passieren musste. Auf der einen Seite war ein Korallenriff, auf der anderen eine Landzunge, bis zum Wasser hinab dicht mit Mangroven bestanden. Dort verbarg er sein Kanu und setzte sich ins Heck. Als das Schiff vorbeizog, schoss er wie ein Blitz hervor, ging längsseits, brachte sein Boot mit einem Fußtritt zum Sinken und kletterte an den Ketten hinauf. Oben warf er sich zu Boden und schwor, dass er nicht mehr gehen werde, und wenn sie ihn in Stücke hieben. Vergebens drohte der Kapitän, er werde ihn über Bord werfen lassen – Quiqueg war ein Königssohn und Quiqueg rührte sich nicht von der Stelle. Den Kapitän beeindruckte die Unerschrockenheit des jungen Mannes so tief, dass er endlich nachgab und ihm die Erlaubnis erteilte sich an Bord häuslich einzurichten.

Aber die Kabine des Kapitäns kriegte der junge Prinz nie zu sehen. Er wurde vielmehr unter die Matrosen gesteckt und zum Walfänger ausgebildet. Doch Quiqueg empfand das keineswegs als Schande, vielmehr freute er sich Kenntnisse zu erwerben, die auch seinen unwissenden Landsleuten nützen konnten. Denn im Grunde genommen, so sagte er mir, hatte er den Wunsch bei den Christen all das zu lernen, wodurch auch sein Volk glücklicher werden konnte. Allerdings lernte er bei den Walfängern sehr bald, dass es auch unter den Christen unglückliche und schlechte Menschen gibt, unglücklicher und schlechter als die Heiden seines Vaters.

Und so lebte er, im Herzen seinen alten Göttern treu, unter diesen Christen, trug ihre Kleider und versuchte ihr Kauderwelsch nachzuschwatzen.

Ich fragte ihn, was er in nächster Zeit vorhabe. Zur See wollte er wieder gehen, erfuhr ich, in seinen alten Beruf als Harpunier. Da sagte ich ihm, auch ich wolle zum Walfang ausfahren, und zwar

von Nantucket aus, denn das sei für einen abenteuerlichen Walfänger der verheißungsvollste Hafen. Sofort entschloss er sich mich zu begleiten und auf dem gleichen Schiff anzuheuern. Erfreut stimmte ich zu, denn Quiqueg war mir nicht nur ein lieber Freund, sondern er war auch ein erfahrener Harpunier, der mir nur nützlich sein konnte. Ich war zwar mit der See wohl vertraut, aber von den Geheimnissen des Walfangs hatte ich keine Ahnung.
Damit war die Geschichte seines Lebens erzählt und der letzte Zug aus der Pfeife getan. Wir löschten das Licht und schliefen bald ein.

Nach Nantucket

Am nächsten Morgen, am Montag, verkaufte ich zunächst den einbalsamierten Kopf an einen Barbier als Perückenstock, dann bezahlte ich unsere Rechnung, allerdings mit dem Geld meines Kameraden. Dem grinsenden Wirt und den anderen Gästen machte die plötzliche Freundschaft offenbar einen Riesenspaß, vor allem, da mir ja am Anfang die Schauergeschichten von Peter Coffin einen Heidenschreck eingejagt hatten.

Wir borgten uns einen kleinen Karren, auf dem wir unsere Sachen verstauten, meinen armseligen Seesack, dazu Quiquegs Seesack und seine Hängematte. Und dann ging's hinunter zum Kai, wo bereits die »Moss«, das kleine Postschiff, das uns nach Nantucket bringen sollte, angelegt hatte. Unterwegs starrten uns die Leute nach, nicht so sehr wegen Quiqueg, denn an den Anblick von Kannibalen in ihren Straßen waren sie ja gewöhnt, sondern weil wir beide so einträchtig nebeneinanderher gingen. Wir kümmerten uns nicht darum, sondern schoben abwechselnd den Karren vor uns her. Da Quiqueg ab und zu stehen blieb, um die Scheide seiner Harpune wieder zurechtzuschieben, fragte ich ihn, warum er sich solche Umstände mache und das Ding überhaupt mit an Land bringe, jedes Walschiff habe doch eigene Harpunen an Bord. Er antwortete, das sei schon recht, aber er habe eine besondere

Vorliebe für seine eigene Harpune; sie sei aus einem ganz besonderen Material, habe sich in vielen Kämpfen bewährt und kenne den Weg ins Walherz.
Endlich hatten wir die Passage bezahlt, das Gepäck verstaut und standen nun an Bord des Schoners, der den Acushnet hinunterglitt. Auf der einen Seite stiegen die Straßen von New Bedford terrassenförmig an, die bereiften Bäume glitzerten in der klaren, kalten Luft. Auf den Kais türmten sich die Fässer zu kleinen Gebirgen und dort lagen friedlich nebeneinander die weltumsegelnden Walschiffe sicher vor Anker. Von manchen hörte man das Hämmern der Zimmerleute und das Prasseln der Feuer, über denen Teer geschmolzen wurde. All der Lärm ließ ahnen, dass es bald wieder auf Fahrt gehen sollte.
Weiter draußen auf dem offenen Wasser wurde die Brise frischer, die kleine »Moss« schüttelte sich den Schaum vom Bug. Ich selbst atmete in tiefen Zügen den kräftigen Wind. Quiqueg stand neben mir und schien den großartigen Anblick des Meeres nicht weniger zu genießen als ich. Seine dunklen Nüstern weiteten sich; er zeigte seine spitz zugefeilten Zähne. Weiter flogen wir dahin; die Taue sirrten wie Eisendrähte, die beiden schlanken Masten bogen sich wie Rohr im Wind. So hingerissen waren wir von diesem Schauspiel, dass wir eine ganze Zeit die spöttischen Blicke der Passagiere gar nicht bemerkten, einer Bande von Flegeln, die darüber staunten, dass zwei Menschen miteinander befreundet waren, als ob ein Weißer etwas Besseres wäre als ein weiß gekalkter, schwarzer Mann. Es waren auch ein paar Einfaltspinsel darunter, die so grasgrün und unerfahren waren, dass sie nur aus den tiefsten Hinterwäldern stammen konnten. Einen dieser Grünschnäbel ertappte Quiqueg dabei, wie er ihn hinter seinem Rücken höhnisch nachäffte. Ich dachte schon, dem Flegel habe das letzte Stündlein geschlagen. Der Wilde ließ die Harpune fallen, packte das Bür-

schlein und schleuderte es mit unglaublicher Kraft hoch in die Luft. Unterwegs versetzte er ihm noch einen kleinen Klaps, sodass der Kerl schnaubend und prustend wieder auf die Füße kam. Quiqueg hatte ihm bereits wieder den Rücken zugekehrt und sich seine Tomahawkpfeife angezündet, die er mir jetzt für einen Zug herüberreichte.

»Käpten, Käpten!«, jammerte der Tölpel und lief auf den Offizier zu. »Käpten, hier ist der Leibhaftige an Bord!«

»Hallo! Sie da!«, schrie der Kapitän, ein hageres Seegespenst, und kam auf Quiqueg zugestelzt. »Was, zum Teufel, soll das heißen? Sie hätten den Burschen um ein Haar umgebracht.«

»Was er sagen?«, fragte mich Quiqueg freundlich.

»Er sagt«, erklärte ich, »du beinahe den Mann dort totschlagen.«

»Totschlagä-rr?«, rief Quiqueg und verzog sein tätowiertes Gesicht zu einer unendlich verächtlichen Grimasse. »Kleinä-rr Fisch. Quiqueg nicht totschlagä-rr kleinä-rr Fisch, nur großä-rr Wal totschlagä-rr.«

»Nehmen Sie sich in Acht«, brüllte nun der Kapitän los, »ich Sie totschlagä-rr, Sie Menschenfresser, wenn Sie hier an Bord noch einmal solchen Unfug machen. Haben Sie mich verstanden?«

Gerade in diesem Augenblick wurde es für den Kapitän selbst höchste Zeit, sich in Acht zu nehmen. Unter dem gewaltigen Druck auf das Großsegel war die Luvschot gebrochen, sodass der gewaltige Baum wie wild hin und her schlug und das ganze Achterdeck räumte. Dabei wurde der arme Teufel, dem Quiqueg so übel mitgespielt hatte, über Bord gefegt; die Matrosen waren in heller Aufregung. Den Großbaum einzufangen, um ihn zu laschen, schien Wahnsinn. Wie ein Perpendikel flog er von rechts nach links und hin und her und konnte jeden Augenblick zersplittern. Niemand rührte einen Finger, denn was hätte man auch unternehmen sollen? Die Leute auf Deck flüchteten aufs Vorschiff und starrten auf den Baum, als wäre er der Kiefer eines wütenden Wales. Da ging mitten in der allgemeinen Ratlosigkeit Quiqueg in die Knie, kroch unter dem Baum hindurch und kriegte ein Tau zu fassen, dessen eines Ende er an der Reling festmachte. Das andere

Ende wirbelte er wie ein Lasso um den Baum, als der ihm über den Kopf hinwegfegte, sodass er beim nächsten Ausschlag abgefangen wurde und wieder festlag.
Der Schoner trieb nun in den Wind, und während die Matrosen das Heckboot klarmachten, legte Quiqueg seine Jacke ab und sprang in hohem Bogen von der Reling. Drei Minuten sahen wir ihn schwimmen wie einen Hund, die langen Arme immer wieder nach vorne stoßend, wobei seine kräftigen Schultern aus dem eisigen Schaum auftauchten. Ich sah ihm nach, aber es war niemand mehr da, den er hätte retten können. Der arme Teufel war untergegangen. Da schoss Quiqueg senkrecht aus dem Wasser empor, sah in die Runde, wie's stand, tauchte unter und verschwand. Nach ein paar Minuten kam er wieder herauf, mit dem einen Arm ruderte er noch und mit dem anderen zog er einen leblosen Körper hinter sich her. Das Boot nahm sie beide auf, der Bursche war gerettet. Alle Matrosen nannten Quiqueg einen tüchtigen Kerl, der Kapitän bat um Entschuldigung. Seit diesem Augenblick schloss ich mich noch enger an Quiqueg an, bis der arme Quiqueg noch einmal, ein letztes Mal, untertauchte.
Wusste er eigentlich, was er getan hatte? Dass er eine Rettungsmedaille verdient hatte? Er bat nur um frisches Wasser und um ein Tuch, um sich das Salzwasser abreiben zu können. Dann zog er trockene Kleidung an und entzündete seine Pfeife. Nachsichtig betrachtete er die Umstehenden, als wollte er sagen: Wir sind alle aufeinander angewiesen in dieser Welt. Und auch wir Menschenfresser müssen euch Christen gelegentlich beispringen.
Weiter ereignete sich nichts Erwähnenswertes und nach einer angenehmen Überfahrt kamen wir wohlbehalten nach Nantucket.
Man nehme eine Karte und sehe nach, in welcher Ecke unserer Erde es liegt: weitab von der Küste und einsamer als der Leuchtturm von Eddystone, ein Sandhügel ohne Hinterland. Spaßvögel behaupten,

dass man selbst das Unkraut dort erst anpflanzen müsse, denn von selbst wachse dort nichts. Zu diesem Zweck müsse man Disteln aus Kanada einführen. Und wenn ein Ölfass leck sei, dann müsse man den Zapfen von Übersee kommen lassen, denn ein Stück Holz werde in Nantucket verehrt wie in Rom ein Span vom Heiligen Kreuz. Man pflanze Pilze vors Haus, um im Sommer wenigstens etwas Schatten zu haben; ein Grashalm mache eine Oase aus, drei auf einer Tagesreise seien bereits eine Prärie. Die Stadt ist so sehr vom Meer eingeschlossen, so ganz und gar eine Insel, dass sich angeblich an Tischen und Stühlen zuweilen kleine Muscheln ansetzen wie auf dem Rücken der Schildkröten.
Durch all diese Übertreibungen ist gesagt, dass Nantucket nicht Illinois ist.

Man erzählt sich eine Wundergeschichte von der Besiedlung der Insel durch die Rothäute. Es heißt, in alten Zeiten stieß einmal ein Adler nieder auf die Küste von Neuengland und trug in seinen Klauen ein kleines Indianerkind davon. Unter lautem Wehklagen sahen die Eltern, wie ihr Kind übers Meer entschwand. Sie beschlossen in die gleiche Richtung aufzubrechen. Nach einer gefährlichen Fahrt in ihren Kanus entdeckten sie die Insel und fanden dort ein Häufchen Knochen – die Überreste ihres armen Kindes.

Kein Wunder also, dass die Leute von Nantucket, die dort am Strand geboren werden, ihren Lebensunterhalt auf See suchen. Zuerst sammelten sie Muscheln und Krabben im Sand, dann wurden sie kühner und wateten mit ihren Netzen hinaus, um Makrelen zu fangen; sie wurden erfahrener und gingen in ihren Booten auf Kabeljaufang; und schließlich bauten sie sich eine Flotte großer Schiffe und entdeckten den Ozean. Zwei Drittel der Erde gehören den Leuten von Nantucket, denn ihnen gehört die See; sie gehört ihnen wie dem Kaiser sein Reich. Alle anderen Seefahrer haben nur ein Wegerecht. Allein der Mann aus Nantucket ist hier wahrhaft zu Hause.

Es war schon ziemlich spät, als die kleine »Moss« vor Anker ging und Quiqueg und ich an Land kamen. So konnten wir an diesem Abend nichts mehr weiter unternehmen, als nach einem Abendessen und einem Bett Ausschau halten. Der Wirt vom »Walfisch« hatte uns an seinen Vetter, Hosea Hussey, verwiesen, den Besitzer vom »Trankessel«, angeblich einem der besten Hotels von Nantucket. Seine Spezialitäten waren Fischgerichte. Kurz und gut, wir konnten demnach nichts Besseres tun, als im »Trankessel« abzusteigen.

Nachdem wir eine Weile in der Dunkelheit herumgeirrt waren und hier und da einen friedlichen Bürger herausgeklopft hatten, um uns nach dem Weg zu erkundigen, stießen wir schließlich auf ein unmissverständliches Zeichen. Vor einem altertümlichen Hauseingang hingen an einem Schiffsbalken zwei riesige, schwarz gestrichene Holzkessel. Das Gebälk war an einer Seite so abgesägt, dass es einem Galgen nicht unähnlich sah. Vielleicht war ich zu dieser Zeit für solche Eindrücke besonders empfindlich; jedenfalls betrachtete ich den Galgen mit einem unguten Gefühl. Ich starrte hinauf, bis ich mir am Ende beinahe eine Genickstarre holte. Zwei Galgen waren es, einer für mich und einer für Quiqueg. Ein schlimmes Vorzeichen, dachte ich mir. Gleich im ersten Hafen gerate ich an einen Wirt namens Coffin (Sarg) und hier nun die Galgen und die zwei verdächtigen schwarzen Kessel.

»Komm, Quiqueg«, sagte ich, »hier sind wir richtig.« Denn inzwischen drangen aus der Küche würzige Gerüche.

Nach dem Abendessen, natürlich Fisch, erhielten wir von Frau Hussey eine Lampe und sie wies uns den Weg zu unserer Kammer. Als aber Quiqueg die Treppe hinaufsteigen wollte, hielt ihn die Dame mit ausgestrecktem Arm zurück und forderte seine Harpune. Harpunen seien in den Zimmern nicht gestattet.

»Warum nicht?«, fragte ich. »Ein richtiger Walfänger schläft mit seiner Harpune, warum eigentlich nicht?«

»Weil's gefährlich ist«, erwiderte sie. »Als der junge Stiggs damals von seiner Unglücksreise zurückkam, als er vier Jahre draußen gewesen war und nur drei Fass mitbrachte, da fand man ihn am nächsten Morgen mit der Harpune zwischen den Rippen. Und seitdem dulde ich keine gefährlichen Waffen mehr in den Schlafkammern. Also, Mr Quiqueg, ich nehme das Eisen an mich und morgen kriegen Sie's wieder. Und was zum Frühstück morgen? Muscheln oder Kabeljau?«

Das Schiff

Im Bett schmiedeten wir Pläne für den nächsten Tag. Aber zu meiner nicht geringen Überraschung und Bestürzung eröffnete mir Quiqueg, dass er Yojo – seinen kleinen schwarzen Gott – eingehend befragt habe. Und Yojo habe ein- oder zweimal ausdrücklich darauf bestanden, ich solle allein, ohne Quiqueg, zum Hafen hinabgehen und unter der ankernden Walflotte ein geeignetes Schiff für uns heraussuchen. Ja, Yojo habe ihm ganz dringend eingeschärft, die Wahl des Schiffes solle gänzlich mir allein überlassen bleiben, wenn er uns weiterhin mit seinem Rat beistehen solle. Er habe schon ein Fahrzeug für uns ausgesucht, auf das ich, Ismael, unfehlbar stoßen und dabei glauben werde, es habe mich nur der Zufall geführt. Auf diesem Schiff solle ich dann gleich anmustern, zunächst ohne auf Quiqueg Rücksicht zu nehmen.

Nun gefiel mir der Plan Quiquegs oder vielmehr Yojos ganz und gar nicht. Ich hatte mich auf Quiquegs Erfahrung bei der Auswahl des Walfängers verlassen, dem wir unser Schicksal am sichersten überlassen konnten.

Aber alle meine Einwände hatten keinen Erfolg. Ich musste nachgeben.

Ich ging also am nächsten Morgen frühzeitig los und ließ Quiqueg bei seinem Yojo in unserer kleinen Kammer zurück, denn offenbar war dieser Tag eine Art Ramadan, ein Buß- und Bettag, ein Fastentag für Quiqueg und seinen Gott.

Was das alles bedeutete, habe ich nie begriffen, obwohl ich mich mehrfach um die religiösen Bräuche meines Freundes bemüht habe.

Während also Quiqueg, seine Pfeife rauchend, Enthaltsamkeit übte und Yojo sich an dem kleinen Opferfeuer aus Holzspänen wärmte, machte ich mich auf den Weg zu den Schiffen im Hafen. Nach längerem Umherirren und vielen Fragen auf gut Glück erfuhr ich endlich, dass drei Schiffe bereitlagen für eine Fahrt von drei Jahren, nämlich die »Devil-dam«, die »Tit-bit« und die »Pequod«. Wie die »Devil-dam« (Teufels Großmutter) zu ihrem Namen kam, weiß ich nicht; »Tit-bit« (Leckerbissen) erklärt sich von selbst; und »Pequod«, nun das war, wie man wohl weiß, ein berühmter Stamm der Massachusetts-Indianer, der heute ausgestorben ist.

Auf der »Devil-dam« spähte ich umher und steckte meine Nase in alle Ecken und Winkel; dann sprang ich hinüber zur »Tit-bit«; und schließlich ging ich an Bord der »Pequod«, sah mich kurz um und entschied sofort: Das ist das richtige Schiff für uns.

Vielleicht hat der Leser im Laufe seines Lebens schon viele seltsame Fahrzeuge gesehen: breit gebaute Logger, riesig hohe japanische Dschunken oder Galeonen, dick wie Butterfässer, und was da sonst noch auf dem Wasser schwimmt – aber ein solch einmaliges Schiff, einen solchen alten Kasten wie die »Pequod« bestimmt noch nicht. Darauf gebe ich jedem mein Ehrenwort.

Sie war ein kleines Schiff, noch ganz von der alten Schule, und so altmodisch, dass man an ein ehrwürdiges Museumsstück denken mochte. Seit Menschengedenken war der alte Rumpf auf allen vier Weltmeeren von Wind und Wetter so gebräunt und gehärtet worden wie das Gesicht eines französischen Grenadiers, der in Ägypten und Sibirien wacker gekämpft hat. Ihr ehrwürdiger Bug trug schon einen Bart. Die Mastbäume, irgendwo an der japanischen Küste gefällt, wo die ursprünglichen in einem Taifun über

Bord gegangen waren, ragten steif in die Luft. Die uralten Decks waren blank gewetzt und voller Risse. Zu all dem aber waren im Laufe der fünfzig Jahre, in denen das Schiff dem Walfang diente, noch weitere, wunderliche Veränderungen hinzugekommen. Der alte Kapitän Peleg, der viele Jahre Steuermann auf dem Schiff gewesen war, bevor er sein eigenes Schiff befehligte, und jetzt einer der Haupteigentümer der »Pequod« war, hatte seine Dienstzeit benutzt das alte Schiff noch grotesker auszustatten und barbarisch mit Trophäen zu schmücken.

Die Reling war ringsum wie ein ungeheurer Kiefer mit den langen, scharfen Zähnen des Pottwals besetzt, die da als Zapfen dienten, um die Hanftampe festzuhalten. Diese Stränge liefen aber nicht durch Blöcke aus gemeinem Festlandsholz, sondern über Rollen aus Meeres-Elfenbein. Am ehrwürdigen Steuer gab es auch kein Rad, sondern vielmehr eine Ruderpinne, die in einem Stück aus dem langen Unterkiefer ihres Erbfeindes höchst merkwürdig herausgeschnitzt war. Ein vornehmes Schiff, aber auch ein Schiff voll tiefer Schwermut.

Als ich mich nun auf dem Achterdeck nach einer maßgebenden Persönlichkeit umsah, bei der ich mich für die Reise vorstellen konnte, bemerkte ich zuerst niemanden. Es war allerdings nicht zu übersehen, dass dort hinter dem Großmast ein sonderbares Zelt, eine Art Wigwam aufgebaut war, offenbar nur für die Liegezeit im Hafen gedacht. Es war ein spitzes, etwa zehn Fuß hohes Gebilde aus langen, schwärzlichen Barten aus dem mittleren und oberen Teil des Walrachens. Die Platten standen mit dem breiten Ende auf dem Deck und liefen schräg aufeinander zu, bis sie sich an der Spitze vereinigten und ein Haarbüschel bildeten, das im Wind hin und her wehte wie die Skalplocke eines alten Pottowattamie-Häuptlings. Ein dreieckiger Ausgang öffnete sich nach dem Bug hin, sodass der Insasse ungehinderte Sicht nach vorne hatte.

Halb versteckt in diesem wunderlichen Haus, entdeckte ich schließlich einen, der aussah, als hätte er etwas zu sagen. Da es gerade Mittag war und alle Arbeit an Bord ruhte, so gönnte er sich auch eine kleine Pause bei der Last des Kommandierens.

Er saß auf einem altertümlichen Stuhl aus Eichenholz, der über und über mit eigenartigem Schnitzwerk verziert war und dessen Sitzfläche aus dem gleichen elastischen Material bestand wie das Zelt.

Es war nichts besonders Auffälliges an der äußeren Erscheinung des älteren Mannes, der da vor mir saß. Er war braun gebrannt und sehnig wie die meisten alten Seeleute und trug nach Quäkerart einen Mantel aus festem Tuch. Merkwürdig war nur das feine, kaum wahrnehmbare Netzwerk von kleinsten Fältchen rings um seine Augen. Das trifft man häufig bei Leuten, die viel bei schwerem Sturm auf See gewesen sind und fortwährend nach Luv ausgeschaut haben. Da ziehen sich die Muskeln um die Augen so eigenartig zusammen. Die Runzeln aber sind besonders wirkungsvoll, wenn man ein böses Gesicht machen will.

»Sind Sie der Kapitän der ›Pequod‹?«, fragte ich und trat auf den Eingang des Wigwams zu.

»Nehmen wir mal an, ich sei der Kapitän der ›Pequod‹, was willst du dann von ihm?«, fragte er zurück.

»Ich wollte hier anheuern.«

»Du wolltest anheuern? Aus Nantucket bist du also nicht, das merke ich. Schon mal in 'm zerbrochenen Boot gesessen?«

»Nein, Sir, nie.«

»Vom Walfischfang verstehst du gar nichts, was?«

»Nein, Sir. Aber das werde ich zweifellos bald lernen. Ich hab ein paar Reisen auf Kauffahrern hinter mir und nun ...«

»Zum Teufel mit deinen Kauffahrern, komm mir nicht damit. Siehst du das Bein da? Redest du mir noch einmal von Kauffahrern, dann kriegst du einen Tritt in den Hintern. Kauffahrer, ach du lieber Gott! Du bist womöglich auch noch stolz, dass du auf einem Frachter gefahren bist! Und warum soll's jetzt auf 'nen Walfänger gehen, Mann? Daran ist doch was faul, oder nicht? Bist du unter die Seeräuber gegangen oder hast du deinen letzten Kapitän bestohlen? Oder willst du am Ende deine Offiziere umbringen, wenn du erst auf hoher See bist?«

Ich beteuerte ihm meine Unschuld. Es war mir natürlich klar, dass das alles nicht ernst gemeint war, daß sich hinter der halb spaßhaften Grobheit des alten Quäkers aus Nantucket das Vorurteil und Misstrauen des Insulaners gegen alle Fremden verbarg, die nicht aus der nächsten Umgebung, Kap Cod oder Vineyard, stammten.

»Aber wie kommst du denn ausgerechnet auf den Walfang? Das muss ich erst wissen, ehe ich daran denke, ob ich dich anheuern soll.«

»Ich möchte wissen, wie's da zugeht. Und ich will was von der Welt sehen.«

»Wissen, wie's da zugeht? Schon mal Kapitän Ahab zu Gesicht bekommen, he?«

»Kapitän Ahab? Wer ist das?«

»Aha, das habe ich mir gedacht. Ahab ist der Kapitän des Schiffes hier.«

»Dann habe ich mich also geirrt. Ich dachte, ich spreche die ganze Zeit mit dem Kapitän selbst.«

»Du sprichst mit Kapitän Peleg, damit du's weißt, junger Mann. Ich und Kapitän Bildad haben dafür zu sorgen, dass die ›Pequod‹ für die Reise ausgerüstet ist, mit allem, einschließlich Mannschaft. Wir sind Miteigentümer und zugleich Makler hier am Ort. Doch das wollte ich dir noch sagen: Wenn du wissen willst, wie's beim Walfang zugeht, und das wolltest du doch, dann kann ich dir dazu verhelfen, ehe du eine Dummheit begehst, die nicht mehr gutzumachen ist. Schau dir nur einmal Kapitän Ahab an, junger Mann, und du wirst sehen, dass er nur noch ein Bein hat.«

»Soll das heißen, dass er das andere beim Walfang verloren hat?«

»Allerdings, verloren beim Walfang. Komm mal her, junger Mann: Verschlungen wurde es, aufgefressen und zerkaut vom scheußlichsten Ungeheuer, das je ein Boot in Stücke schlug. Bei Gott!«

Seine heftigen Worte beunruhigten mich doch etwas; vielleicht ging mir auch sein Kummer zu Herzen, der aus seinen letzten Worten sprach. Doch ich erwiderte so ruhig, wie ich nur konnte: »Was Sie da sagen, Sir, ist sicher Wort für Wort wahr. Aber wie sollte ich wissen, dass gerade dieser Wal ein ganz besonders blutdürstiges Tier war. Allerdings hätte mich die bloße Tatsache, dass es überhaupt zu dem Unfall kam, auf diesen Gedanken bringen müssen.«

»Hör mal, junger Mann, du scheinst mir etwas schwach auf der Lunge. Du redest ganz und gar nicht wie ein richtiger Seemann. Bist du tatsächlich schon zur See gewesen? Hat es damit wirklich seine Richtigkeit?«

»Ich sagte doch schon, dass ich viermal mit Kauffahrern unterwegs war, Sir«, antwortete ich.

»Hör mir doch damit endlich auf und denk dran, was ich dir gesagt habe, sonst werd ich noch wild. Kein Wort mehr davon. Wir wollen deutlich miteinander reden. Du weißt jetzt, was Walfang bedeutet. Hast du immer noch Lust dazu?«

»Ja, Sir.«

»Na schön. Bist du auch der Kerl, einem Wal die Harpune in den Schlund zu stoßen und hinterherzuspringen?«

»Jawohl, Sir, wenn es sich gar nicht anders machen lässt, wenn es gar keine andere Möglichkeit mehr gibt. Aber so schlimm wird's ja nicht werden.«

»Nun gut. Du willst aber nicht nur auf Walfang ausfahren, um zu sehen, wie es dort zugeht, du willst außerdem auch noch etwas von der Welt sehen. War's nicht so? Na also. Nun, dann geh mal nach vorne und schau mal kurz über die Reling und melde mir, was du gesehen hast.«

Für einen Augenblick wusste ich nicht, was ich von dieser merkwürdigen Aufforderung halten sollte. Ich wusste nicht, war es Ernst oder Spaß. Als aber Kapitän Peleg seine Krähenfüße zu einer grimmigen Miene zusammenzog, setzte ich mich in Trab.

Ich ging nach vorne und blickte über die Reling. Das Schiff hatte sich mit der aufkommenden Flut am Anker gedreht und lag jetzt mit dem Bug schräg gegen die offene See. Mein Blick ging ins Grenzenlose. Unsagbar eintönig und abweisend lag das Meer vor mir. Nicht die geringste Unterbrechung war zu entdecken.

»Nun, was kannst du mir melden?«, fragte Peleg, als ich zurückkam. »Was gibt's zu sehen?«

»Nicht viel«, antwortete ich, »nichts als Wasser. Die Kimm ist klar. Vielleicht kommt eine Bö auf.«

»Richtig. Was hältst du nun von deiner Weltreise? Und deswegen willst du um Kap Hoorn fahren? Bleib hier, wo du stehst, und du siehst genug von der Welt.«

Ich wurde etwas unsicher, denn dagegen ließ sich nicht viel einwenden. Aber auf Walfang wollte und musste ich nun einmal; und die »Pequod« war so gut wie jedes andere Schiff. Mir gefiel es sogar am besten. Und all das sagte ich nun Peleg noch einmal.

Als er sah, dass mein Entschluss feststand, erklärte er sich auch endlich bereit mich anzuheuern.

»Du könntest eigentlich jetzt gleich unterschreiben«, meinte er. »Ich komm mit.« Er ging voraus in die Kabine unter Deck.

Da saß nun auf dem Heckbalken jemand, dessen ungewöhnliches Aussehen mich in höchstes Erstaunen versetzte. Es stellte sich heraus, dass es Kapitän Bildad war, der zusammen mit Kapitän Peleg einer der Haupteigentümer des Schiffes war. Die anderen Anteile waren, wie es in diesen Häfen nicht selten vorkommt, in den Händen von Witwen, Waisen und Rentnern, von denen jeder den Wert einer Holzplanke oder einiger Nägel sein Eigen nannte. Die Leute von Nantucket legten ihr Geld in Walfangschiffen an wie anderswo in hochverzinslichen Staatspapieren.

Bildad war, wie Peleg und viele andere Leute von Nantucket, Quäker, da die Insel ursprünglich von Quäkern besiedelt worden war. Bis auf den heutigen Tag haben die Einwohner die Eigenheiten dieser Sekte bewahrt. Merkwürdigerweise sind manche von diesen Quäkern die wildesten Seeleute und blutgierigsten Walfänger.

Wie Kapitän Peleg war auch Kapitän Bildad ein wohlhabender Walfänger im Ruhestand. Allerdings kümmerte sich Peleg nicht im Geringsten um die so genannten höheren Dinge, ja, er hielt sie für ausgesprochenen Unsinn. Bildad war dagegen nach den strengsten Grundsätzen des Quäkertums von Nantucket erzogen worden und war während seines langen Seemannslebens auch nie einen Fingerbreit vom Pfad der Tugend abgewichen. Aus Gewissensgründen weigerte er sich die Waffen gegen einen Gegner auf dem Lande zu ergreifen, aber auf den Ozeanen hatte er unendliche Kriegszüge hinter sich. Er verabscheute es, Menschenblut zu vergießen, aber das Blut Leviathans hatte er tonnenweise vergossen. Leider muss man auch einräumen, dass Bildad als ein unverbesserlicher Geizhals verschrien war, der in früheren Tagen, als er noch zur See fuhr, auch als ein harter, unnachsichtiger Dienstherr berüchtigt war. Sein Äußeres entsprach der Strenge und Nüchternheit seines Charakters. Denn sein langer, hagerer Körper hatte kein überflüssiges Fett, sein Kinn kein überflüssiges Haar, sein breitkrempiger Hut war kahl und abgewetzt.

So sah der Mann aus, der auf dem Balken saß, als ich mit Peleg in die Kabine trat. So saß der alte Bildad da, kerzengerade aufgerichtet, wie es seine Gewohnheit war, denn er lehnte sich nie zurück, um seine Rockschöße zu schonen. Sein Hut lag neben ihm, die Beine hatte er gekreuzt. Eine Brille auf der Nase, schien er ganz in die Lektüre eines gewichtigen Buches vertieft.

»Hallo, Bildad!«, rief ihm Peleg zu. »Schon wieder an diesem Buch, he? Dreißig Jahre studiert Ihr jetzt die Heilige Schrift. Wie weit seid Ihr gekommen?«

Bildad war an diese Reden seines alten Schiffskameraden offensichtlich lange gewöhnt, denn er blickte, ohne auf diese Respektlosigkeit zu achten, gelassen auf. Als er aber mich sah, warf er Peleg einen fragenden Blick zu.

»Er meint, wir könnten ihn brauchen«, sagte Peleg. »Er will bei uns anheuern.«

»Ist das wirklich dein Wunsch?«, wandte er sich mit Grabesstimme an mich.

»Es ist mein Wunsch«, antwortete ich.

»Was haltet Ihr von ihm?«, fragte Peleg.

»Wird sich schon machen«, sagte Bildad mit einem Blick auf mich und wandte sich dann wieder seinem Buch zu.

Während ich noch über den Unterschied zwischen den beiden alten Schiffskameraden staunte, öffnete Peleg jetzt eine Truhe, holte den Heuervertrag hervor, stellte Tinte und Feder vor sich auf ein kleines Tischchen und ließ sich nieder. Jetzt war es höchste Zeit, dass ich mir selbst über die Bedingungen klar wurde, zu denen ich anmustern wollte. Ich wusste bereits, dass es beim Walfang keine feste Heuer gab. Die ganze Besatzung, auch der Kapitän, bekam abgestufte Anteile am Gewinn, Lay genannt, je nach seiner Arbeit auf dem Schiff. Ich wusste auch, dass ich als blutiger Anfänger im Walgeschäft nur mit einem sehr geringen

Anteil zu rechnen hatte. Da ich aber schon mehrmals zur See gefahren war, auch ein Schiff steuern und ein Tau spleißen konnte und sonst noch so manches verstand, hatte ich nicht den geringsten Zweifel, nach allem, was ich gehört hatte, dass man mir mindestens den zweihundertfünfundsiebzigsten Teil der Beute anbieten werde, ganz gleich, wie hoch sie am Ende sein werde. Ein Zweihundertfünfundsiebzigstel war zwar nicht eben viel, aber doch besser als gar nichts. Und wenn wir auf der Fahrt noch etwas Glück hätten, dann konnte ich die Kleidung, die ich an Bord auftrug, annähernd bezahlen, ganz abgesehen von den drei Jahren Verpflegung und Unterkunft, die mich keinen Pfennig kosten würden.
Alles in allem hielt ich den zweihundertfünfundsiebzigsten Teil für durchaus angemessen, wäre aber nicht überrascht gewesen, wenn man mir im Hinblick auf meine breite Gestalt den zweihundertsten Teil angeboten hätte.
Eines stimmte mich allerdings bedenklich. An Land hatte ich so allerlei von Kapitän Peleg und seinem unberechenbaren alten Freund Bildad gehört. Da ihnen als den Haupteigentümern auch die verstreuten, kleineren Anteile und damit die ganze Verwaltung des Schiffs anvertraut war, stand zu befürchten, dass der geizige alte Bildad auch bei der Anheuerung der Mannschaft ein gewichtiges Wörtchen mitzureden hatte, besonders wenn man ihn hier so sitzen sah, als wäre er daheim hinter seinem eigenen Ofen. Während Peleg vergebliche Anstrengungen unternahm eine Feder mit seinem Seemannsmesser zurechtzuschneiden, saß der alte Bildad unbewegt und, ohne uns weiter zu beachten, da und murmelte nur vor sich hin: »Ihr sollt nicht Schätze sammeln auf Erden, da sie die Motten . . .«
»Nun, Kapitän Bildad«, unterbrach ihn Peleg, »was meint Ihr? Welchen Anteil sollen wir dem jungen Mann geben?«
»Das wisst Ihr am besten«, antwortete die Grabesstimme, »der

siebenhundertsiebenundsiebzigsten wäre wohl nicht zu viel, ja? – die Motten und der Rost fressen; sammelt auch aber . . .«

»Gerechter Gott!«, schrie Peleg. »Du willst doch diesen jungen Mann nicht übers Ohr hauen! Er muss mehr kriegen!«

»Den siebenhundertsiebenundsiebzigste Teil«, sprach Bildad abermals und blickte nicht einmal von seinem Buch auf. »Denn wo eure Schätze sind, da ist euer Herz«, las er.

»Ich trage den dreihundertsten ein, hört Ihr, Bildad, den dreihundertsten, sage ich.«

Bildad legte die Bibel zur Seite und wandte sich feierlich um. »Ihr seid großzügig, Kapitän Peleg«, sagte er. »Aber Ihr habt auch an die Eigentümer des Schiffes zu denken, an die Witwen und Waisen. Und wenn wir die Arbeit des jungen Mannes hier so überreich belohnen, dann nehmen wir diesen Witwen und Waisen ihr Brot. Er kriegt den siebenhundertsiebenundsiebzigsten Teil, sage ich, Kapitän Peleg.«

»Bildad!« Peleg sprang auf und stampfte durch die Kabine. »Zum Donnerwetter! In diesen Dingen darf ich nicht auf dich hören, wenn ich nicht ein Gewissen mit mir herumschleppen will, das den größten Kap-Hoorn-Segler zum Sinken brächte.«

»Kapitän Peleg«, erwiderte Bildad, ohne sich aus der Ruhe bringen zu lassen. »Ich weiß nicht, ob Euer Gewissen zehn Zoll oder zehn Klafter Wasser zieht. Da ich Euch aber als einen unbußfertigen Menschen kenne, fürchte ich, dass Euer Gewissen ohnehin ein Leck hat. Ihr werdet damit am Ende noch in den feurigen Höllenpfuhl versinken, Kapitän Peleg!«

»Höllenpfuhl! Höllenpfuhl! Mir diese Beleidigungen! Pest und Schwefel! Sagt mir das noch einmal, dann werde ich Euch – ich werde Euch – bei Gott, ich fress einen lebendigen Ziegenbock samt Haut und Hörnern! Raus aus der Kabine, du scheinheiliges Knochengestell! Raus!«

Mit diesem Donnerwetter fiel er über Bildad her, aber mit einer geschmeidigen Wendung entwischte ihm dieser.
Nun, Pelegs Zorn war bald verraucht. Er setzte sich schließlich lammfromm wieder an den Tisch und begann zu schreiben: »Also, junger Freund, Ismael ist dein Name, hast du gesagt. Schön. Ich trage also ein: Ismael, der dreihundertste Teil.«
»Kapitän Peleg«, sagte ich, »ich habe noch einen Freund, der auch anheuern möchte. Kann ich ihn morgen mit herunterbringen?«
»Natürlich«, antwortete Peleg. »Immer her damit, wir werden ihn uns schon anschauen.«
»Und welchen Anteil verlangt dann der?«, stöhnte Bildad, der wieder hinter seiner Bibel saß.
»Lass das nur meine Sorge sein, Bildad«, antwortete Peleg. »Versteht er was vom Walfang?«, wandte er sich an mich.
»Der hat mehr Wale getötet, als ich zählen kann, Kapitän Peleg.«
»Na, dann bring ihn mal mit.«
Nachdem ich die Papiere unterschrieben hatte, machte ich, dass ich wegkam, in dem Bewusstsein heute Morgen etwas geleistet zu haben. Ich zweifelte nicht, dass die »Pequod« genau das Schiff war, das Yojo für Quiqueg und mich im Auge gehabt hatte.
Ich war noch nicht weit gekommen, als mir einfiel, dass ich den Kapitän, mit dem ich fahren sollte, noch gar nicht zu Gesicht bekommen hatte. Zwar werden häufig die Walschiffe fertig ausgerüstet und bemannt, ehe der Kapitän das Kommando übernimmt, denn die Fahrten sind so lang und die Aufenthalte im Heimathafen so kurz, dass der Kapitän die Obhut über das Schiff gerne den Reedern überlässt, aber man sollte sich doch stets den Kapitän vorher ansehen, dem man sich unwiderruflich ausliefert. Ich machte also kehrt und fragte Kapitän Peleg, wo Kapitän Ahab anzutreffen sei.

»Und was willst du von Kapitän Ahab? Alles ist in Ordnung. Du bist angeheuert.«
»Schon richtig, aber ich möchte ihn gern einmal sehen.«
»Das wird sich kaum machen lassen im Augenblick. Ich weiß gar nicht, was mit ihm los ist. Jedenfalls kommt er nicht aus seinem Haus. Er ist nicht recht gesund, aber auch nicht krank. Er fühlt sich einfach nicht wohl. Er ist nicht einmal für mich immer zu sprechen. Dann wird er dich wohl erst recht nicht sehen wollen. Manche halten Ahab für einen Eigenbrötler, aber er ist ein guter Mensch. Keine Angst, du wirst schon mit ihm zurechtkommen. Er spricht nicht viel, aber wenn er mal was sagt, dann hör gut zu. Er ist überall herumgekommen, war auf Hochschulen und unter Menschenfressern. Er kennt Wunder, tiefer als das Meer, und mit seiner feurigen Lanze hat er gewaltigere Feinde durchbohrt als den Wal. Ja, Ahabs Lanze, die schärfste und treffsicherste auf der ganzen Insel. Der ist nicht wie Bildad, auch nicht wie Peleg. Er ist Ahab, mein Junge, und Ahab war, wie du weißt, ein König, der eine Krone trug.«
»Ja, ein verruchter König. Haben nicht die Hunde sein Blut geleckt, als er erschlagen wurde?«
»Komm mal her zu mir. Näher, noch näher«, sagte Peleg und blickte mir so ernst in die Augen, dass ich fast erschrak. »Sei auf der Hut, mein Junge, und sag so was nie an Bord der ›Pequod‹.Und auch sonst nirgends. Kapitän Ahab hat sich seinen Namen nicht selbst gegeben. Das war seine törichte Mutter, eine Witwe, die starb, als er zwölf Monate alt war. Und die alte Tistig hat auch noch behauptet, der Name werde sich eines Tages als prophetisch erweisen. Und vielleicht werden dir andere Narren die gleiche Geschichte erzählen. Aber es ist gelogen. Ich kenne Kapitän Ahab genau. Ich bin schon vor Jahren mit ihm als Steuermann gefahren und ich weiß, er ist ein guter Mensch. Gewiss, gewiss, er ist nie sehr lustig und ich weiß auch, dass er auf der

Heimreise eine Zeit lang nicht ganz bei Sinnen war. Aber das kam von dem furchtbaren Schmerz in seinem blutigen Beinstumpf. Seitdem ihm der verfluchte Wal das Bein abgerissen hat, hat er seine trüben Stunden und manchmal wird er auch wild. Aber ich meine, du fährst besser mit einem guten Kapitän, der seine schlimmen Launen hat, als mit einem schlechten Kapitän, der immer lustig ist. So mein Junge, leb wohl und schätze mir Kapitän Ahab nicht falsch ein, weil er den verruchten Namen trägt. Er ist ein geschlagener Mann, ein gebrochener Mann, aber er ist ein guter Mensch.«

Tief in Gedanken versunken, ging ich weg. Was ich eben über Kapitän Ahab gehört hatte, erfüllte mich mit einem seltsamen Mitgefühl, das mich noch lange nicht loslassen sollte. Erst allmählich kamen mir wieder andere Gedanken, sodass die rätselhafte Gestalt Ahabs in Vergessenheit geriet.

Am nächsten Morgen machten wir uns auf den Weg zum Hafen, um uns auf der »Pequod« einzuschiffen. Als wir den Kai hinunterbummelten auf das Schiff zu, begrüßte uns Kapitän Peleg in seiner lauten, barschen Art von seinem Wigwam aus. Dann allerdings erklärte er, er habe nicht geahnt, dass mein Freund ein Kannibale sei, und so ohne weiteres könnten Kannibalen nicht an Bord gehen, es sei denn, sie könnten ihre Papiere vorweisen.

»Was soll das heißen, Kapitän Peleg?«, rief ich und sprang über die Reling, während Quiqueg am Kai stehen blieb.

»Das soll heißen, dass ich zuerst seine Papiere sehen will.«

»Jawohl«, mischte sich nun auch die Grabesstimme von Kapitän Bildad ein. »Er muss beweisen, dass er Christ ist. Sohn der Finsternis«, wandte er sich nun an Quiqueg, »gehörst du zur Zeit irgendeiner christlichen Kirche an?«

»Allerdings«, sagte ich, »der Ersten Freien Gemeinde«, und er-

zählte ihm eine lange, scheinheilige Geschichte von Quiquegs Bekehrung. Und ich schloss damit, dass ich sagte, im großen christlichen Glauben reichten wir uns alle die Hände.
»Junger Mann«, rief Peleg, »du solltest als Missionar reisen und nicht als Matrose vor dem Mast. Ich habe nie eine bessere Predigt gehört. Kannst's besser noch als Vater Mapple. So, und jetzt kommt an Bord. Reden wir nicht mehr von den Papieren. Sag deinem Freund Quohog oder wie er heißt, er soll mitkommen. Zum Teufel, was hat der für eine Harpune. Sieht gut aus. Und er kann sie auch richtig anpacken. Hallo, Quohog oder wie du heißt, schon mal vorne gestanden im Walboot? Schon mal geworfen?«
Ohne ein Wort zu verlieren, sprang Quiqueg in seiner wilden Art mit einem Satz auf die Reling und von dort in eines der Walboote, die dort hängen. Er ging in die Knie und hob die Harpune.
»Kapitän«, rief er, »Sie dort sehen kleine Tropfen Teer dort auf Wasser! Dort! Wie Auge-rr von Walfisch!« Er zielte scharf und schleuderte das Eisen haarscharf an Bildads breitkrempigem, Hut vorbei über das Deck und traf scin Ziel. Der Tropfen war weg.
»So«, sagte er und holte in aller Ruhe die Leine ein, »wenn das Walfischauge-rr, dann Walfisch tot.«
»Schnell, Bildad«, sagte Peleg zu seinem Teilhaber, der vor Schreck über die dicht an seinem Kopf vorbeiflitzende Harpune bis zur Treppe ausgewichen war, »her mit den Papieren. Den Hedgehog, ich meine den Quohog, müssen wir haben, der muss in eines unserer Boote. Hör mal, Quohog, wir geben dir den neunzigsten Teil. So viel hat noch nie ein Harpunier gekommen, der nicht aus Nantucket war.«
Dann gingen wir in die Kabine hinunter, wo zu meiner großen Freude Quiqueg in die Mannschaft aufgenommen wurde, zu der auch ich schon gehörte.
Als alles für die Unterschrift vorbereitet war, wandte sich Peleg an

mich: »Quohog kann vermutlich nicht schreiben. He, Quohog, Teufelskerl, unterschreibst du mit deinem Namen oder setzt du nur ein Zeichen darunter?«
Die Frage, die Quiqueg wohl schon öfter gehört hatte, brachte den Wilden keineswegs in Verlegenheit. Er nahm die dargebotene Feder und malte auf das Papier an der richtigen Stelle eine seltsame Figur.

An Bord

Es vergingen ein, zwei Tage und an Bord der »Pequod« herrschte große Geschäftigkeit. Die alten Segel wurden ausgebessert, neue kamen an Bord, dazu Rollen von Segeltuch und Tauen – kurzum, alles deutete darauf hin, dass das Schiff bald auslaufen sollte. Kapitän Peleg kam kaum mehr an Land, sondern saß immer in seinem Wigwam und behielt die Matrosen scharf im Auge. Bildad sorgte für Vorräte und die Leute arbeiteten bis spät in die Nacht. Am Tag nachdem Quiqueg angemustert hatte, wurde in allen Seemannskneipen bekannt gemacht, dass die Kleiderkisten bis zum Abend an Bord zu sein hätten, denn es konnte jeden Augenblick losgehen. Quiqueg und ich brachten unsere Habe hinunter, beschlossen aber doch bis zuletzt an Land zu übernachten. Es dauerte auch noch einige Tage, bis wir segelten. Kein Wunder, wenn man bedenkt, was alles gebraucht wird, wenn man drei Jahre auf dem unendlichen Ozean unterwegs ist, fern von jedem Krämer, Gemüsehändler, Arzt, Bäcker und Bankier.
Zurzeit unserer Ankunft auf der Insel Nantucket hatte die »Pequod« die wichtigsten Vorräte schon an Bord genommen, darunter Pökelfleisch, Brot, Wasser, Brennholz, Fassreifen und Dauben. Aber wie schon bemerkt, so herrschte noch immer ein beständiges Kommen

und Gehen und Tragen und Schleppen von großen und kleinen Dingen. Dabei tat sich besonders Kapitän Bildads Schwester hervor, eine schlanke, ältere Dame, energisch und unermüdlich, jedoch im Grunde ihres Herzens gütig und hilfsbereit. Bald kam sie mit einem Topf Essiggurken für die Messe, bald mit einem Bündel Gänsekiele für das Pult des Steuermanns und schließlich mit einer Rolle Flanellbinden, falls sich jemand Rheumatismus holen sollte. Nie hat eine Frau ihren Namen so mit Recht getragen – sie hieß Carita, Tante Carita, wie sie jedermann nannte. Und wie eine Barmherzige Schwester eilte Tante Carita hin und her, um auf dem Schiff, an dem ihr geliebter Bruder so viel Anteil hatte, allenthalben für Sicherheit, Bequemlichkeit und Trost zu sorgen. Sie selbst hatte übrigens auch einige zwanzig sauer ersparte Dollar investiert.

Auch Bildad selbst und Kapitän Peleg waren nicht müßig. Bildad trug beständig eine lange Liste mit all dem Schiffsbedarf bei sich, und wenn etwas eintraf, dann hakte er es auf seinem Papier sorgfältig ab. Peleg kam immer wieder aus seinem Wigwam aus Walfischbein hervorgekrochen, brüllte in die Luken hinunter, brüllte zu den Masten hinauf und zog sich endlich brüllend wieder in seinen Wigwam zurück.

In diesen Tagen, wo die letzten Vorbereitungen getroffen wurden, kam ich mit Quiqueg oft an Bord und fragte nach Kapitän Ahab, wie es ihm gehe und wann er an Bord komme. Ich erhielt zur Antwort, dass es ihm jetzt besser gehe und dass man ihn jeden Tag an Bord erwarte. Indessen würden sich die beiden Kapitäne Peleg und Bildad um alles kümmern. Wenn ich mir damals mehr Gedanken gemacht hätte, dann hätte ich wohl erkannt, dass ich die Fahrt nicht antreten durfte, ohne vorher den Mann gesehen zu haben, der vom Augenblick der Abreise an unumschränkter Herrscher auf dem Schiff sein sollte. Aber wenn man sich einmal auf eine Sache eingelassen hat, dann neigt man leicht dazu, die Bedenken einfach zu verdrängen. So hielt ich den Mund und versuchte nicht nachzudenken.

Endlich hieß es, das Schiff werde am nächsten Tag mit Sicherheit auslaufen. So waren Quiqueg und ich schon früh auf den Beinen. Es war kaum hell, als wir uns dem Hafen näherten.

»Dort vorne kommen schon welche, vier oder fünf Mann, wenn ich recht sehe.« sagte ich zu Quiqueg, »Bei Tagesanbruch geht es los. Los, komm.«

Als wir schließlich an Bord der »Pequod« kamen, war alles totenstill und keine Seele zu sehen. Die Tür zur Kajüte war von innen verschlossen, die Luken waren dicht. Nur auf dem Vorderdeck fanden wir den Deckel der Luke offen. Unten brannte ein kleines Licht. Wir gingen hinunter und stießen auf einen alten Takler, der dort, in seine zerschlissene Jacke gehüllt, auf zwei Kisten in tiefstem Schlaf lag.

»Wo sind denn die Burschen geblieben, die wir gesehen haben?«, sagte ich und sah mich misstrauisch um. Aber Quiqueg hatte von den Gestalten gar nichts bemerkt und so glaubte ich an eine Täuschung. Ich sah wieder auf den Schläfer hinab und bemerkte im Spaß zu Quiqueg, wir könnten es uns ja hier bequem machen und die Totenwache halten. Quiqueg setzte sich neben den Kopf des Schläfers und zündete seine Tomahawkpfeife an, während ich mich zu Füßen des Schlafenden niederließ. Wir reichten uns über den Fremden hinweg die Pfeife zu. Quiqueg erzählte von seiner Heimat. Endlich machte sich der Schläfer bemerkbar. Der scharfe Tabaksqualm, der den engen Raum allmählich ganz erfüllte, begann auf ihn zu wirken. Sein Atem ging schwerer, dann schien's ihn in der Nase zu kitzeln, dann wälzte er sich unruhig hin und her und endlich setzte er sich auf.

»Holla!«, keuchte er. »Wer raucht da?«

»Wir gehören zur Mannschaft«, sagte ich. »Wann geht's los?«

»Soso, ihr gehört dazu. Heute geht's los. Der Kapitän kam gestern Abend an Bord.«
»Welcher Kapitän? Ahab?«
»Wer denn sonst?«
Ich wollte noch weiter nach Ahab fragen, aber da wurde es auf dem Deck laut.
»Oho, Starbuck ist schon auf«, sagte der Matrose. »Er ist der erste Steuermann. Ist den ganzen Tag auf den Beinen. Ich muss jetzt ran.« Mit diesen Worten ging er an Deck und wir folgten ihm.
Am klaren Himmel ging die Sonne auf. Bald kam die Mannschaft in Gruppen zu dreien oder vieren an Bord. Die Takler machten sich an die Arbeit, die Steuerleute hatten alle Hände voll zu tun, Leute aus der Stadt brachten noch die letzte Ausrüstung an Bord. Kapitän Ahab aber blieb unsichtbar unten in seiner Kammer.

Frohe Weihnacht

Endlich gegen Mittag wurden die Takler entlassen und die »Pequod« wurde vom Kai abgetäut. Ganz zuletzt war die unermüdliche Carita noch in einem Boot herangekommen, um ihre letzten Geschenke zu überbringen – eine Nachtmütze für ihren Schwager Stubb, den zweiten Steuermann, und eine Reservebibel für den Proviantmeister. Dann war es so weit: Die beiden Kapitäne, Peleg und Bildad, kamen aus der Kajüte und wandten sich an den ersten Steuermann. Peleg sagte: »Nun, Mr Starbuck, alles klar? Kapitän Ahab ist bereit. Habe eben mit ihm gesprochen. Fehlt noch was? Dann rufen Sie alle Mann nach achtern. Hierher die ganze verdammte Bande.«
»Nicht fluchen, mein Freund, auch wenn's Eile hat«, mischte sich Bildad ein. »Los, Starbuck, tut, wie Euch geheißen.«
Was sollte das bedeuten? Jetzt, kurz vor der Abfahrt, kommandierten die Kapitäne Peleg und Bildad auf dem Achterdeck, als wollten sie auch auf hoher See das Kommando führen. Und von Kapitän Ahab war noch immer nichts zu sehen. Es hieß nur, er sei in seiner Kajüte. Im Übrigen war auch seine Gegenwart im Augenblick durchaus nicht erforderlich, denn es war ja nicht seine Sache, das Schiff aus dem Hafen hinauszubugsieren, sondern Sache des Lotsen. Und da er sich eben noch nicht ganz erholt hatte, blieb er unter Deck. Das alles schien durchaus einleuchtend. Gerade auf Handelsschiffen dauerte es geraume Zeit, bis sich die

Kapitäne auf Deck blicken lassen. Sie tafeln mit ihren Freunden und feiern Abschied, ehe die Letzten zusammen mit dem Lotsen von Bord gehen.

Wir kamen gar nicht dazu, uns viele Gedanken zu machen, denn jetzt wurde Peleg munter. »Hierher, ihr Teufelskerle!«, brüllte er, als die Matrosen am Großmast stehen blieben. »Starbuck, treiben Sie die Burschen hierher!«

»Zelt abbrechen!«, war der nächste Befehl. Wie schon erwähnt, wurde dieses Zelt aus Walbein nur im Hafen aufgeschlagen und seit dreißig Jahren wusste man an Bord der »Pequod« ganz genau, dass auf das Abbrechen des Zeltes sogleich der Befehl zum Ankerhieven kam.

»Klar zum Hieven! Himmeldonnerwetter, los!«, hieß es jetzt und alle stürzten zu den Handspaken.

Nun hat, während der Anker gehievt wird, der Lotse seinen Platz gewöhnlich auf dem Vorschiff. Dort stand auch Bildad, der, ebenso wie Peleg, neben seinen anderen Ämtern auch den Posten eines lizenzierten Hafenlotsen bekleidete, wobei man ihn in Verdacht hatte, er wolle nur die Lotsengelder sparen; denn auf anderen Schiffen als seinen eigenen übte er das Amt niemals aus. Bildad stand also an der Reling und beobachtete, wie der Anker hochgehievt wurde.

Unterdessen beaufsichtigte Kapitän Peleg die übrige Arbeit an Bord und fluchte und schimpfte aufs Furchtbarste. Der bringt uns noch zum Sinken, ehe der Anker oben ist, dachte ich mir und hielt einen Augenblick an meiner Handspake inne. Ich forderte Quiqueg auf ein Gleiches zu tun, denn ich dachte an all die Gefahren, die uns drohten, wenn wir mit einem solchen Satan als Piloten ausliefen. Doch tröstete mich der Gedanke an den frommen Bildad trotz des siebenhundertsiebenundsiebzigsten Anteils, den er mir einräumen wollte. Plötzlich spürte ich einen heftigen Tritt in meinen Hintern, und als ich mich umdrehte, erschrak ich zu Tode, denn hinter mir stand Kapitän Peleg, der eben sein Bein wieder einzog. Das war der erste Fußtritt, den ich empfing.

»Wird so auf einem Kauffahrer gehievt?«, brüllte er mich an. »Vorwärts, du Schafskopf! Vorwärts, und wenn du dir das Rückgrat brichst! Quohog, du angemalter Satan, vorwärts! Ich will euch jagen, dass euch die Augen aus dem Kopf treten!« So ging er herum und teilte nach allen Seiten Fußtritte aus. Vermutlich hast du heute Morgen schon einen gehoben, dachte ich mir.

Endlich war der Anker oben, die Segel waren gesetzt und wir glitten hinaus. Es war ein schneidend kalter Weihnachtstag. Und als der kurze Wintertag in Dämmerung überging, waren wir schon weit draußen auf dem Ozean, dessen Wasser im Aufschäumen gefror und uns mit einem spiegelblanken Panzer aus Eis umgab.

Die langen Reihen der Zähne an der Reling entlang glitzerten im Mondlicht; wie die Elfenbeinzähne eines Riesenelefanten hingen die Eiszapfen vom Bug herab.

Bildad übernahm als Lotse die erste Wache, und während das alte Schiff tief in das grüne Wasser tauchte und eisige Schauer über das Deck hinweggingen, der Wind heulte und die Takelage sirrte, erklang unverzagt sein Lied.

Endlich waren wir so weit draußen, dass wir die beiden Piloten nicht mehr brauchten. Das Boot, das uns begleitet hatte, kam längsseits.

Es war eigenartig und fast rührend, zu sehen, wie nahe Peleg und Bildad, besonders Letzterem, die Trennung ging. Es wurde ihnen schwer, jetzt das Schiff zu verlassen, jetzt vor der langen, gefahrvollen Reise um die beiden stürmischen Kaps herum, das Schiff, in dem einige tausend sauer verdienter Dollars angelegt waren, das Schiff, auf dem ihr alter Kamerad noch einmal die Schrecknisse des gnadenlosen Walfangs auf sich nehmen sollte. Der arme, alte Bildad zögerte lange; mit sorgenvollen Schritten ging er auf Deck hin und her, stieg hinunter in die Kajüte, um dort noch einmal Lebewohl zu sagen, kam wieder und schaute hinaus auf das weite, unendliche Meer, das erst weit im Osten unsichtbare Küsten begrenzt, schaute landwärts, schaute hinauf, nach links und nach rechts, überall und nirgends hin. Endlich griff er nach Pelegs Hand, hielt die Laterne hoch und blickte ihm entschlossen ins Auge, als wolle er sagen: Und dennoch, Freund Peleg, ich stehe es durch; ja, ich bringe es fertig.

Peleg nahm es zwar philosophischer, aber bei aller Philosophie blitzte doch eine Träne in seinem Augenwinkel, als das Licht der Laterne darauf fiel. Auch er eilte fortwährend zwischen Kajüte und Deck hin und her, hatte unten noch etwas zu besprechen, hatte oben mit Starbuck, dem ersten Steuermann, noch etwas zu besprechen.

Endlich war es doch so weit. Nach einem letzten Blick wandte er sich an seinen Kameraden: »Komm, Bildad, alter Kamerad, wir müssen gehen. Boot ahoi! Kommt längsseits. Vorsicht, Vorsicht! Los, Bildad, sag Lebewohl. Alles Gute, Starbuck; alles Gute, Stubb und Flask und euch allen. Heute in drei Jahren soll das Abendessen für euch in Nantucket wieder dampfen. Hurra und los!«

»Gott sei mit euch und halte euch in seiner heiligen Obhut, Leute«, murmelte der alte Bildad und stockte. »Wenn das Wetter besser wird, dann kommt Kapitän Ahab zu euch herauf. Etwas Sonne ist alles, was er braucht, und davon werdet ihr in den Tropen genug kriegen. Und Vorsicht bei der Jagd, ihr Steuerleute. Dass mir kein Boot unnütz leck wird, Harpuniere! Gutes, weißes Zedernholz hat in einem Jahr um drei Prozent aufgeschlagen. Vergesst das Beten nicht und jagt am Tag des Herrn nicht zu viel. Lasst euch aber auch eine gute Gelegenheit nicht entgehen, denn man darf die Gaben des Himmels nicht verschmähen. Hebt den Käse nicht zu lange auf, Starbuck, sonst fängt er an zu stinken. Verschwendet die Butter nicht – kostet zwanzig Cent das Pfund – und passt auf . . .«

»Komm, komm Bildad, Schluss mit dem Gerede. Los!« Peleg zog ihn mit sich fort und beide sprangen ins Boot hinunter.

Schiff und Boot trennten sich. Die kalte, feuchte Nachtluft fegte dazwischen, eine Möwe flog kreischend darüber hin. Nur schweren Herzens brachten wir unsere drei Hurras heraus und blind fuhren wir in unser Schicksal, hinaus auf den öden Atlantik.

Steuerleute und Harpuniere

Der erste Steuermann auf der »Pequod« war Starbuck, Sohn einer Quäkerfamilie aus Nantucket, ein hoch gewachsener, ernster Mann. Obwohl er an der eisigen Küste aufgewachsen war, war er doch für die Strapazen der tropischen Breitengrade wie geschaffen, denn sein Körper war hart wie gerösteter Schiffszwieback und sein Blut viel zu lebenskräftig, um auf der Fahrt nach Indien schal zu werden wie Flaschenbier. Vielleicht war er zu einer Zeit allgemeiner Dürre und Hungersnot zur Welt gekommen oder an einem der Fastentage, für die seine Heimat so berühmt ist. Nur dreißig Sommer hatte er erlebt, aber die hatten jedes überflüssige Gramm Fett und Fleisch aufgezehrt. Aber es waren nicht Kummer und Sorge, die an ihm gezeichnet hatten; seine Gestalt ließ vielmehr Gesundheit und Kraft ahnen, die sich in jedem Klima, im Polarkreis und unter südlicher Sonne, trefflich bewährte. Und wenn man in seine Augen blickte, dann glaubte man noch etwas von den tausend Gefahren zu ahnen, denen er von Jugend an unerschrocken gegenübergetreten war. Und doch hatte er bei aller nüchternen Tapferkeit gewisse Eigenschaften, die zu Zeiten Macht über ihn gewannen und sein inneres Gleichgewicht bedrohten. Für einen Seemann war er ungewöhnlich gewissenhaft und ehrfürchtig, neigte aber auch zu abergläubischen Vorstellungen. Äußere Vorzeichen und innere Ahnungen bedeuteten ihm viel. Die Erinnerung an seine junge Frau und an sein Kind in der fernen Heimat konnte den eisenharten

Mann weich stimmen und ihn von tollkühnen Wagnissen abhalten, zu denen sich manche in den gefährlichen Augenblicken beim Walfang hinreißen lassen. »Ich will keinen Mann im Boot haben«, pflegte Starbuck zu sagen, »der sich vor dem Wal nicht fürchtet.« Damit meinte er wohl, dass der verlässlichste Mut aus der richtigen Einschätzung der Gefahren erwachse; dass aber ein Mann, der gar keine Furcht kennt, selbst eine Gefahr sei.

»Jaja«, sagte Stubb, der zweite Steuermann, »einen vorsichtigeren Mann als den Starbuck wird es in der ganzen Fischerei nicht mehr geben.« Wir sollten bald sehen, was das »vorsichtig« bedeutete, wenn es ein Stubb oder sonst ein Walfänger in den Mund nahm.

Starbuck zog nicht aus, um Gefahren herauszufordern. Mut war ihm kein erhabenes Gefühl, sondern einfach ein nützliches Werkzeug, wenn es um Leben oder Tod ging. Mut gehörte zu den Schiffsvorräten, die wie Fleisch und Brot nicht leichtsinnig vergeudet werden durften. Es war daher auch gegen seine Grundsätze, nach Sonnenuntergang noch ein Fangboot zu Wasser zu lassen oder einem besonders hartnäckigen Wal nachzujagen, denn, so sagte er sich, ich befahre dieses ungewisse Meer, um mich von den Walen zu ernähren, nicht umgekehrt. Dass schon hunderte dabei zu Grunde gegangen waren, das wusste Starbuck sehr wohl.

Der zweite Steuermann hieß Stubb. Er stammte aus Kap Cod, war also, wie man dort sagt, ein Kap-Cod-Mann. Er war weder feige noch tapfer, nahm die Gefahren, wie sie kamen, und verrichtete selbst in den kritischsten Augenblicken der Jagd seine Arbeit ruhig und gleichmütig. Gut gelaunt, lässig und sorglos, so führte er sein Fangboot, als wäre der mörderische Kampf ein Fest, zu dem er seine Mannschaft als Gäste geladen hatte. Mit der Bequemlichkeit seines Platzes im Boot nahm er es so genau wie ein Kutscher mit seinem Platz auf dem Bock. Dicht am Wal, auf dem Höhepunkt des Kampfes, handhabte er seine erbarmungslose Lanze kühl und gewandt wie ein Kesselflicker seinen Hammer. Flanke an Flanke mit dem rasenden Ungetüm summte er seine Liedchen. Der Todesrachen war ihm durch lange Gewohnheit zum Schaukelstuhl geworden. Ob ihm je der Gedanke an den Tod kam, ist schwer zu sagen.

Was vielleicht, neben anderen Dingen, Stubb zu einem solch furchtlosen, sorglosen Menschen machte, das war wohl seine Tabakspfeife. Denn diese kleine, schwarze Pfeife gehörte wie seine Nase zu den Umrissen seines Gesichtes. Eher wäre er ohne Nase aus seiner Koje hervorgekrochen als ohne Pfeife. Dort hatte er in einem Ständer eine ganze Reihe von fertig gestopften Pfeifen, die er mit einem Griff leicht erreichen konnte. Und wenn er Zeit hatte, rauchte er sie, eine nach der anderen, stopfte sie wieder und stellte sie bereit.

Der dritte Steuermann war Flask. Er stammte aus Tisbury auf der Insel Marthas Vineyard, ein untersetzter, stämmiger junger Bursche und im Kampf mit dem Wal ein richtiger Draufgänger. Offenbar sah er in den Riesen des Meeres seine persönlichen Erbfeinde. Und deshalb war es für ihn Ehrensache sie zu töten, wo immer er sie traf. Er war gegen jede Vorstellung von Gefahr so unempfindlich, dass ihm, bei seinem bescheidenen Verstand, das Riesentier nicht mehr bedeutete als eine Riesenmaus oder bestenfalls Wasserratte, die zu töten und zu kochen nur etwas Umsicht erforderte und Umstände machte. Eine dreijährige Fahrt um das Kap Hoorn war für ihn nur ein Riesenspaß, der eben etwas länger dauerte.

Diese drei Steuerleute – Starbuck, Stubb und Flask – waren ungeheuer wichtige Leute an Bord. Sie führten nach der allgemein üblichen Regel drei der Fangboote der »Pequod«. Jeder Steuermann und Bootsführer hat aber stets seinen Harpunier zur Seite, der ihn jedes Mal mit einer frischen Lanze versorgte, wenn die erste beim Angriff verbogen wurde. Und da zwischen den beiden im Allgemeinen ein enges Vertrauensverhältnis herrschte, gehört es sich, dass ich hier berichte, wer die Harpuniere auf der »Pequod« waren.

Da war zunächst Quiqueg, den sich Starbuck, der erste Steuermann, ausgewählt hatte. Quiqueg wurde bereits vorgestellt.
Der Nächste war Tashtego, ein reinblütiger Indianer aus Gay Head, dem westlichsten Vorgebirge von Marthas Vineyard, wo noch immer die Reste eines Indianerdorfes stehen, das lange Zeit das benachbarte Nantucket mit wagemutigen Harpunieren versorgt hat. Man nennt sie die Gay-Header. Tashtegos langes, schwarzes Haar, seine hervorstehenden Backenknochen und seine dunklen Augen, all das wies ihn als echten Erben jener stolzen Krieger und Jäger aus, die einst mit dem Bogen in der Faust die Urwälder durchstreift hatten. Tashtego aber jagte jetzt die Ungeheuer des Meeres und seine Harpune war so unfehlbar wie der Pfeil der Ahnen. Tashtego war Stubb, dem zweiten Steuermann, zugewiesen.

Der dritte Harpunier war Daggoo, ein riesenhafter, kohlschwarzer Neger mit dem Gang eines Raubtieres. An seinen Ohren hingen zwei Ringe von solcher Größe, dass die Matrosen sie

Ringbolzen nannten und die Taue des Großsegels daran befestigen wollten. In seiner Jugend war Daggoo freiwillig an Bord eines Walfängers gegangen, der in einer einsamen Bucht an seiner heimatlichen Küste lag. Merkwürdigerweise war dieser stattliche Neger dem kleinen Flask zugeteilt, der neben ihm wie eine Schachfigur aussah.

Was aber die übrige Mannschaft der »Pequod« angeht, so bestand sie fast ausschließlich aus Insulanern, Leuten, die, gleich Inselbewohnern, in ihrer eigenen Welt leben. Doch jetzt waren sie vereint über ein und demselben Kiel. Und was für eine Besatzung war das! Eine unbändige Versammlung von Teufeln von allen Inseln des Meeres, von allen Ecken und Enden der Welt, versammelt um den alten Ahab.

Ahab

Seit unserer Ausfahrt aus Nantucket waren schon mehrere Tage verstrichen und noch immer war Kapitän Ahab nicht auf Deck erschienen. Die Steuerleute lösten sich bei den Wachen regelmäßig ab, sodass man den Eindruck gewinnen konnte, sie allein führten das Kommando an Bord. Nur die Tatsache, dass sie gelegentlich mit neuen, überraschenden Befehlen aus der Kajüte kamen, deutete darauf hin, dass auch sie nur Anweisungen ausführten. In der Tat, der oberste Herr war da, obgleich unsichtbar für jedes unbefugte Auge.

Jedes Mal, wenn ich nach meiner Freiwache wieder auf Deck kam, spähte ich nach achtern, ob dort nicht ein fremdes Gesicht zu entdecken sei. Das Unbehagen, das ich von Anfang an empfand, wenn ich an den geheimnisvollen Kapitän dachte, steigerte sich jetzt in der Abgeschiedenheit auf hoher See zu einer tiefen Unruhe. Wenn ich mich auf dem Schiff umsah, dann gab es allerdings nichts zu sehen, was mich in meiner Unruhe bestärkt hätte. Gewiss, die Harpuniere und zum Teil auch die Matrosen waren ein barbarisches Heidengesindel, ganz anders als die Mannschaft eines braven Handelsschiffes, die ich kennen gelernt hatte. Aber ich schrieb dies, sicher mit Recht, der einzigartigen Härte des Handwerks zu, auf das ich mich da eingelassen hatte. Auch flößten vor allem die drei Offiziere, die Steuerleute des Schiffs, Vertrauen und frohen Mut für die Reise

ein. Drei bessere, erfahrenere Offiziere konnte man schwerlich finden, alle drei waren Amerikaner.
Da wir an Weihnachten ausgefahren waren, hatten wir noch eine Zeit lang schneidende arktische Kälte zu ertragen. Doch da wir südwärts fuhren, ließen wir mit jedem Breitengrad, ja mit jeder Minute, den gnadenlosen Winter hinter uns zurück. Eines Morgens, es war noch immer grau und diesig, das Schiff schoss vor dem Wind dahin, da geschah es. Die Morgenwache zog auf, ich kam an Deck und warf einen Blick auf die Reling. Ich erbebte: Kapitän Ahab stand auf dem Achterdeck.
Von körperlichem Leiden war keine Spur an ihm zu entdecken, er sah auch nicht so aus, als hätte er eben eine Krankheit hinter sich gebracht. Seine hohe, breite Gestalt war wie aus Bronze gegossen. Unter seinem grauen Haar hervor kam eine fahle Narbe, die quer über sein ganzes Gesicht und über den Hals verlief, bis sie unter

dem Hemdkragen verschwand – wie vom Hieb mit einer schlanken Gerte.

So stand Ahab als ein Gezeichneter vor uns: Ob er mit dieser Narbe geboren war oder ob sie von einer furchtbaren Wunde stammte, das wusste niemand bestimmt zu sagen. Durch stillschweigende Übereinkunft enthielten sich alle, besonders die Steuerleute, nahezu jeder Anspielung. Nur einmal äußerte ein alter Stammesgenosse Tashtegos aus Gay Head die Vermutung, erst mit vierzig Jahren sei Ahab in dieser Weise gezeichnet worden, und zwar nicht bei einer mörderischen Messerstecherei, sondern bei einem Kampf mit den Elementen auf See. Doch wurde diese abenteuerliche Geschichte von einem alten Graukopf aus Man bestritten, der Ahab früher nie gesehen hatte. Er behauptete und niemand wagte ihm ernsthaft zu widersprechen, man werde einst an der Leiche Ahabs ein Mal entdecken, das vom Scheitel bis zur Sohle reiche, »wenn er überhaupt je ruhig aufgebahrt wird«, fügte er, düster murmelnd, hinzu.

Ich war von der ganzen unheimlichen Gestalt Ahabs, den die leichenblasse Narbe zeichnete, zunächst so tief ergriffen, dass ich im ersten Augenblick gar nicht bemerkte, wie sehr das furchtbare weiße Bein, auf dem er stand, den düsteren Eindruck der Erscheinung noch verstärkte. Ich hatte schon früher erfahren, dass dieses Bein für ihn auf hoher See aus dem glatt polierten Kieferknochen eines Pottwals gedrechselt worden war. »Ja, vor der Küste von Japan hat er den Mast verloren«, bemerkte einmal der alte Indianer, »aber wie ein Schiff ohne Mast erhielt er einen neuen Mast, ohne erst nach Hause zu fahren.«

Ich war wie gebannt von der Haltung, die er einnahm. Auf beiden Seiten des Achterdecks befand sich jeweils ein Loch, das einen halben Zoll tief in die Planken gebohrt war. Hier fand sein Knochenbein Halt, während er sich mit einem Arm an einem Tau festhielt. So stand Kapitän Ahab aufrecht und blickte geradeaus über den unaufhörlich stampfenden Bug hinweg in die Ferne. Aus seinem Blick sprach ein Übermaß an Starrsinn und unbeugsamem Willen. Er sprach kein Wort und keiner der Steuerleute richtete das Wort an ihn. Jede ihrer Gebärden, jede Miene zeigten deutlich, wie unbehaglich sie sich unter dem scharfen Blick ihres Kapitäns fühlten. Bald nach seinem ersten Auftauchen auf Deck zog er sich wieder in seine Kajüte zurück.

Aber seit diesem Morgen tauchte er täglich auf; entweder stand er in seinem Bohrloch oder er saß auf einem beinernen Stuhl oder er wanderte mit schweren Schritten auf Deck hin und her. Je mehr sich der Himmel aufhellte, desto häufiger erschien Ahab auf Deck und schließlich war es so weit, dass er sich nahezu ohne Unterbrechung im Freien aufhielt. Da er aber nichts sagte und keine Befehle gab, erschien er uns unnütz wie ein überzähliger Mast. Aber die »Pequod« war ja erst unterwegs zu den Fanggründen und alle Vorbereitungen zum Walfang konnten den Steuerleuten überlassen werden. Ahab brauchte sich also um nichts zu kümmern, was um ihn herum vorging. Nichts lenkte ihn von den düsteren Gedanken ab, die seine Stirn umwölkten.

Doch allmählich schien ihn das warme, freundliche Ferienwetter, das uns nun umgab, etwas milder zu stimmen. Nicht selten trat in seine Augen ein merkwürdiger Glanz, der bei jedem anderen Menschen vielleicht zu einem Lächeln geworden wäre.

Die alten Graubärte unter den Kapitänen halten es nicht lange in ihren Kajüten aus, sie steigen hinauf auf das nachtdunkle Deck. So ging es auch Ahab. Nur, dass er jetzt mehr draußen im Freien lebte als drunten in seiner Kajüte. »Es ist, als ob ich in mein Grab hinabsteige«, so hörte man ihn gelegentlich brummen, »wenn ich durch die enge Luke krieche.«

Alle vierundzwanzig Stunden, wenn die Nachtwache aufgezogen

war und die Matrosen auf dem Deck den Schlaf der Matrosen drunten bewachten, wenn allmählich Stille eintrat, dann blickte der Mann am Steuer immer wieder zur Kajütenluke hin; und dann dauerte es nicht lange, bis der Alte auftauchte und sich schwerfällig am eisernen Geländer hochzog.

Aus Rücksicht auf seine Leute unterließ er es gewöhnlich, auf dem Deck hin und her zu gehen. Sie hätten sonst von den knirschenden Zähnen eines Hais geträumt. Doch einmal war er so übler Laune, dass er die anderen vergaß. Als er mit schweren Schritten das Deck vom Heck bis zum Großmast maß, da kam Stubb, der zweite Steuermann, herauf und machte etwas unsicher, aber auch halb im Scherz einen Vorschlag: Niemand könne den Kapitän hindern, wenn es ihm gefalle, auf Deck auf und ab zu wandern, aber vielleicht ließe sich das pochende Geräusch etwas dämpfen. Dabei wies er zögernd auf ein Stückchen Tau hin, das man um das knöcherne Bein wickeln könne. Stubb aber kannte Ahab nicht.

»Bin ich eine Kanonenkugel, Stubb«, fuhr ihn Ahab an, »dass du mir einen Pfropfen aufsetzen willst? Verschwinde. Ich hatte nicht an die Mannschaft gedacht. Verschwind in deine Gruft, du Hund, zurück in dein Loch!«

Stubb fuhr auf. Zunächst fand er keine Worte. Dann erwiderte er voll Zorn: »Ich bin nicht gewohnt, dass man mich so anredet, Sir. Ich mag das nicht.«

»Schweig!«, stieß Ahab zwischen den Zähnen hervor und wandte sich jäh ab, um einen noch heftigeren Ausbruch zu unterdrücken.

»Nein, Sir, noch nicht«, sagte Stubb und fasste sich ein Herz. »Ich lasse mich keinen Hund nennen.«

»Dann einen zehnfachen Esel, einen Maulesel und noch einen Esel. Und jetzt verschwinde freiwillig, sonst lass ich dich verschwinden!«

Mit diesen Worten ging Ahab auf ihn zu mit einem so furchtbaren

Gesichtsausdruck, dass Stubb, ohne ein weiteres Wort zu wagen, zurückwich.

»Das ist mir noch nie passiert, ohne dass ich zugeschlagen habe«, murrte Stubb, als er durch die Luke zurückkroch. Seltsam. Ich weiß nicht, soll ich zurück und ihm eine runterhauen oder soll ich – ja, was denn eigentlich? Hier auf die Knie fallen und für ihn beten? Vielleicht. Das erste Gebet in meinem Leben. Verrückt, verrückt und er ist auch verrückt, der verrückteste Alte, mit dem Stubb je gefahren ist. Wie er mich anblitzte. Seine Augen wie Pulverpfannen. Ist er wirklich verrückt geworden? Irgendetwas stimmt da nicht. Und im Bett ist er auch nicht mehr als drei von vierundzwanzig Stunden. Und sein Bett ist jeden Morgen zerwühlt und zerknüllt und heiß, als hätte ein glühender Ziegelstein darin gelegen. Vielleicht hat er das, was man an Land ein Gewissen nennt, schlimmer als Zahnweh! Ich kenne das nicht und Gott möge verhüten, dass ich es je kriege. Und was hat er eigentlich jede Nacht im Achterraum zu suchen? Das möchte ich doch wissen. Hat er Verabredungen? Mit wem? Alles verrückt, wenn man darüber nachdenkt. Aber gerade das soll man nicht. Nicht nachdenken, ist mein elftes Gebot, und schlaf, wenn du kannst, mein zwölftes. Aber er nannte mich einen Hund und einen zehnfachen Esel. Vielleicht hat er mir auch noch einen Tritt gegeben. Weiß der Teufel. Er blitzte mich an wie ein gebleichter Knochen. Ich kann mich kaum noch auf den Beinen halten. Ich bin ganz durcheinander. Gehn wir lieber schlafen.

Nachdem Stubb verschwunden war, stand Ahab noch eine Weile über die Reling gebeugt da. Dann schickte er, wie es in letzter Zeit häufig geschehen war, einen Matrosen der Wache hinunter und ließ sich seinen beinernen Stuhl und seine Pfeife holen. Er zündete seine Pfeife an der Kompasslampe an, setzte sich nieder und rauchte.

Stubb sprach am nächsten Morgen Flask an: »Siehst du Ahab dort? Er schaut achtern aus. Lass ihn in Ruhe, Flask. Das ist das Beste, was du tun kannst. Halt vor allem den Mund. Hallo! Was ruft er da? Horch!«

»Ausguck! Scharf aufgepasst. Hier sind Wale in der Nähe! Wenn ihr einen weißen seht, dann schreit, bis euch die Lungen platzen!«

»Was sagst du jetzt, Flask? Da stimmt doch etwas nicht. Ein weißer Wal, hast du das gehört? Da liegt was in der Luft. Mach dich auf etwas gefasst. Ahab hat irgendeine Teufelei im Sinn.«

Ein verhängnisvoller Eid

Es war nicht lange nach dem Vorfall mit Stubb, dass Ahab eines Morgens nach dem Frühstück aus seiner Kajüte auf das Deck hinaufstieg, wie es seine Gewohnheit war.

Bald hörte man, wie er mit seinem Knochenbein auf den Planken auf und ab schritt. Hinter seiner zerfurchten Stirn schien er düstere Gedanken auszubrüten.

»Siehst du ihn, Flask?«, flüsterte Stubb. »Der Vogel, den er hat, pickt schon an der Eierschale. Bald schlüpft er aus.«

Die Stunden verstrichen. Ahab schloss sich in seiner Kajüte ein; dann kam er wieder auf Deck und schritt ruhelos auf und ab, in seinen Zügen immer der gleiche Ausdruck von Verbissenheit.

Es wurde Abend. Da plötzlich blieb Ahab an der Reling stehen, bohrte sein Knochenbein in das Loch, hielt sich an den Wanten fest und befahl Starbuck alle Mann achtern zu versammeln.

»Sir?«, staunte der Steuermann über eine solche Anweisung, die an Bord nur in ganz besonderen Fällen gegeben wird.

»Alle Mann achtern!«, wiederholte Ahab seinen Befehl. »Ausguck! Komm runter!«

Als die gesamte Mannschaft versammelt war und alle Mann ihn neugierig und mit einer gewissen Beklemmung ansahen, denn er sah aus wie der Himmel, wenn ein Sturm aufzieht – da sah er die Leute mit einem raschen, prüfenden Blick an und nahm dann, als wäre er allein, seine Runden wieder auf. Mit gesenk-

tem Kopf, den Hut tief ins Gesicht gezogen, ging er hin und her, ohne sich um das verwunderte Geflüster der Männer zu kümmern. Stubb wisperte heimlich zu Flask hinüber, ob der Alte sie hier zusammengerufen habe, um ihnen zu zeigen, wie prächtig er mit seinem Knochen marschiere. Doch plötzlich blieb Ahab stehen und rief: »Was tut ihr, wenn ihr einen Wal seht?«

»Aussingen!«, schallte es aus vielen rauen Kehlen.

»Gut!«, schrie Ahab in wilder Genugtuung, da er sah, dass seine unerwartete Frage gezündet hatte.

»Und dann, Leute, was kommt dann?«

»Boote herunter und ihm nach!«

»Und was singt ihr dazu?«

»Wal tot oder zerschmettert das Boot!«

Immer wilder, immer unheimlicher leuchtete die Freude aus dem Gesicht des alten Mannes bei jeder Antwort, während sich die Matrosen neugierig ansahen und einander zu fragen schienen, warum sie bei den scheinbar sinnlosen Fragen so in Erregung gerieten.

Doch sogleich waren wieder alle bei der Sache, als Ahab in einem Bohrloch eine halbe Wendung machte und sich mit einer Hand krampfhaft festhielt. Dann wandte er sich wieder an sie: »Die Ausguckleute kennen meinen Befehl! Der weiße Wal! Schaut her! Ihr seht das spanische Goldstück hier.« Er ließ eine große spanische Goldmünze in der Sonne blitzen. »Ist sechzehn Dollar wert, Leute. Seht ihr sie? Mr Starbuck, gebt mir den Schlegel dort.«

Während der Steuermann das Werkzeug holte, rieb Ahab, ohne ein Wort zu reden, das Goldstück an seiner Jacke blank und summte dabei vor sich hin, Laute ohne erkennbaren Sinn, ohne Zusammenhang, als summten die Räder in seinem Inneren, die ihn am Leben hielten.

Er nahm den Hammer von Starbuck entgegen und trat auf den Großmast zu. »Wer mir einen Wal sichtet, mit weißem Kopf, zerfurchter Stirn und schiefem Maul; wer mir den Weißkopf mit drei Löchern in der Steuerbordflanke sichtet, diesen weißen Wal – der soll dieses Goldstück haben!«

»Hurra! Hurra!«, schrien die Matrosen und schwangen ihre Hüte, während er das Goldstück an den Mast nagelte.

»Der weiße Wal ist es, sage ich euch«, sagte er noch einmal, »der weiße Wal. Haltet die Augen offen. Schaut, wo das Wasser weiß wird. Und wer nur eine Luftblase sieht, der singt aus!«

Tashtego, Daggoo und Quiqueg hatten die Szene mit noch größerer Spannung und Verwunderung beobachtet als die übrige Mannschaft. Und als von der zerfurchten Stirn und dem schiefen Maul die Rede war, da hatten sie aufgehorcht, als erinnere sich ein jeder eines besonderen Erlebnisses.

»Kapitän Ahab«, begann Tashtego, »das muss der weiße Wal sein, den sie Moby Dick nennen.«

»Moby Dick?«, rief Ahab. »Kennst du denn den weißen Wal, Tash?«

»Schlägt er nicht mit dem Schwanz wie mit einem Fächer, ehe er untertaucht?«, fragte Tashtego.

»Und er bläst so merkwürdig«, fügte Daggoo hinzu, »sehr buschig für einen Pottwal und sehr schnell hintereinander, Kapitän Ahab.«

»Und er haben ein, zwei, viele Eisen in sein Haut«, schrie Quiqueg dazwischen, »alle gedreht so – wie . . .«, er suchte nach Worten und drehte die Hand, als entkorke er eine Flasche.

»Korkzieher, ganz recht«, sagte Ahab, »die Harpunen sind alle verdreht und verbogen. Und du hast auch Recht, Daggoo, er bläst so breit wie eine Weizengarbe und weiß wie Wolle aus Nantucket. Und es stimmt auch, sein Schwanz fächert wie ein zerfetzter Klüver im Sturm. Tod und Teufel, Leute, ihr habt Moby Dick gesehen!«

»Kapitän Ahab«, begann Starbuck, der ebenso wie Stubb und Flask mit wachsendem Staunen zugehört hatte, »Kapitän Ahab, ich habe von Moby Dick gehört – war es etwa Moby Dick, der Euch das Bein abgerissen hat?«

»Wer hat dir das gesagt?«, schrie Ahab. Dann schwieg er plötzlich. »Ja, Starbuck, ja, ihr Leute. Es war Moby Dick, der mich entmastet hat. Er hat mich auf den Stumpf gebracht, auf dem ich nun hier stehe. Jaja«, stieß er mit einem entsetzlichen, fast tierischen Schrei heraus, »ja, dieser verfluchte weiße Wal machte mich zum Krüppel!« Er warf die Arme hoch und brach in maßlose Verwünschungen aus. »Jaja! Und ich werde ihn jagen, jagen ums Kap der Guten

Hoffnung, um Kap Hoorn, durch den Mahlstrom Norwegens und durch höllische Feuer. Ich gebe nicht auf. Und dafür habe ich euch an Bord genommen, den weißen Wal zu jagen um die Kontinente, um den Erdball, bis er schwarzes Blut spuckt und seine Flossen von sich streckt. Wollt ihr mir die Hand darauf geben? Wollt ihr? Ihr seht mir nicht wie Feiglinge aus!«

»Jaja«, schrien die Harpuniere, schrien die Matrosen und scharten sich um den alten Mann. »Die Augen auf und die Lanzen geschärft für Moby Dick!«

»Gott steh euch bei«, rief er und es klang wie ein Schluchzen. »Gott mit euch. Kajütenjunge, holla! Her mit dem großen Fass voll Rum! Aber was macht Ihr für ein langes Gesicht, Mr Starbuck? Wollt Ihr nicht mit uns den weißen Wal jagen? Keine Beute für Euch?«

»Ich fürchte mich nicht vor dem schiefen Maul und dem Rachen des Todes, Kapitän Ahab, wenn es sich gerade so ergibt bei unserem Handwerk. Aber ich bin hier an Bord, um Wale zu jagen, und nicht, um Rache für meinen Kapitän zu nehmen. Was bringt Euch die Rache ein, selbst wenn sie gelingt? Sie wird Euch auf dem Markt in Nantucket nicht viel eintragen.«

»Auf dem Markt in Nantucket? Komm mal her, Starbuck, und hör mir gut zu. Wenn das Geld das Maß aller Dinge sein soll und die Geldwechsler aus dem ganzen Erdball ein einziges Kontor machen und ihn mit Goldstücken pflastern, eines neben dem anderen, dann will ich dir sagen: Meine Rache hat ihren Preis hier und jetzt.«

»Er schlägt sich an die Brust«, flüsterte Stubb. »Was soll das? Das dröhnt gewaltig, aber hohl.«

»Rache an der stummen Kreatur!«, schrie Starbuck. »An der Kreatur, die Euch nur aus blindem Selbsterhaltungstrieb schlug! Das ist doch Wahnsinn! Hass gegen die stumme Kreatur, Kapitän Ahab, damit versündigt Ihr Euch!«

»Was versteht Ihr davon, Starbuck! Der Wal ist mir mehr als eine stumme Kreatur. Er ist das Unheimliche, das Unerklärliche. Und das lastet auf mir, das bedrückt mich. Es ist mir verhasst. Und sprich mir nicht von Sünde. Wenn mich die Sonne beleidigt hätte, ich würde gegen sie losgehen. Seht Euch die Mannschaft an, Starbuck! Sind sie nicht alle auf meiner Seite, gegen den Wal? Dort, Stubb, wie er lacht. Und der Chilene, er schnaubt schon vor Freude, wenn er nur daran denkt. Ihr wollt Euch gegen den Sturm stemmen, Starbuck? Um was geht es denn? Es geht doch nur darum, gemeinsam eine Flosse zu treffen. Was ist das schon? Bei dieser einen Jagd wird doch die beste Lanze von Nantucket nicht fehlen wollen, wenn alles nach dem Messer greift. Ihr gehört zu uns, die Woge trägt Euch mit! – Nun gut, Euer Schweigen ist auch eine Antwort.«

»Gott steh mir bei, er stehe uns allen bei«, flüsterte Starbuck unhörbar.

In seiner Freude über Starbucks Schweigen, das er für Zustimmung hielt, überhörte Ahab das ahnungsvolle Stoßgebet des Steuermanns. Er achtete auch nicht auf das Gelächter, das aus dem Schiffsraum drang, und nicht auf das bedeutungsschwere Sirren der Wanten im Wind und nicht auf das dumpfe Klatschen der Segel gegen die Masten. Denn in Starbucks Augen leuchtete wieder der zähe Wille zum Leben auf, das Lachen unten erstarb, die Winde frischten auf und füllten wieder die Segel. Das Schiff rollte und stampfte wie zuvor. Die dunklen Ahnungen und Warnungen gingen unbeachtet vorüber.

»Das Rumfass her! Das Rumfass her!«, schrie Ahab.

Er nahm den Zinnbecher, der bis zum Rand gefüllt war, wandte sich seinen Harpunieren zu und befahl ihnen ihre Waffen herbeizuholen. Dann ließ er sie mit ihren Harpunen in der Hand vor sich hintreten, während die drei Steuerleute mit ihren Lanzen neben ihm standen.

Die übrige Mannschaft stellte sich im Kreis um die Gruppe auf. Einen Augenblick stand Ahab da und blickte jedem Einzelnen forschend in die Augen. Ihre wild entschlossenen Augen hielten seinem Blick stand, wie die blutunterlaufenen Augen der Präriewölfe dem Blick ihres Anführers gehorchen, ehe sie auf die Bisonherde losbrechen und in die Falle der Indianer geraten.

»Trinkt und gebt es weiter!«, schrie er und reichte die Kanne dem Nächststehenden. »Zuerst trinkt die Mannschaft allein, reicht es herum, immer ringsherum. Kurze Züge, langsam schlucken, Leute. Das brennt wie die Hölle. So ist's recht. So geht es herum und so kommt es wieder zurück. Leer, ganz leer gesoffen. Füll noch mal nach, Bursche! Und jetzt passt auf, ihre wackeren Kerle! Ich habe euch alle hierher kommen lassen. Steuerleute, kommt hierher mit euren Lanzen. Harpuniere, kommt her mit euren eisernen Waffen. Und ihr, ihr braven Matrosen, schließt den Ring. Wir bringen einen alten Brauch unserer Väter, Walfänger wie wir, wieder zu Ehren. Ihr werdet was erleben! Ha – Junge, du bist schon wieder zurück. Her damit! Halb leer? Bist du verrückt? Hau noch mal ab!«

»So, Steuerleute, tretet heran. Kreuzt eure Lanzen hier vor mir. Gut so. Und jetzt will ich sie mit meiner Hand berühren.«

Er streckte die Hand aus und fasste die Lanzen dort, wo sie sich kreuzten, und drückte sie plötzlich in einem nervösen Anfall heftig zusammen. Dabei wanderten seine Augen von Starbuck zu Stubb und von Stubb zu Flask, die er alle durchdringend musterte, als wolle er seine eigene innere Erregung auf sie übertragen. Die drei Steuerleute erbebten vor seinem starren Blick, Stubb und Flask versuchten diesen Augen auszuweichen und blickten zur Seite. Der ehrliche Starbuck senkte die Augen.

»Vergebens!«, rief Ahab. »Doch vielleicht ist's gut so. Denn hättet ihr drei den Schlag in seiner ganzen Wucht empfangen, dann wäre vielleicht meine eigene Energie, die elektrische Kraft von mir gewichen und erloschen. Vielleicht wäret ihr auch tot umgesunken. Vielleicht habt ihr die Kraft auch gar nicht nötig. Herunter mit den Lanzen! Und jetzt, Steuerleute, ernenne ich euch zu Mundschenken meiner drei heidnischen Freunde dort, der Harpuniere. Passt euch das nicht? Wo doch selbst der große Papst den Bettlern die Füße wäscht und seine Tiara als Krug nimmt? Ich befehle es euch nicht, aber es ist mein Wille. Zerschneidet die Bändsel, Harpuniere, und zieht die Stöcke heraus!«

Ohne ein Wort zu verlieren, gehorchten die Harpuniere dem Befehl und standen nun mit den losgebundenen Harpunen, die Haken nach oben, vor Ahab.

»Erstecht mich nicht mit eurem scharfen Stahl! Kehrt sie um! Kennt ihr nicht das Becherende? Die Höhlung nach oben! Jawohl. Und jetzt, Mundschenke, tretet hervor! Her mit den Eisen! Ich will sie euch füllen.« Langsam schritt er von einem Steuermann zum anderen und füllte das Harpuniereisen mit Rum aus dem Krug.

»Und jetzt, ihr drei, zu den dreien. Kredenzt ihnen den Kelch! Der Bund ist geschlossen, er ist unauflöslich! Starbuck, es ist vollbracht. Die Sonne dort ist Zeuge. Trinkt, Harpuniere, trinkt und schwört: Tod für Moby Dick! Gott hetze uns selbst, wenn wir Moby Dick nicht zu Tode hetzen!«

Die langen stählernen Becher wurden gehoben und unter wilden Schreien und wüsten Verwünschungen gegen Moby Dick wurden sie geleert. Starbuck erbleichte und wandte sich schaudernd ab. Noch einmal, ein letztes Mal, kreiste der Krug, die Besatzung tobte.

Auf einen Wink des Kapitäns entfernten sie sich dann.

Ahab zog sich in seine Kajüte zurück.

Moby Dick

Auch ich, Ismael, gehörte zu dieser Mannschaft. Ich hatte mit allen anderen zusammen gebrüllt, mit den anderen zusammen geschworen; und ich hatte lauter gebrüllt als die anderen und meinen Eid noch lauter bekräftigt, um die Angst in meinem Herzen niederzuschreien. Ein wildes, rätselhaftes Mitgefühl war in mir. Ahabs unstillbarer Rachedurst war mein eigener geworden. Gierig hörte ich auf die Geschichten von jenem mörderischen Ungeheuer, dem ich und alle anderen Rache und Tod geschworen hatten.

Schon seit langen Jahren, wenn auch mit Unterbrechungen, war der einsam ziehende weiße Wal immer wieder in jenen öden Meeren aufgetaucht, in denen die Pottwalfänger am häufigsten jagten. Doch nicht alle wussten von seiner Existenz und nur verhältnismäßig wenige hatten ihn je zu Gesicht bekommen; und noch kleiner war die Zahl derer, die wirklich Jagd auf ihn gemacht hatten. Es kreuzen ja viele Walfänger zerstreut auf allen Meeren umher und manche von ihnen stoßen, von Abenteuerlust getrieben, in einsame Breiten vor, sodass sie im Laufe eines Jahres selten oder nie einem anderen Segler begegnen, der ihnen Neuigkeiten bringt. Die ungewöhnlich lange Dauer einer solchen Fahrt, die unregelmäßigen Auslaufzeiten aus den Heimathäfen, all das und andere Umstände erschwerten es lange Zeit, dass bei den Walfangflotten rings um den Erdball genauere Nachrichten über Moby

Dick durchsickerten. Allerdings hatten verschiedene Schiffe versichert, dass sie zu der und der Zeit auf dem und dem Breitengrad mit einem Pottwal von ungewöhnlicher Größe und Bösartigkeit aneinander geraten seien, mit einem Wal, der seinen Angreifern viel Schaden zufügte, ehe er spurlos verschwand. An diesen Berichten gab es keinen Zweifel. Und für viele stand fest, dass es sich bei diesem Wal nur um Moby Dick gehandelt haben kann. Allerdings war es bei der Jagd auf den Pottwal schon häufig vorgekommen, dass sich das angegriffene Riesentier mit wilder Wut, mit List und Bosheit zur Wehr gesetzt hatte. So ist es gut möglich, dass mancher Jäger, der, ohne es zu ahnen, mit Moby Dick aneinander geraten war, den Schrecken, den er verbreitete, ganz allgemein den Gefahren der Jagd auf den Pottwal zuschrieb, nicht aber der Kraft und der Tücke des einen Gegners: Moby Dick. Auf diese Weise hatte man sich auch bisher ganz allgemein den verhängnisvollen Kampf zwischen Ahab und dem Wal erklärt. Und all jene, die schon früher von dem weißen Wal gehört hatten und ihn nun eines Tages zufällig zu Gesicht kriegten, ließen zuerst einmal kühn und unerschrocken ihre Boote zu Wasser wie bei jedem anderen Pottwal. Auf die Dauer aber entstand bei diesen Angriffen zu viel Unheil. Es blieb nicht bei verstauchten Gelenken oder gebrochenen Gliedmaßen oder schrecklichen Amputationen – sondern mancher Mann verschwand für immer. Diese immer wiederkehrenden Katastrophen steigerten den Schrecken, der von Moby Dick ausging, sodass die Geschichten, die man sich von ihm erzählte, auch das Herz eines unerschrockenen Walfängers erbeben ließen.

Dazu kamen natürlich wilde Gerüchte aller Art, die diese Geschichten weiter übertrieben und mit schrecklichen Einzelheiten ausschmückten. Denn wo sich etwas Furchtbares zuträgt, da wuchern auch die unheimlichsten Gerüchte wie die Pilze im Stamm

eines geborstenen Baumes. Auf See aber wuchern die Gerüchte noch weit üppiger als an Land. All das aber wird bei weitem übertroffen von dem, das man sich unter Walfängern an wunderbaren und gruseligen Geschichten erzählt. Die Walfänger sind, wie alle Seeleute, unwissend und abergläubisch.
Aber sie kommen noch viel enger als alle anderen mit den Wundern und Schrecken des Meeres in Berührung, nicht nur als Zuschauer, sondern im Kampf – sozusagen mit der Hand im Rachen. Einsam in den entlegensten Meeren der Welt, ist der Walfänger allen Eindrücken und Einflüssen ausgesetzt, die seine Phantasie befruchten. So war es kein Wunder, dass die Gerüchte vom weißen Wal schon auf der Fahrt durch allerlei undeutliches Gerede, durch halbe Andeutungen bereichert wurden. Man schrieb ihm übernatürliche Kräfte zu, die ihn zu neuen, ungeahnten Schreckenstaten befähigten, weit über jedes vernünftige, nachprüfbare Maß hinaus. Am Ende hatte kaum einer, der die Geschichten mit angehört hatte, noch Lust seinem Rachen zu nahe zu kommen.
Immerhin, einige Männer gab es noch, die trotz der Redereien die Jagd auf Moby Dick nicht aufgeben wollten. Eine noch größere Zahl hatte nur unbestimmte Geschichten ohne schreckliche Einzelheiten und abergläubische Ausschmückungen gehört. Sie waren bereit dem Kampf nicht auszuweichen, wenn er sich ihnen anbot.
Eine der zügellosesten Mutmaßungen, die sich an Moby Dick knüpfte, war die, dass der weiße Wal allgegenwärtig sei. Zu ein und demselben Zeitpunkt sei er in ganz entgegengesetzten Breiten beobachtet worden. Und diese Behauptung hatte sogar einen Schimmer von Wahrscheinlichkeit an sich. Denn wie man die Geheimnisse der Meeresströmungen noch nicht erforscht hat, so bleiben auch die Wege des Pottwals unter dem Spiegel des Meeres seinen Verfolgern großenteils verborgen. Von Zeit zu Zeit haben

sie die merkwürdigsten und widersprüchlichsten Vermutungen über die unglaubliche Geschwindigkeit hervorgerufen, mit der sich der Wal angeblich in großen Tiefen zwischen den entlegensten Punkten hin und her bewegt.
So viel ist jedenfalls bei amerikanischen und englischen Walfängern bekannt, dass man Wale im nördlichen Pazifik mit Harpunenhaken im Leib gefangen hat, die aus den Gewässern um Grönland stammten. Es ist auch unbestreitbar, dass in einigen Fällen zwischen den beiden Angriffen nur wenige Tage gelegen haben. Deshalb glauben manche Walfänger, dass der Wal die Nord-West-Passage, die dem Menschen so lange ein Problem war, längst gefunden hat.

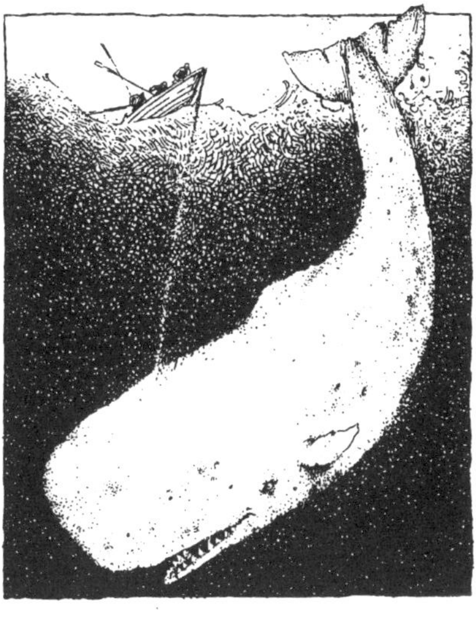

Wenn man sich nun einmal an solche Wundergeschichten gewöhnt hatte und wusste, dass der weiße Wal auch wiederholte, tollkühne Angriffe überlebt hatte, so konnte es nicht überraschen,

dass manche Seeleute noch einen Schritt weiter gingen und behaupteten, Moby Dick sei nicht nur allgegenwärtig, sondern auch unsterblich. Denn ein wahrer Wald aus Lanzen stecke bereits in seinen Flanken und dennoch entrinne er jedes Mal unversehrt.
Sieht man aber von all diesen übernatürlichen Dingen einmal ab, dann bleibt immer noch genug übrig, um die Phantasie zu beschäftigen. Denn es war nicht einmal seine ungewöhnliche Größe, die ihn von anderen Pottwalen unterschied, sondern seine schneeweiße, tief gefurchte Stirn und sein hoher, pyramidenförmiger, weißer Buckel. Das waren die Zeichen, mit denen er auf dem unendlichen Meer denen seine Gegenwart zu erkennen gab, die ihn kannten.
Sein Körper war weiß gestreift und gefleckt und marmoriert, sodass er am Ende zur Unterscheidung von anderen Walen den Namen »Der weiße Wal« erhielt; ein Name, den er wahrhaftig rechtfertigte, wenn er am hohen Mittag durch das dunkelblaue Meer dahinzog, hinter sich eine Milchstraße von weißem Schaum, von goldenen Lichtern übersprüht. Doch, es war nicht so sehr seine ungewöhnliche Größe, auch nicht seine Färbung oder der missgestaltete Unterkiefer, was ihn den Walfängern so furchtbar machte, als vielmehr die beispiellose Tücke und Schlauheit, die er bei seinen Angriffen immer und immer wieder bewies. Vor allem seine hinterhältigen Rückzüge waren der Schrecken der Jäger. Denn mehr als einmal soll er mit allen Zeichen der Furcht vor seinen Verfolgern davongeschwommen sein, um dann plötzlich zu wenden, auf sie loszurasen und die Boote in Stücke zu schlagen oder wenigstens zu vertreiben.
Diese Jagd hatte schon manchem das Leben gekostet. Aber solche Unglücksfälle bringt der Walfang eben mit sich, auch wenn man an Land wenig davon spricht. Wenn aber der weiße Wal einen in seiner rasenden Wut zum Krüppel geschlagen oder gar getötet

hatte, dann wurde er nicht einfach als Opfer der dumpfen Kreatur betrachtet, sondern als Opfer eines bewussten, teuflischen Anschlags. So ist auch die Wut der verzweifelten Jäger zu verstehen, die inmitten der Trümmer ihrer zerschmetterten Boote und der versinkenden Gliedmaßen ihrer Kameraden herausschwammen aus dem weißen Strudel, den die Raserei des Wals erzeugte, zurück in das Licht einer Sonne, die heiter weiterleuchtet, als wäre nichts geschehen.

Einst hatte ein Kapitän, als seine drei Boote zerschmettert waren und Ruder und Männer im aufgewühlten Wasser umherwirbelten, das Messer aus dem Bug seines zerbrochenen Bootes gezogen und sich auf den Wal gestürzt, um mit der sechs Zoll langen Klinge die tief liegende Lebensader des Wals aufzureißen. Dieser Kapitän war Ahab. Und da geschah es. Plötzlich war Moby Dick mit seinem sichelförmigen Unterkiefer unter ihm hinweggeschossen und hatte Ahabs Bein abgemäht wie einen Grashalm auf der Wiese. Kein Teufel hätte ihn tückischer treffen können. So ist es leicht zu begreifen, dass Ahab seit diesem verhängnisvollen Schlag unersättlich nach Rache dürstete. Denn er sah in seinem fast krankhaften Hass in dem Wal nicht nur den Urheber all seiner körperlichen Leiden, sondern auch seiner seelischen Qualen. Der weiße Wal schwamm vor ihm wie die Verkörperung alles Bösen. Auf seinen weißen Buckel häufte er den ganzen Hass und die Wut des Menschengeschlechts.

Es ist nicht wahrscheinlich, dass dieser Wahn erst in dem Augenblick von ihm Besitz ergriff, als er vom Wal verstümmelt wurde. Als er mit dem Messer in der Hand auf das Ungeheuer eindrang, hatte er nur einer Regung plötzlichen Abscheus nachgegeben. Und als er den Hieb, der ihn zerfleischte, empfing, da fühlte er wahrscheinlich den rasenden Schmerz der Wunde, aber sonst nichts. Aber jetzt war er gezwungen heimzufahren und für endlose

Tage, Wochen und Monate lagen sie zusammen in einer Hängematte, Ahab und seine Qual. Sie fuhren mitten im Winter um das trostlose Kap Hoorn. Und hier wurde er wahnsinnig. Die Tobsuchtsanfälle wiederholten sich und wurden so schlimm, dass die Steuerleute ihn schließlich in seiner Hängematte festbinden mussten. Da lag er in einer Art Zwangsjacke und wurde von den wilden Stürmen hin und her gewiegt. Als dann das Schiff in ruhigere Breiten kam und unter milderen Winden dahinglitt, da schienen auch die Anfälle des alten Mannes zurückgeblieben zu sein am Kap Hoorn. Er kam hervor aus seiner finsteren Kammer und trat hinaus in Licht und frische Seeluft. Er war bleich, aber ruhig und, wie es schien, gefasst, er gab seine Befehle so bestimmt wie früher, sodass die Steuerleute bereits Gott danken wollten, dass die furchtbaren Anfälle vorüber waren.
Aber in seinem Innern hatte Ahab seine Raserei noch nicht überwunden. Sie war nicht vorüber, sie hatte sich tief innen zusammengezogen. Äußerlich merkte man ihm nichts mehr an.
So war man in Nantucket auch bereit ihm wieder ein Schiff anzuvertrauen und sei es nur, weil die scharfen Rechner auf der Insel ihn besonders geeignet für das blutige Geschäft des Walfangs hielten. Und so jagte der gottlose alte Graukopf unter wilden Verwünschungen den weißen Wal um die Erde, an der Spitze einer Mannschaft, die hauptsächlich aus Deserteuren, Ausgestoßenen und Kannibalen bestand, die obendrein demoralisiert war durch die Hilflosigkeit Starbucks, die Rücksichtslosigkeit Stubbs und die erbärmliche Mittelmäßigkeit Flasks. Solche Matrosen mit solchen Offizieren waren ihm von einem höllischen Verhängnis ausgesucht und zugetragen worden, damit sie ihm zu Helfern bei seiner widervernünftigen Rache wurden. Wie kam es, dass sie sich so ganz zu seinem Werkzeug machten, dass sie seinen Hass zu dem ihren machten? Fragen, auf die ich keine Antwort zu geben weiß.

Rache, das also bedeutete der weiße Wal für Kapitän Ahab. Was er allerdings für mich, Ismael, und was er für die Mannschaft bedeutete, das ist etwas anderes.

Es war die weiße Farbe des Wals, die ihn mir so entsetzlich erscheinen ließ. Denn, obwohl Weiß die Farbe der Schönheit, der Reinheit, die Farbe von Königen und Priestern ist, so lauerte in ihr doch etwas, das die Seele des Menschen mit größerem Schauder erfüllt als das Rot des Blutes. Und wenn diese schwer fassbare Eigenschaft, die die Farbe Weiß besitzt, von Vorstellungen erhabener Natur gelöst ist, sich mit einem Ding verbindet, das allein schon durch seine Gestalt Furcht erregt, so steigert sich diese Furcht ins Unermessliche. Die Gründe dafür sind schwer zu bezeichnen. Aber es ist sicher dieselbe Furcht, die uns beim Anblick des marmorbleichen Todes beschleicht.

Wahrscheinlich ist es auch weniger die Farbe selbst, die uns erschreckt und schaudern macht, als vielmehr das völlige Fehlen jeglicher Farbe – eine Farblosigkeit, die ihre Bedeutung unsichtbar in sich trägt.

Für all das war der weiße Wal ein Sinnbild. Wen also wundert die besessene Jagd?

Horch!

»Psst! Cabaco! Hast du das gehört?«

Es war Mitternacht, helles Mondlicht. Die Matrosen standen in lang gezogener Reihe von der Frischwassertonne mittschiffs nach achtern, um die Hecktonne zu füllen. Da die meisten von ihnen auf dem Achterdeck standen, waren sie darauf bedacht, nicht zu laut zu sprechen oder mit den Füßen auf den Planken zu scharren. In tiefstem Stillschweigen gingen die Eimer von Hand zu Hand,

nur hie und da hörte man das Klatschen eines Segels und das Glucksen am Kiel.

Mitten in dieser Stille geschah es, dass Archy, der in der Nähe der Achterluke in der Kette stand, seinem Nebenmann zuflüsterte: »Psst! Cabaco! Hast du das gehört?«

»Da, nimm den Eimer! Was soll ich gehört haben?«

»Da ist es wieder – unter der Luke –, hörst du's denn nicht? Ein Husten – wie wenn einer hustet.«

»Pfeif auf den Husten. Gib mir den Eimer.«

»Da – schon wieder – da ist es! Wie wenn sich ein, zwei Mann im Schlaf umdrehen – jetzt!«

»Verflucht! Mach schon, her damit! Das ist der aufgeweichte Zwieback, der sich dir im Magen dreht – sonst nichts. Schau lieber auf den Eimer!«

»Sag, was du willst, Kamerad, ich hab scharfe Ohren.«

»Ja, du – du bist genau der Richtige, der die Stricknadeln der alten Weiber von Nantucket noch fünfzig Meilen draußen auf See hört.«

»Grins nur. Wir werden ja sehen, was dahinter steckt. Hör doch! Cabaco! Da steckt jemand im Achterraum, der sich an Deck noch nicht hat blicken lassen. Unser Mogul weiß vermutlich mehr davon.«

Die Seekarte

In der Nacht nach dem wilden Gelage, mit dem die Mannschaft den Plänen ihres Kapitäns Zustimmung erteilt hatte, ging Ahab, als es wieder still geworden war, hinab in seine Kajüte. Dort trat er an einen Kasten im Heckbalken, schloss ihn auf und zog eine große Rolle zerknitterter, vergilbter Seekarten hervor, die er vor sich auf dem festgeschraubten Tisch ausbreitete. Er setzte sich davor und studierte angestrengt die verschiedenen Linien und Schraffierungen. Dabei zeichnete er langsam und bedächtig weitere Eintragungen in die bisher noch leeren Felder. Hin und wieder blätterte er in einem der alten Logbücher, die haufenweise neben ihm lagen und in denen vermerkt war, wann und wo bei früheren Fahrten andere Schiffe Pottwale gefangen oder gesichtet hatten. Während er so in seine Arbeit vertieft war, schwankte die schwere Zinnlampe, die an Ketten von der Decke hing, mit den Bewegungen des Schiffes ständig hin und her und warf im Wechsel Licht

und Schatten auf Ahabs tief zerfurchte Stirn, als zeichne ihm bei seiner Arbeit ein unsichtbarer Stift die Linien und Kurven auf, die er selbst auf seiner zerknitterten Karte eintrug.
Aber nicht nur in dieser einen Nacht saß Ahab einsam in seiner Kajüte und brütete über seinen Karten. Fast jede Nacht holte er sie hervor; fast jede Nacht wurden die Linien wieder ausradiert und durch neue ersetzt. Denn auf den Karten der vier Weltmeere, die vor ihm lagen, knüpfte er ein verwirrendes Netzwerk von Strömungen und Wirbeln, immer von dem einen Gedanken besessen sein Ziel zu erreichen.
Seit einer Reihe von Jahren war Moby Dick immer zur gleichen Zeit in den gleichen Gewässern gesichtet worden. Und in diesen Gegenden hatten sich auch die meisten von den tödlichen Zusammenstößen mit dem weißen Wal zugetragen. Dort wussten die Wellen von seinen Untaten zu erzählen; und dort war auch der Ort, wo den besessenen Alten sein schreckliches Schicksal ereilt hatte, von dem er sich nicht mehr loslösen konnte, das ihn unablässig auf Rache sinnen ließ. Aber die unermüdliche Wachsamkeit, mit der Ahab seinem Feind nachjagte, erlaubte es ihm nicht, alle seine Hoffnungen auf den einen Punkt auf seiner Seekarte zu richten, so verheißungsvoll es auch sein mochte. Sein Schwur ließ seiner Seele keine Ruhe; er konnte die Suche nicht bis dahin aufschieben.
Nun war die »Pequod« gerade zu Beginn der Saison am Äquator aus Nantucket ausgelaufen. So konnte der Kapitän auch bei größter Anstrengung unmöglich die große Reise südwärts um das Kap Hoorn machen und dann sechzig Grad nordwärts vorstoßen, um das Fanggebiet am Äquator rechtzeitig zu erreichen. Er musste also die nächste Fangsaison abwarten. Dennoch war es wahrscheinlich richtig gewesen, mit der »Pequod« so zeitig auszulaufen, denn nun lagen vor Ahab dreihundertfünfundsechzig

Tage und dreihundertfünfundsechzig Nächte, die er mit allen möglichen Nachforschungen hinbringen konnte, anstatt ungeduldig zu Hause zu verharren. Vielleicht stieß er so auf den weißen Wal, wenn der von seinen eigentlichen Jagdgründen aus eine Ferienreise unternahm; vielleicht tauchte die gefurchte weiße Stirn unversehens vor dem Persischen Golf auf oder in der Bucht von Bengalen oder in der Chinesischen See oder in anderen Gewässern, die diese Bestien aufzusuchen pflegen. Monsun oder Pampa, Nordwest oder Passat: Fast jeder Sturm, außer Samum und Schirokko, konnte der »Pequod« den weißen Wal vor den Bug bringen.

Doch selbst wenn man das alles gelten lässt, dann ist es doch bei ruhiger Überlegung eine Wahnsinnsidee, im unendlichen Ozean einen einzeln ziehenden Wal, wenn man überhaupt auf ihn trifft, als denjenigen zu erkennen, den man zu jagen sucht. Immerhin: Moby Dicks eigenartige, schneeweiße Stirn und sein schneeweißer Buckel sind nicht zu verkennen. »Habe ich ihn nicht gezeichnet?«, pflegte Ahab vor sich hin zu murmeln. »Und jetzt soll er mir entkommen? Seine breiten Rückenflossen sind durchbohrt und für immer gezeichnet.« Und hier schweiften seine Gedanken ab, bis sie müde wurden und verblassten. Auf Deck suchte er dann in der frischen Luft seine Spannkraft wieder zu finden.

Die ersten Wale

Obgleich Ahab nur an Moby Dick dachte, obgleich er jedes Opfer gebracht hätte, um seinem Ziel näher zu kommen, wollte er dennoch nicht völlig darauf verzichten, seine Aufgabe als Kapitän eines Walfängers auszuüben und den Wal zu jagen, damit die Ölfässer gefüllt würden. Mag dies teilweise daran liegen, dass es einer jahrelangen Gewohnheit entsprach, die aufzugeben er nicht in der Lage war, so war der Hauptgrund ein anderer.

Ahab brauchte, um seinen Todfeind, den weißen Wal, zu jagen, Werkzeuge – die Mannschaft seines Schiffes. Er wusste jedoch genau, dass viel Zeit verstreichen konnte, bis man auf den Leviathan traf. Die Matrosen, besonders aber Starbuck, würden während der Wartezeit unwillig werden, meutern, denn sie verlangte es, den Wal zu töten. Ahab, den sein Wahnsinn verschlagen und feinfühlig gemacht hatte, spürte außerdem, dass er die Männer ablenken musste von der Jagd nach Moby Dick, deren Vorstellung allein schon Grauen erweckte. Hatten sie auch alle den Eid geschworen, so doch mit Schaudern; waren sie auch bereit dem Eid Folge zu leisten, so galt ihre Leidenschaft doch dem Abenteuer, wie es jede Jagd nach dem Wal versprach, und sie würden nicht gewillt sein sich dieses Abenteuer nehmen zu lassen, nur mit dem Versprechen, dass sie am Ende der Fahrt ein noch ungeheuerlicheres Erlebnis erwarte. Sie brauchten etwas, um ihren täglichen Appetit zu stillen.

Ahab hatte wohl gespürt, dass er sich zu früh hinreißen ließ, als er das eigentliche Ziel der Reise enthüllte. Nun war seine Stellung gefährdet. Er musste seine Leute bei Laune halten, sie selbst antreiben nach Walen auszuschauen – auch wenn er dabei seine Interessen im Moment vergessen musste. So hörte man ihn jetzt häufiger hinauf zu den Ausguckposten rufen, sie sollten die Augen offen halten und unbedingt alles melden, was sie erspähten, und sei es nur ein Tümmler. Sein neu erwachter Eifer blieb auch nicht lange unbelohnt.

Es war an einem schwülen, wolkigen Nachmittag. Die Matrosen lungerten auf Deck herum oder schauten müßig hinaus auf das bleigraue Meer. Quiqueg und ich waren ohne besonderen Einsatz damit beschäftigt, eine so genannte Schwertmatte zu flechten. So still und verhalten es an Bord auch war – es lag irgendetwas in der Luft. Selbst die rauen Matrosen schwiegen und schienen in sich gekehrt.

Wir waren in unsere Flechtarbeit vertieft, als mich plötzlich ein Laut aufschreckte, so seltsam lang gezogen, von einer ganz unirdischen, wilden Musikalität, dass ich wie gebannt nach oben starrte, woher der Laut wie auf Flügeln herabgeschwebt war. Hoch oben in den Salings stand Tashtego, der wilde Gay-Header, den Körper vorgebeugt, die Hand weit ausgestreckt wie einen Zauberstab; in kurzen Abständen ließ er den gleichen Ruf ertönen.

»Da bläst er! Wal! Wal! Wal! Dort bläst er! Dort bläst er!«

»Wo? Wo?«

»Auf Lee, zwei Meilen ab! Ein ganzes Rudel!«

Im Nu war alles in Bewegung.

Der Pottwal bläst so unerschütterlich gleichmäßig, wie ein Uhrwerk tickt. Daran unterscheiden ihn die Waljäger von anderen Arten seiner Gattung.

»Sie wenden!«, kam der Ruf Tashtegos von oben und die Wale verschwanden.
»Rasch, Junge«, rief Ahab, »sieh nach der Uhr!«
Der Junge eilte hinunter, sah nach der Uhr und meldete Ahab die genaue Zeit.
Das Schiff wurde nun in den Wind gedreht und begann sanft zu rollen. Tashtego meldete, dass die Wale leewärts abgeschwommen seien. Wir warteten zuversichtlich. Sie mussten hart vor unserem Bug wieder auftauchen, denn für die List, die der Pottwal gelegentlich anwendet, nämlich nach einer bestimmten Richtung davonzutauchen und unter Wasser kehrtzumachen, war im Augenblick kein Anlass. Es war nicht anzunehmen, dass die Wale, die Tashtego entdeckt hatte, von uns aufgescheucht oder beunruhigt worden waren. Einer der Männer, die nicht mit in die Boote sollten, löste den Indianer im Ausguck ab. Die Leinen wurden festgemacht, die Krane ausgeschwungen, die Großrah wurde backgebrasst und die drei Boote hingen über dem Wasser. Außenbords klammerten sich die Männer mit einer Hand an die Reling, während sie schon voll Tatendurst mit einem Fuß auf der Bordkante standen.
In diesem entscheidenden Augenblick vernahm man plötzlich einen Ruf. Alle Augen wandten sich von den Walen ab. Alle fuhren herum und starrten auf den düsteren Ahab, der von fünf dunklen Gestalten umgeben war, die sich soeben aus der Luft gebildet haben mussten.
Die geisterhaften Erscheinungen huschten auf die andere Seite des Decks und machten dort rasch und geräuschlos das Boot los, das dort hing. Es hatte immer zu den Reservebooten gehört, obwohl es eigentlich als Kapitänsboot galt, weil es steuerbord am Achterdeck heraushing. An seinem Bug stand jetzt eine hohe dunkle Gestalt, der ein weißer Zahn bösartig aus den stahlharten Lippen

hervorstach. Bekleidet war der Kerl mit einer zerknitterten Chinesenjacke aus schwarzer Baumwolle, dazu trug er weite schwarze Hosen aus demselben Material. Merkwürdigerweise war der schwarze Bursche von einem glänzend weißen Turban gekrönt, unter dem das Haar um den Kopf gewunden war. Seine Genossen wirkten nicht ganz so düster mit ihrer tigergelben Farbe, wie sie manchen Eingeborenenstämmen der Philippinen eigentümlich ist, die als besonders verschlagen gelten. Manche weißen Seeleute halten sie für Spione des Teufels und für seine Vertrauensleute zur See.

Während die Leute auf dem Schiff immer noch ratlos auf die Fremden starrten, rief Ahab dem Alten mit dem weißen Turban zu: »Alles fertig, Fedallah?«

»Alles fertig!«, zischte der.

»Dann Boote ausschwingen!«, schallte es über das Deck. »Auch dort drüben! Hört ihr?«

Seine Stimme donnerte so laut, dass die Männer trotz ihrer Ratlosigkeit über die Reling sprangen. Die Scheiben wirbelten in den Blöcken, mit einem Klatsch kamen die drei Boote aufs Wasser. Ohne sich lange zu besinnen, sprangen die Matrosen wie die Ziegenböcke vom rollenden Schiff hinunter in die Boote, die auf dem Wasser tanzten.

Kaum waren sie vom Schiff weggekommen, da kam aus Luv ein viertes Boot im Bogen unter dem Heck hervor. Drinnen saßen die fünf Fremden und ruderten wie die Teufel. Ahab stand hoch aufgerichtet im Heck und rief Starbuck, Stubb und Flask zu, sie sollten weit auseinander gehen, um so eine möglichst große Fläche zu beherrschen. Aber die Insassen der anderen Boote starrten noch immer unverwandt auf den dunklen Fedallah und seine Gesellen.

»Kapitän Ahab –«, fragte Starbuck ratlos zurück.

»Auseinander!«, schrie Ahab. »Auseinander, alle vier Boote! Flask, weiter nach Lee!«

»Ja, Sir«, antwortete der Mann am Steuer und warf das Ruder herum. »Los!«, rief er seinen Leuten zu. »Da! Da! Da schon wieder! Dort blasen sie. Vorwärts und kümmere dich nicht um die gelben Burschen, Archy!«

»Oh, tu ich ja gar nicht«, erwiderte Archy, »ich wusste doch alles längst. Ich hab sie doch unten im Laderaum gehört. Cabaco, hab ich dir's nicht gesagt? Blinde Passagiere, Mr Flask.«

»Rudert, meine Herzchen; rudert, Kinderchen; rudert, meine lieben Kleinen«, schmeichelte Stubb seiner Mannschaft, denn manchen seiner Leute war die Sache noch immer nicht geheuer. »Ihr

sollt euch das Rückgrat brechen, Jungs. Was gibt's denn zu glotzen? Die Kerle dort im Boot? Pah! Nur fünf Leute mehr, die uns helfen können. Was geht es uns an, woher sie kommen? Je mehr, desto besser. Legt euch ins Zeug und denkt nicht an die Schwefelbande. Teufel können recht gute Gesellen sein. So ist's recht, nur so weiter. Rudert, dass die Riemen krachen und beißt die Zähne zusammen. Hol euch der Teufel, ihr schlaft ja. Hört auf zu schnarchen, ihr Schlafmützen. Rudert in drei Teufels Namen. Rudert, dass euch die Augen tropfen! Ihr Stahlbeißer, ihr lieben Silberlöffelchen!«

Stubb hatte eine besondere Art mit den Leuten zu sprechen und deshalb habe ich diese Ansprache hier wiedergegeben. Aber er war trotz seiner Grobheiten seiner Mannschaft niemals ernsthaft böse. Ganz im Gegenteil. Er pflegte ihnen die unglaublichsten Dinge in einer Mischung aus Wut und Scherz zu sagen, bis die Leute ruderten, als gehe es um ihr Leben.

Auf ein Zeichen von Ahab legte sich nun Starbuck quer vor den Bug von Stubbs Boot, und als die beiden Boote für einen Augenblick hart nebeneinander waren, rief Stubb dem ersten Steuermann zu: »Hallo, Mr Starbuck! Boot backbord. Auf ein Wort!«

»Hallo!«, gab Starbuck zurück und wandte den Kopf beim Sprechen um keinen Zoll. Mit steinernem Gesicht trieb er seine Mannschaft in einem heiseren Flüsterton an.

»Was soll man von den gelben Kerlen halten?«

»Irgendwie an Bord geschmuggelt, ehe das Schiff auslief.« Und wieder im Flüsterton zu seinen Leuten: »Vorwärts, vorwärts, Jungs. Eine üble Sache, Stubb. Macht nichts, wird schon gut gehen. Lasst die Mannschaft nur fest rudern, mag kommen, was da will.« Und wieder flüsternd: »Vorwärts, Leute, vorwärts! Tonnenweise Tran in Sicht, Stubb, und dafür sind wir ja da. Rudert, Leute, los! Tran, darum geht's ja. Da tut man seine Pflicht und hat noch seinen Profit dabei.«

»Jaja, das habe ich mir gedacht«, sagte Stubb zu sich selbst, als die Boote wieder auseinander liefen, »gleich, als ich sie sah. Und deshalb stieg er also immer in den Achterraum hinunter. Dort waren sie verborgen. Da steckt der weiße Wal dahinter. Nun, das kann man nicht mehr ändern. Los, Leute! Gegen den weißen Wal geht es heute noch nicht.«

Nun hatte das Auftauchen dieser fremden Gesellen gerade in dem entscheidenden Augenblick, als das Boot zu Wasser gelassen wurde, bei manchen Matrosen einen fast abergläubischen Schreck hervorgerufen. Das ist wohl zu begreifen. Da sich aber Archys Entdeckung bereits bei der Mannschaft herumgesprochen hatte, allerdings ohne Glauben zu finden, waren die Leute dort bis zu einem gewissen Maß vorbereitet. Die Überraschung war nicht ganz so groß, wie sie hätte sein können. Und da Stubb die Erscheinung der Fremden mit einiger Gelassenheit hinnahm, überwand auch die Mannschaft bald ihre abergläubische Furcht. Dennoch ließ der Vorfall genug Raum für allerlei wilde Vermutungen, die Ahab und seine undurchsichtige Rolle bei der Angelegenheit betrafen. Ich jedenfalls dachte an die geheimnisvollen Schatten, die damals im frühen Morgengrauen vor meinen Augen an Bord gekrochen waren. Es war also doch keine Täuschung gewesen.

Ahabs Boot, inzwischen außer Hörweite seiner Offiziere, war am weitesten nach Luv geraten und war jetzt den anderen Booten weit voraus, ein Beweis, wie tüchtig seine Mannschaft ruderte. Die tigergelben Burschen schienen aus Stahl und Walfischbein gemacht. Wie von einem Uhrwerk getrieben, sauste das Boot unter ihren kraftvollen Ruderschlägen dahin. Fedallah, der am Harpunierriemen saß, hatte seine schwarze Jacke abgelegt, sodass sich seine nackte Brust und sein ganzer Oberkörper über dem Dollbord scharf gegen den Horizont und das ständige Auf und Ab der Wogen abzeichnete. Am anderen Ende des Bootes, den einen Arm wie ein Fechter erhoben und nach rückwärts gebeugt, bediente Ahab das Steuerruder wie tausendmal zuvor, ehe der weiße Wal ihn gezeichnet hatte. Plötzlich machte der Arm eine bestimmte Bewegung und erstarrte wieder. Die fünf Riemen des Bootes gingen hoch. Boot und Mannschaft verharrten regungslos auf dem Wasser. Im gleichen Augenblick hielten auch die drei anderen, weit verstreuten Boote an. Die Wale waren hier und dort in der blauen Tiefe verschwunden. Nichts war mehr von ihnen zu entdecken. Ahab aber hatte sie, da er ihnen näher war, genau beobachtet.

»Alle Mann ausgucken! Jeder über seinen Riemen hinweg!«, rief Starbuck. »Quiqueg, auf!«

Der Wilde sprang gewandt auf den dreieckigen Kasten im Bug und blieb dort aufrecht stehen, während er unverwandt nach der Stelle spähte, wo man die Beute zuletzt gesichtet hatte. Ebenso stand ganz hinten im Heck auf einem dreieckigen Brett in Höhe des Dollbords Starbuck selbst. Kaltblütig und sehr geschickt fing er die Stöße des winzigen Kahns auf und schaute schweigend über die unendliche blaue Fläche des Meeres.

Nicht allzu weit entfernt lag, ebenso unbeweglich, Flasks Boot. Der Steuermann stand kühn ganz oben auf dem Poller, einem mächtigen Pfosten, der im Kiel verankert ist und zwei Fuß über die Heckplattform hinausragt. Er dient dazu, die auslaufende Walfischleine, die um ihn geschlungen ist, zu hemmen. Am oberen Ende ist der Pfosten nicht breiter als eine Männerhand. Dort also stand Flask wie auf dem Toppmast eines Schiffes, das bis zum Flaggenkopf gesunken ist. Klein und untersetzt, wie er war, wollte der Bursche noch höher hinaus. Der Platz auf dem Poller genügte ihm durchaus noch nicht.

»Ich kann keine drei Seen weit sehen. Einen Riemen her! Ich will weiter rauf!«

Da glitt Daggoo, mit beiden Händen am Dollbord Halt suchend,

rasch zum Heck, richtete sich in seiner ganzen Größe auf und bot ihm seine mächtigen Schultern als Sockel an.
»Ein Topp so gut wie jeder andere, Sir. Steigen Sie auf.«
»Ja, dank dir, bist ein feiner Kerl, aber fünfzig Fuß zu klein.«
Der riesige Neger stemmte sich mit beiden Füßen fest gegen die Seitenplanken des Boots, beugte sich ein wenig und hielt Flask die flache Hand zum Aufsteigen hin. Dann legte er sich Flasks Hand auf den Schädel und hieß ihn aufspringen, wobei er ihm mit einem kleinen Stubs noch nachhalf, sodass das Männlein heil und unbeschädigt auf seinen Schultern landete. Da stand nun Flask und Daggoos Hand hielt ihn fest, damit er das Gleichgewicht nicht verlor.
Für den Neuling ist es jedes Mal ein erstaunlicher Anblick, mit welcher Sicherheit die Walfänger selbst bei schwerer See aufrecht im Boot stehen; noch erstaunlicher ist es, wenn sich jemand unter diesen Umständen hoch oben auf dem Poller hält; am erstaunlichsten aber war der kleine Flask dort oben auf dem riesenhaften Daggoo, denn der prächtige Neger stand da in seiner kühlen, unnahbaren, barbarisch anmutenden Majestät und glich mit seinem Körper harmonisch die anrollenden Wellen aus. Der flachshaarige Flask wirkte auf den dunklen, mächtigen Schultern wie eine Schneeflocke.
Stubb, der zweite Steuermann, hatte offenbar nicht den Ehrgeiz sich ein so weites Blickfeld zu schaffen. Die Wale waren vielleicht nur für eine Weile getaucht, wie das öfter geschieht, und nicht geflohen. Stubb war entschlossen sich nach alter Gewohnheit indessen eine Pfeife anzustecken. Er holte sie hinter seinem Mützenband hervor, wo er sie stets wie eine Feder stecken hatte, stopfte sie und drückte den Tabak umständlich mit dem Daumen fest. Aber kaum hatte er das Streichholz an der rauen Handfläche angestrichen, da schrie Tashtego, sein Harpunier, der unverwandt hinausgestarrt hatte, plötzlich laut: »Los! Los! Dort sind sie!«

Für eine Landratte wäre in diesem Augenblick nicht das Geringste zu sehen gewesen, kein Wal, nicht einmal die Spur eines Herings, nichts als ein bisschen grün-weißer Schaum und darüber dünne, kaum wahrnehmbare Dampfwölkchen, die leewärts davonzogen wie die wirbelnde Gischt weißer Wogenkämme. In der Luft ringsum begann es auf einmal zu schwirren und zu flimmern, als seien darunter glühend heiße Eisenplatten. Dieses Flirren der Atmosphäre kündigte die Wale an, die jetzt, zum Teil noch von einer dünnen Wasserschicht bedeckt, heranschwammen. Das erste Zeichen, das sie verriet, waren die kleinen Dunstwölkchen, die sie ausstießen.

Alle vier Boote schossen nun auf diesen einen Fleck unruhiger Luft und Wasserfläche zu. Aber er war zu schnell, er floh davon und immer weiter, wie die wirbelnden Blasen, die ein Wildbach zu Tal trägt.

»Rudert, meine Lieben, rudert!«, flüsterte Starbuck seinen Leuten so leise und so eindringlich wie möglich zu, während seine Augen starr und unverwandt wie zwei unfehlbare Kompassnadeln über den Bug des Bootes nach vorn gerichtet waren. Er verlor kaum ein Wort und auch seine Mannschaft schwieg. Die Ruhe im Boot wurde nur dann und wann durch ein drängendes Flüstern unterbrochen, wenn er die Mannschaft bald rau befehlend, bald flehentlich anfeuerte.

Ganz anders machte es der kleine, stets zum Lärmen geneigte Flask. »Sagt doch was, singt doch was, meine Herzchen! Brüllt und rudert, zum Donnerwetter! Setzt mich auf ihren schwarzen Buckeln an Land! Setzt mich an Land, Jungs! Tut was für mich und ich vermach euch meinen Acker auf Marthas Vineyard und Weib und Kind dazu! Los! Los! Gottes Zorn über euch, ihr Teufelsbraten! Mit euch werd ich noch verrückt. Seht doch die weiße Gischt dort vorne!« Unter lautem Geschrei riss er sich die

Mütze vom Kopf, warf sie ins Boot und trampelte tatsächlich wie verrückt darauf herum, hob sie wieder auf und schleuderte sie weit hinaus ins Meer. Und endlich stampfte und tobte er im Heck herum wie wild geworden.

»Jetzt schaut euch diesen Menschen an«, brummte Stubb gleichmütig, der, mit seiner kalten Pfeife zwischen den Zähnen, in kurzem Abstand folgte. »Er hat wieder mal seine Anfälle, dieser Flask. Anfälle? Ja, das ist das richtige Wort. Fallt sie an, fallt über sie her! Rudert, Kinderchen, rudert, ihr Säuglinge. Aber wohin denn, zum Teufel? Immer sachte, immer sachte und immer mit der Ruhe. Brecht euch die Knochen und fresst euer Messer, mehr will ich gar nicht. Und immer wieder mit der Ruhe, mit der Ruhe, bis euch Lunge und Leber platzen.«

Was aber Ahab, der Rätselhafte, seiner tigergelben Mannschaft zu sagen hatte, das wollen wir hier am besten verschweigen. Wir leben in einem christlichen Land. Nur der tückische Hai vermag die Worte Ahabs zu ertragen, wenn er mit düsterer Stirn, mordgierigen Augen und schaumverklebten Lippen seine Beute jagt.

Die Boote flogen indessen dahin. Es war ein überwältigender Anblick; die Riesenwogen der allgewaltigen See, ihr Donnern und Brausen, wenn sie an den acht Dollborden entlangrollten; der kurze Augenblick, wenn eines der Boote auf dem messerscharfen Rücken einer Woge schwebte, als ob es in zwei Teile geschnitten werden solle, ehe es tief in die Mulden und Täler hinabtauchte und auf dem nächsten Wogenberg wieder emporstieg. Dazu das Geschrei der Bootsführer und Harpuniere, das Keuchen der Mannschaft an den Riemen und im Hintergrund, elfenbeinglänzend, die »Pequod« mit geschwellten Segeln.

Die weiße, kochende Gischt, die von den Walen aufgewirbelt wurde, trat in der zunehmenden Düsternis der Wolkenfetzen, die über die See herwehten, immer deutlicher hervor. Die Fontänen verschwammen jetzt nicht mehr ineinander, sie stiegen überall, rechts und links von uns, empor. Die Wale schienen sich zu trennen und auch die Boote liefen auseinander. Starbuck jagte hinter drei Walen her, die leewärts davonschwammen. Wir setzten unser Segel und rauschten mit dem aufkommenden Wind so rasend dahin, dass die Riemen kaum schnell genug gehandhabt werden konnten.

Bald gerieten wir in eine Nebelbank; weder das Schiff noch eines der Boote war zu sehen.

»Los, vorwärts, Leute«, flüsterte Starbuck und holte das Segelschot noch näher heran. »Wir kriegen noch einen, bevor die Bö aufkommt. Hier, wieder weißes Wasser! Näher heran, noch näher! Und jetzt los!«

In diesem Augenblick gellten zwei Rufe, einer von rechts, der andere von links. Das hieß, die anderen Boote waren fest. Und schon zischte Starbuck: »Auf!« Quiqueg sprang, die Harpune in der Hand, auf die Füße.

Die Leute an den Rudern konnten die drohende Lebensgefahr in ihrem Rücken nicht sehen, aber ihre Augen waren auf den Steuermann im Heck gerichtet und in seinen Zügen konnten sie lesen, dass der entscheidende Augenblick gekommen war. Sie vernahmen ein so ungeheures Brausen, als wälzten sich fünfzig Elefanten im Wasser. Das Boot jagte noch immer durch den Nebel und ringsumher kochten und zischten die Wellen.

»Dort ist der Buckel! Dort! Dort! Gib's ihm!«, flüsterte Starbuck erregt.

Ein Schwirren aus unserem Boot – Quiqueg hatte seine Harpune geschleudert. Dann ging alles plötzlich sehr schnell. Das Boot wurde achtern hochgeworfen und klatschte mit dem Bug hart auf das Wasser, das Segel brach zusammen und riss in Fetzen, ein Dampfstrahl schoss unmittelbar neben uns hoch und unter uns rollte und rumpelte es wie bei einem Erdbeben. Halb erstickt von dem Schaum wurden die Leute in die brodelnde Gischt geworfen. Wogen, Wal, Harpune, alles wurde durcheinander gewirbelt. Der Wal entkam, denn das Eisen hatte ihn nur gestreift.

Das Boot war zwar bis oben hin voll geschlagen, aber es hatte kaum Schaden genommen. Schwimmend suchten wir die umhertreibenden Riemen zusammen und schleuderten sie über den Dollbord, ehe wir wieder auf unsere Plätze krochen. Da saßen wir nun bis zu den Knien im Meer; das Wasser reichte über die Rippen und Flanken, das Ganze sah aus wie ein Korallenriff, das unter uns aus der See emporwuchs.

Das Heulen des Windes nahm zu, die Wogen klatschten gegeneinander. Rings um uns brüllte, sprühte und brauste die Bö und wir saßen unversehrt darinnen, Lebende im Rachen des Todes. Vergebens riefen wir nach den anderen Booten. Es wurde immer dunkler, Gischt und Nebelbänke versanken in den Schatten des hereinbrechenden Abends. Vom Schiff war nichts zu entdecken. Die hochgehende See verhinderte alle Versuche das Boot leer zu schöpfen. Auch die Riemen waren nutzlos geworden. Da schnitt Starbuck die Laschung des Luntenfässchens los und nach vielen vergeblichen Versuchen gelang es ihm, die Laterne zu entzünden. Er machte sie an einer Stange fest, die er Quiqueg übergab. Da saß dieser nun und hielt das kümmerliche Lichtlein hoch, ein Zeichen unserer Hoffnung inmitten all der Hoffnungslosigkeit.

Nass bis auf die Knochen, zitternd vor Kälte und ohne Aussicht das Schiff noch zu erspähen, sahen wir den grauen Morgen heraufziehen. Noch immer lag der Nebeldunst über der See, die ausgebrannte Laterne lag zerbrochen im Boot. Plötzlich sprang Quiqueg auf und hielt die Hand ans Ohr. Wir alle hörten ein fernes Knarren und Knirschen wie von Tauen und Rahen, das vom Sturm bisher verschlungen wurde. Das Geräusch kam immer näher; aus den dichten

Nebelschwaden tauchte ein riesiger Schatten auf. Es war unser Schiff, das nicht weiter entfernt war als eine Schiffslänge und direkt auf uns zuhielt. Entsetzt sprangen wir aus dem Boot.

Im Wasser treibend, sahen wir, wie das verlassene Boot vom Bug des Schiffs umgestoßen wurde wie eine Nussschale unter einem Wasserfall; dann rollte der gewaltige Schiffsrumpf darüber hinweg und das Boot verschwand, bis es am Heck wieder hochgewirbelt wurde. Wir schwammen darauf zu, wurden von den Wellen gegen die Bordwand geschleudert, aber dann fischte man uns endlich auf und brachte uns sicher an Bord. Die anderen Boote hatten sich, ehe die Bö aufkam, von ihren Walen losgemacht und waren rechtzeitig aufs Schiff zurückgekehrt. Die Mannschaft hatte uns schon aufgegeben. Aber das Schiff kreuzte noch hin und her, um vielleicht noch eine Spur von unserem Untergang zu finden – einen Riemen oder einen Lanzenstock.

»Quiqueg«, sagte ich, als man mich gerade als letzten Mann an Bord gezogen hatte und ich mir noch das Wasser aus meinen Kleidern schüttelte, »Quiqueg, mein Freund, kommen solche Dinge eigentlich öfter vor?« Unerschüttert, wenn auch, wie ich, bis auf die Haut durchnässt, gab er mir zu verstehen, dass solche Dinge in der Tat öfter vorkommen.

»Mr Stubb«, sagte ich und wandte mich an den Wackeren, der, bis obenhin in seine Öljacke eingeknüpft, dastand und seine Pfeife in aller Gemütsruhe schmauchte, »Mr Stubb, ich glaube, Sie haben einmal zu uns gesagt, von allen Walfängern, die je Ihren Weg gekreuzt haben, sei unser erster Steuermann, Mr Starbuck, bei weitem der vorsichtigste und bedachtsamste. Ich darf also annehmen, dass es unter Waljägern als Gipfel der Umsicht, gilt mit gesetzten Segeln mitten in eine Nebelbö hineinzujagen.«

»Gewiss. Vor Kap Hoorn habe ich einmal im Sturm von einem lecken Schiff aus die Fangboote zu Wasser gelassen.«

»Mr Flask«, wandte ich mich an den Kleinen, der nebendran stand. »Sie haben doch in diesen Dingen mehr Erfahrung als ich. Sagen Sie mir doch bitte, ob es beim Walfang ein unumstößliches Gesetz ist, sich als Mann am Riemen zu schinden, um sich rücklings in den Rachen des Todes hineinzurudern?«

»Kann man das nicht einfacher sagen?«, fragte Flask zurück. »Aber im Übrigen haben Sie Recht. Die Mannschaft möchte ich sehen, die mit der Nase voran auf den Wal losfährt. Haha! Der Wal würde sie ganz schön schief anschauen.«

Da hatte ich also die Meinung der drei unparteiischen Kronzeugen der ganzen Geschichte. Es gehörte offenbar zum täglichen Leben bei diesem Gewerbe, in eine Bö hineinzusegeln, zu kentern und gleich im Wasser zu übernachten. Wenn es gegen den Wal ging, dann musste ich wohl oder übel mein Leben in diesem kritischen Augenblick in die Hände des Mannes am Steuer geben, eines Menschen, der oft genug vor Begeisterung mit seinem Getrampel das Boot zu versenken drohte. In unserem Fall war es hauptsächlich deshalb zu diesem Unglück gekommen, weil Starbuck in seinem Jagdfieber mitten in die Bö hineingesegelt war; eben der Starbuck, der weit und breit wegen seiner Vorsicht so berühmt war und in dessen Boot ich saß. Wenn ich dann schließlich bedachte, auf welche Höllenjagd, nämlich auf den weißen Wal, ich mich eingelassen hatte, dann schien es mir am besten, hinunterzugehen und mein Testament zu entwerfen.

»Quiqueg«, sagte ich, »komm her; du sollst mein Notar, mein Testamentsvollstrecker und mein Erbe sein.«

Ahabs Boot

»Wer hätte das gedacht, Flask!«, rief Stubb. »Wenn ich nur ein Bein hätte, mich brächte keiner in ein Boot, höchstens um mit meiner Holzzehe das Pfropfenloch zu stopfen. Er ist doch ein Mordskerl, der Alte!«

»So ungewöhnlich ist das nun auch wieder nicht«, erwiderte Flask. »Wenn sein Bein bis zur Hüfte weg wäre, dann wäre das was anderes. Denn dann wär's endgültig aus mit ihm. Aber er hat noch das Knie und auch vom Übrigen ist noch allerhand übrig, verstehst du?«

»Weißt du das so genau, Kleiner? Knien habe ich ihn nie gesehen.«

Unter Walfachleuten hat man oft darüber gestritten, ob der Kapitän recht daran tut, mit auf den Fang zu fahren und sein Leben aufs Spiel zu setzen, da doch davon der Erfolg der Reise wesentlich abhängt. Bei Ahab aber hatte die Frage noch einen weiteren Hintergrund. Denn der Mensch ist selbst auf zwei Beinen in gefährlichen Situationen nur ein hinkender Wicht. Bedenkt man nun, dass die Jagd auf den Wal immer außerordentlich schwierig ist und dass jeder Augenblick unabsehbare Gefahren birgt, ist es dann unter diesen Umständen für einen Krüppel ratsam, in ein Walboot zu steigen und sich an der Jagd zu beteiligen? Die Miteigentümer der »Pequod« hätten diese Frage sicher verneint.

Ahab wusste sicher, dass seine Freunde zu Hause kaum etwas

dagegen einzuwenden hatten, wenn er gelegentlich in ruhigeren Augenblicken der Jagd ein Boot bestieg, um den Ereignissen näher zu sein und seine Befehle geben zu können. Aber er wusste auch sehr gut, dass ihnen niemals, und wären sie noch so großzügig gewesen, der Gedanke gekommen wäre ihm als richtigem Bootsführer ein eigenes Boot zur Verfügung zu stellen und ihm obendrein noch fünf Ruderer mitzugeben. Deshalb hatte er sie gar nicht erst um eine eigene Mannschaft gebeten. Im Übrigen behielt er alle seine Pläne für sich und ergriff eigene Maßnahmen. Die Mannschaft ahnte kaum etwas, ehe sich die Entdeckung Archys herumgesprochen hatte. Als das Schiff schon einige Tage unterwegs war, hatten die Matrosen, wie üblich, die Fangboote für den Einsatz fertig gemacht. In dieser Zeit war Ahab damit beschäftigt, eigenhändig für ein angebliches Reserveboot Dollen anzufertigen und sogar mit großer Sorgfalt die kleinen Holzstifte zu schnitzen, die beim Ablaufen der Leine an den Bug gesteckt werden. Es fiel ferner auf, dass er größten Wert darauf legte, den Boden des Bootes mit einer doppelten Verkleidung zu versehen, damit er dem Druck seines Knochenbeins besser widerstehen könne. Die Leute bemerkten auch, mit welcher Sorgfalt er darauf bedacht war, dass das Querholz im Bug, gegen das man beim Schleudern der Lanze das Knie stemmt, die passende Form erhalte. Immer wieder war er beobachtet worden, wie er in diesem Boot stand, das gesunde Knie in der halbkreisförmigen Vertiefung am Bug, und mit einem Zimmermannswerkzeug hier ein wenig aushöhlte und dort ein wenig glättete. Alle diese Beobachtungen erregten unter der Mannschaft Interesse und Neugier. Aber man nahm allgemein an, dass diese besonderen Vorbereitungen Ahabs der letzten entscheidenden Jagd auf Moby Dick galten, denn er hatte längst seine Absicht kundgetan das Untier selbst anzugreifen. Aber kein Mensch kam auf den nahe liegenden Gedanken, das Boot müsse doch auch eine Mannschaft haben.

Das Staunen, das die Erscheinung der Männer aus dem Schiffsleib erregt hatte, legte sich bald. Im Übrigen kommen ja gerade auf Walfängern die seltsamsten Gestalten aus allen Winkeln und Ecken der Erde zusammen. Und die Schiffe selbst fischen unterwegs nicht selten Schiffbrüchige und Ausgestoßene auf, die ihnen auf offener See auf Planken, Schiffstrümmern, Riemen, Walbooten und japanischen Dschunken entgegentreiben. Und der Teufel selbst könnte eines Tages das Fallreep hinaufklettern und zu einem Schwatz hinunter in die Kapitänskajüte steigen; es würde kaum großes Aufsehen im Mannschaftsraum erregen.

Wie dem auch sei, jedenfalls fügten sich die Neulinge bald in die Mannschaft ein, obgleich ein gewisser Abstand weiterhin gewahrt blieb. Nur dieser Fedallah mit seinem Haarturban blieb uns bis zuletzt ein Rätsel. Woher er kam, wie er in unsere gesittete Welt geriet, mit welchen geheimnisvollen Banden er mit Ahabs persönlichem Geschick verbunden war, warum er diesen Einfluss auf Ahab ausübte und warum er, weiß Gott, sogar eine gewisse Autorität hatte, das alles war uns niemals klar.

Stubb erlegt einen Wal

Tage und Wochen gingen dahin. Die elfenbeinschimmernde »Pequod« hatte ohne Eile vier verschiedene Fanggründe durchkreuzt: vor den Azoren, vor Kap Verde, vor der Mündung des La Plata und den Carrol-Grund südlich von St. Helena.

Dann ging sie auf Ostkurs, die Kapstürme umheulten uns und unser Schiff wurde von den schweren Wogen gnadenlos umhergeworfen. Mächtig kämpfte die »Pequod« gegen den Sturm an und biss mit ihren Walfischzähnen in die dunklen Wogen, bis die Schaumflocken wie ein Schauer von Silberspänen über die Reling flogen. Vorbei war es mit der Öde des Lebens. Neue, unheimliche Möglichkeiten taten sich auf.

Dicht vor unserem Bug huschten seltsame Gestalten im Wasser hin und her; dicht hinter uns flog ein großer Schwarm von Kormoranen. Jeden Morgen hockten sie in langen Reihen auf unseren Rahen. Wir konnten schreien, was wir wollten, die Vögel blieben unbeweglich sitzen, als wäre unser Schiff ein unbemanntes, hilflos treibendes Wrack, der gänzlichen Vernichtung preisgegeben, ein Rastplatz für diese heimatlose Schar.

Kap der Guten Hoffnung hat man diese Gegend genannt? Kap Tormentoto sollte man es nennen, wie es auch in früherer Zeit geheißen hat!

Auch die Crozet-Inseln ließen wir weit hinter uns und steuerten nordostwärts auf Java zu. Eine sanfte Brise trieb unser Schiff vorwärts, die drei hohen, schlanken Masten wiegten sich sanft in einem lauen Lüftchen wie drei biegsame Palmen auf einer weiten Ebene.

Einer der Tage war besonders still und drückend schwül, und da es für die Mannschaft der »Pequod« keine besonderen Arbeiten zu verrichten gab, mussten die Leute in der Stille der See mit aller Macht gegen den Schlaf ankämpfen. Der Teil des Indischen Ozeans, den wir zu dieser Zeit durchpflügten, galt unter Waljägern nicht als besonders guter Fanggrund.

Ich hatte gerade die Wache auf dem Vortopp und ließ mich in dieser verzauberten Luft gemächlich hin und her schaukeln. Ich befand mich in einer wahrhaft träumerischen Stimmung, in der jede Willenskraft erlosch. Doch ehe ich mich gänzlich dieser Stimmung überließ, hatte ich noch bemerkt, dass auch die Matrosen im Großtopp und im Kreuztopp bereits vor sich hin dösten. So saßen wir schließlich alle drei wie leblos auf unseren Posten, während unten der Mann am Ruder im Schlaf dazu nickte. Die Wogen rollten träge dahin und über den weiten Ozean hin nickten Ost und West einander zu und oben nickte die Sonne.

Da plötzlich war es mir so, als platzten Blasen vor meinen geschlossenen Augen. Ich klammerte mich mit den Händen an den Wanten fest. Eine unbekannte, gnädige Macht hatte mich behütet, ich zuckte zusammen und war wieder wach. Da, in Lee, ganz nahe, keine vierzig Faden entfernt, wälzte sich ein riesiger Pottwal wie der Rumpf einer gekenterten Fregatte im Wasser. Sein breiter schwarzer Rücken glänzte und spiegelte im Sonnenlicht. Faul und träge ließ er sich von den Wellen schaukeln und von Zeit zu Zeit stieß er geruhsam seinen Dampfstrahl aus, wie ein Bürger, der an einem warmen Nachmittag sein Pfeiflein raucht. Armer Kerl, dies Pfeiflein war dein letztes! Wie von einem Zauberstab berührt, erwachte das verschlafene Schiff

und alle fuhren hoch. Aus zwanzig Kehlen kam mit einem Mal der gewohnte Ruf.
»Fiert weg die Boote! Luv!«, schrie Ahab. Er führte seinen eigenen Befehl sogleich selbst aus und warf das Ruder nach Lee hinüber.
Das plötzliche Geschrei der Mannschaft hatte den Wal offenbar erschreckt. Noch ehe die Boote hinabgelassen waren, wandte er sich majestätisch ab und schwamm leewärts davon, aber mit einer so gleichmäßigen Ruhe, dass sich kaum die Wasserfläche regte. Vielleicht hatte er uns doch noch nicht bemerkt. Jedenfalls befahl Ahab die Ruder noch nicht zu benutzen und sich nur flüsternd zu verständigen. So saßen wir wie die Ontario-Indianer auf dem Dollbord unserer Boote und paddelten rasch und ohne ein Geräusch zu verursachen dahin. Die Windstille machte unsere Segel überflüssig. Während wir so dahinglitten, warf das Ungeheuer plötzlich seinen Schwanz vierzig Fuß hoch in die Luft und verschwand dann in die Tiefe wie ein Turm, den die Erde verschluckt.
»Der kommt wieder!«, hieß es, worauf Stubb sogleich Zündhölzer hervorzog und seine Pfeife in Brand setzte, denn jetzt hatten wir zunächst einmal unsere Ruhe. Als die übliche Tauchzeit vorüber war, kam der Wal wieder hoch, und zwar vor Stubbs Boot, viel näher bei Stubb als bei den anderen Booten. Stubb konnte also mit einer erfolgreichen Jagd rechnen. Jetzt war es auch klar, dass der Wal seine Verfolger bemerkt haben musste. Es hatte keinen Sinn mehr, sich vorsichtig und unter größtem Stillschweigen heranzupirschen. Wir legten die Paddel beiseite und griffen zu den Rudern. Stubb paffte ruhig an seiner Pfeife und feuerte seine Leute zum Angriff an.
In der Tat, mit dem Wal war eine große Veränderung vor sich gegangen. Da er die Gefahr erkannte, in der er schwebte, schwamm er mit dem Kopf über Wasser und schob eine gewaltige Gischtwelle vor sich her.

»So, Leute, es geht los. Nur nicht zu schnell. Wir haben genug Zeit«, rief Stubb und ließ beim Sprechen den Rauch aus seinem Mund quellen. »Los jetzt! Tashtego, hol weit aus. Tash, mein Junge, halt dich bereit. Aber ruhig Blut, nur ruhig. Auf ihn wie Tod und Teufel! Auf ihn!«

»Wuhuh! Wahie!«, schrie der Gay-Header und stieß den alten Kriegsruf seines Volkes aus. Alle Mann im Boot fielen unwillkürlich bei jedem der gewaltigen Schläge des Indianers nach vorne.

Sein wildes Kriegsgeschrei fand Widerhall bei den anderen Booten. »Kih-Kih! Kih-Kih!«, gellte Daggoo, der sich auf seiner Ducht hin und her bewegte wie ein Tiger in seinem Käfig.

»Ka-lah! Ku-luh!«, heulte Quiqueg mit einem wollüstigen Unterton, als ließe er ein saftiges Steak auf der Zunge zergehen. So durchschnitten unter Geschrei und kräftigen Ruderschlägen die drei Kiele die See. Stubbs Boot lag noch immer weit vorn. Er feuerte sein Leute unermüdlich an, ließ aber dabei seine Pfeife nicht ausgehen. Wie die Wilden rissen sie an den Riemen und plagten sich, bis endlich der ersehnte Ruf kam: »Auf, Tashtego!

Gib's ihm!« Die Männer stoppten und da zischte es ihnen schon heiß über die Handgelenke, die Zauberleine. Einen Atemzug zuvor hatte Stubb schnell noch zwei zusätzliche Windungen um den Poller gelegt, von dem jetzt bei dem rasenden Auslaufen der Leine ein Wölkchen blauen Rauchs aufstieg, das sich mit dem Rauch aus der Pfeife vermischte. Wie nun die Leine um den Poller ablief, so lief sie auch die ganze Zeit durch Stubbs beide Hände und rief mächtige Blasen hervor. Die Handschützer, gefütterte Segeltuchstücke, wie sie damals üblich waren, hatte er unglücklicherweise fallen lassen. Es war, als hätte er die zweischneidige Klinge eines Gegners mit beiden Händen gepackt, während der Gegner sie ihm immer wieder zu entreißen versuchte.

»Leine nass machen! Leine nass machen!«, schrie Stubb dem Mann neben der Wassertonne zu. Der riss seine Mütze vom Kopf und schöpfte Wasser. Noch ein paar Schlingen liefen ab, bis die Leine hielt. Wie ein Hai flog jetzt das Boot durch das aufgewühlte Wasser. Stubb und Tashtego wechselten die Plätze – Bug gegen Heck –, eine aufregende Sache in dem schaukelnden Boot.

Die sirrende Leine lief in voller Länge über das Boot, und da sie straffer als eine Harfensaite war, schien es, als hätte es zwei Kiele – einen, der durch das Wasser, und einen, der durch die Luft dahinglitt. So schoss es durch die Elemente. Bei der geringsten Bewegung, und sei es nur, dass sich ein Finger rührte, holte das Boot, das in allen Fugen krachte, bis zum Dollbord über. So rasten sie dahin. Jeder klammerte sich mit aller Kraft an seiner Ducht fest, um nicht in das schäumende Wasser gerissen zu werden. Die Riesengestalt Tashtegos hockte zusammengeduckt am Steuerriemen, um sein Gewicht nach unten zu verlagern. Sie schienen unaufhaltsam durch den Atlantik und Pazifik zu jagen, bis endlich der Wal langsamer wurde.

»Hol ein! Hol ein!«, rief Stubb dem Mann im Bug zu. Die Matrosen drehten sich um, um nach dem Wal zu sehen, und brachten das Boot näher heran, bis sie schließlich längsseits kamen. Stubb stemmte das Knie fest gegen die schwere Klampe und warf Speer auf Speer in den Leib des fliehenden Wals. Auf seinen Befehl zogen sie die Riemen ein, wenn sie dem grauenvoll um sich schlagenden Tier ausweichen wollten. Auf seinen Befehl griffen sie zum nächsten Lanzenwurf wieder an.

Das Blut floss nun in Strömen an den Flanken des Riesentieres herab. Sein gemarterter Körper wälzte sich jetzt nicht mehr in der Salzflut, sondern in einem Meer von Blut, das weithin im Kielwasser des Bootes schäumte. Die schrägen Strahlen der Sonne spiegelten sich in der großen roten Lache im Meer und färbten auch die Gesichter der Männer im Boot. Ununterbrochen schoss der weiße Dampf aus dem Blasloch des todwunden Tieres, ununterbrochen kamen die Rauchwölkchen aus dem Mund des Bootsführers, der seine Erregung kaum zu meistern vermochte. Nach jedem Wurf holte er die verbogene Lanze mit der Leine, die daran befestigt war, wieder herein, klopfte sie mit ein paar raschen Schlägen am Dollbord zurecht und jagte sie immer wieder in den Leib des Wales.
»Anrudern! Anrudern!«, rief er seinen Leuten zu, als Kraft und Wut des verendenden Tieres allmählich nachzulassen begannen. »Näher heran!« Das Boot ging an der Flanke des Tieres längsseits. Als Stubb nun über den Bug hinaus das Tier erreichen konnte, stieß er seine lange, scharfe Lanze in den Riesenleib, ließ sie drin stecken und bohrte sorgfältig und bedachtsam darin herum, als suche er nach einer goldenen Uhr, die der Wal verschlungen haben könnte und die er nicht zerbrechen wollte. Das Kleinod, das er

suchte, das war das Herz des Tieres. Und jetzt hatte er es getroffen. Denn plötzlich fuhr das Ungeheuer aus seiner Leblosigkeit auf, sein qualvoller Todeskampf begann. Grauen erregend wälzte er sich in seinem Blut und umgab sich mit einem undurchdringlichen Schleier aus kochender Gischt, sodass das Boot noch in Gefahr geriet. Die Mannschaft, die kaum mehr etwas sehen konnte, hatte alle Mühe, um aus dem blutigen Schaum wieder ans Tageslicht zu kommen.

Der Todeskampf näherte sich seinem Ende. Der Wal kam wieder in Sicht. Er rollte jetzt von einer Seite auf die andere. Sein Spritzloch zog sich unter scharfen, mühsamen Atemzügen krampfhaft zusammen. Ganz zuletzt brach auf einmal stoßweise geronnenes Blut hervor und fiel wieder hinab über die regungslosen Flanken ins Meer. Sein Herz war gebrochen.

»Er ist tot, Mr Stubb«, sagte Daggoo.

»Ja, uns beiden ist die Pfeife ausgegangen«, erwiderte Stubb und nahm seine Pfeife aus dem Mund, um die kalte Asche über dem Wasser auszuklopfen. Für einen Augenblick stand er da und betrachtete nachdenklich den riesigen Kadaver, sein Werk.

Der Wal wird verarbeitet

Stubbs Wal war in einiger Entfernung vom Schiff erlegt worden. Da es windstill war, machten sich die drei Boote gemeinsam an die schwierige Arbeit die Beute zur »Pequod« zu schleppen. Und nun plagten sich achtzehn Mann mit sechsunddreißig Armen und hundertsechzig Daumen und Fingern stundenlang mit der schweren, trägen Masse im Wasser ab. Lange Zeit hatten wir das Gefühl, dass wir überhaupt nicht von der Stelle kamen – immerhin ein Beweis, was für eine gewaltige Masse wir im Schlepp hatten. Es wurde dunkel, doch die drei Lichter oben auf der Takelage der »Pequod« wiesen uns mit ihrem trüben Schein den Weg. Als wir näher kamen, sahen wir auch Ahab, der mit einer weiteren Lampe über die Reling leuchtete. Er warf nur einen gleichgültigen Blick auf den Wal und gab dann die üblichen Anweisungen ihn für die Nacht zu sichern. Dann übergab er seine Lampe einem der Matrosen und stieg hinab in seine Kajüte. Bis zum nächsten Morgen ließ er sich dann nicht mehr blicken.

Ahab hatte zwar bei der Jagd auf diesen Wal die übliche Tätigkeit entfaltet, wie es ja auch seine Aufgabe war. Jetzt aber, da das Tier tot war, schien ihn irgendein unbestimmtes Gefühl des Missmuts, der Ungeduld oder Verärgerung zu erfüllen, als erinnere ihn der Anblick dieses Kadavers daran, dass Moby Dick noch immer am Leben war. Und hätten wir noch tausend und tausend Wale an sein Schiff geschleppt, er wäre seinem eigentlichen Ziel nicht um einen Deut näher gekommen. Alsbald erhob sich auf Deck der »Pequod« ein Lärm, als solle das Schiff mitten auf hoher See vor Anker gehen. Schwere Ketten wurden über die Planken geschleift und rasselnd durch die Pfortenöffnungen gezogen. Aber mit all den Vorkehrungen sollte nicht das Schiff festgemacht werden, sondern der Kadaver. Mit dem Kopf am Heck und dem Schwanz am Bug wurde er vertäut.

Mochte Ahab indessen auch sein inneres Gleichgewicht wieder gefunden haben, wenn man das von Deck aus überhaupt beurteilen konnte, so geriet jetzt Stubb, sein erster Steuermann, dem der Erfolg zu Kopf gestiegen war, in eine ganz ungewöhnliche, wenn auch harmlose Aufregung. Er war mit einem Mal so geschäftig, dass der nüchterne Starbuck, sein Vorgesetzter, ihm zunächst einmal, ohne viele Worte zu machen, das Kommando überließ. Bald fand sich auch eine einleuchtende Erklärung für Stubbs große Unruhe. Er war nämlich ein Feinschmecker und hatte eine ganz maßlose Vorliebe für ein Stück würzigen Walfischfleisches.

»Ein Steak! Ein Steak, ehe ich schlafen gehe! Daggoo! Über Bord mit dir. Schneid mir ein Stück von der Lende heraus!«

Gegen Mitternacht war das Stück herausgeschnitten und zubereitet. Beim Schein zweier Ölfunzeln stand Stubb vor seiner Mahlzeit, die auf dem Spill serviert war, als wäre das Spill eine Anrichte. Aber Stubb war nicht der Einzige, der sich in dieser Nacht an einem Stück Walfischfleisch gütlich tat: Während er es sich wohl sein ließ, knabberten die Haie, die zu tausenden den toten Riesen umwimmelten, genießerisch an der fetten Beute. Die paar Schläfer unten schreckten immer wieder auf, wenn sie mit ihren Schwänzen heftig gegen die Bordwand schlugen, nur wenige Zoll von ihren Herzen. Und wenn man über die Bordwand blickte, dann konnte man auch sehen, was man vorher nur gehört hatte. Da wimmelten sie in dem dunklen Wasser, warfen sich auf den Rücken, um aus dem Walkadaver riesige Fleischfetzen herauszureißen, die so groß waren wie ein Menschenkopf.

Stubb aber kümmerte sich um den Schmaus, der in seiner nächsten Nähe stattfand, nicht mehr, als die Haifische sich um sein eigenes genießerisches Schmatzen kümmerten.
Beim Fischen in südlichen Gewässern ist es im Allgemeinen nicht üblich, nach des Tages Mühe und Arbeit am Abend den Wal auch noch abzuspecken. Denn auch das ist ein außerordentlich mühsames Geschäft, bei dem alle Mann Hand anlegen müssen. Deshalb wird auch die ganze Mannschaft hinunter in die Hängematten geschickt. Nur eine Wache von zwei Mann, die stündlich abgelöst wird, sorgt dafür, dass alles in Ordnung geht.
Manchmal aber, besonders im Pazifik am Äquator entlang, ist das gar nicht möglich, weil rings um den vertäuten Kadaver die Haie in solchen Scharen wimmeln, dass am Morgen kaum mehr als das Skelett übrig wäre. Bei der »Pequod« war es zwar damals mit den Haien nicht so schlimm; wenn aber ein Neuling in dieser Nacht zufällig über Bord geschaut hätte, dann hätte er die See für einen riesigen Käse und die Haie für die Maden darin halten können.
Wie dem auch sei, als Stubb mit seiner Mahlzeit zu Ende war, teilte er Quiqueg und einen anderen Matrosen zur Ankerwache ein. Als sie an Deck waren, gerieten die Haie in nicht geringe Aufregung, denn es wurde sogleich das Gerüst zum Abspecken über die Bordwand

gehängt und aus drei heruntergelassenen Laternen fiel ein langer Lichtschein über die aufgewühlte See. Dabei richteten die beiden Matrosen unter den Haien ein furchtbares Blutbad an, indem sie ihnen den scharfen Stahl ihrer langen Speckspaten in die Schädel trieben – offenbar der einzige Körperteil, wo sie verwundbar waren. Aber in dem schäumenden Chaos dort unten trafen die Jäger nicht immer ihr Ziel, und da zeigte sich erneut die unglaubliche Blutgier dieses Feindes. Denn sie schnappten nicht nur nach den hervortretenden Eingeweiden ihrer Artgenossen, sondern sie schnellten wie biegsame Bogen herum und schnappten nach den eigenen.

Das alles trug sich an einem Samstagabend zu, und welch ein Sonntag sollte folgen! Walfänger entweihen durch ihren Beruf den Tag des Herrn beständig. Die elfenbeinweiße »Pequod« wurde zum Schlachthaus, jeder Matrose zum Metzger. Es sah aus, als brächten wir den Göttern der See zehntausend Ochsen als Opfer dar.

Zunächst wurden die riesigen Taljen, d.h. Flaschenzüge, am Großmast hochgehievt und dort am Topp festgemacht. Das Tau lief dann durch eine Reihe von Blöcken bis zum Spill, während der große Flaschenzug mit dem Speckhaken über den Wal ausgeschwungen wurde. Auf dem Gerüst, das außenbords angebracht worden war, standen die beiden Steuerleute Starbuck und Stubb mit ihren langen Speckspaten und begannen genau über den Brustflossen ein großes Loch für den Haken herauszubohren. Als das geschehen war, schnitten sie rings um das Loch einen Halbkreis in den Speck und hängten den Haken ein, während oben die Mannschaft in ein wildes Geschrei ausbrach, sich ans Spill drängte und anfing zu hieven. Dabei legte sich das Schiff bedrohlich zur Seite und zitterte in allen Fugen wie ein altes Holzhaus im Wintersturm und selbst die Masten erbebten bis in die Toppen. Immer tiefer neigte sich das Schiff zur Seite des Wals und bei jedem Ruck des Ankerspills half von unten die Dünung ein wenig nach. Da,

endlich gab es noch eine letzte, heftige Bewegung, unter gewaltigem Rauschen richtete sich das Schiff wieder auf, weg vom Wal, und wie im Triumph kommt die Talje hoch und zieht das halbkreisförmige Ende des ersten Speckstreifens hinter sich her. Da der Wal in seiner Speckschicht umhüllt ist wie die Orange von der Schale, lässt sich die Speckschicht genauso spiralenförmig abschälen wie eine Orangenschale. Durch das beständige Hieven rollte der Wal ununterbrochen im Wasser um seine eigene Achse, wobei sich der Speck in einem gleichmäßigen Streifen ablöste, dort wo Starbuck und Stubb mit ihren Speckspaten ihre Einschnitte machten. Im gleichen Tempo wurde der Streifen immer höher und höher gehievt, bis das obere Ende den Großmast erreichte. Die Männer am Spill unterbrachen ihre Arbeit. Für ein, zwei kurze Augenblicke schwebte die gewaltige bluttriefende Masse hin und

her, als komme sie vom Himmel. Die Männer an Deck suchten sich in Sicherheit zu bringen, um nicht eins auf den Kopf zu bekommen und ins Wasser zu fallen.
Einer der Harpuniere, die sich um die Sache zu kümmern hatten, trat nun mit einer langen, scharfen Waffe, dem so genannten Bordsäbel, heran und schnitt im richtigen Augenblick geschickt ein großes Loch in den unteren Teil der schwebenden Masse. In dieses Loch wurde dann das Ende der zweiten Talje eingehakt. Dann hackte der Harpunier mit ein paar mächtigen Hieben den Streifen mittendurch. Das kürzere untere Stück hing noch am Wal, das längere obere Stück, das so genannte Deckstück, schwebte frei in der Luft und konnte hinuntergelassen werden. Und so ging es weiter. Während die eine Talje den zweiten Streifen heraufholte, versenkte die andere den ersten drunten im Speckraum, wo ihn erfahrene Männer in Empfang nahmen und aufrollten. Das war der Rhythmus der Arbeit: beide Taljen hieven und versenken zugleich; das Spill dreht den Wal; die Männer grölen, die Leute unten rollen auf; die Steuerleute schneiden; das ganze Schiff arbeitet; und alle fluchen, damit die Arbeit reibungslos vonstatten geht.
»Hol ein die Ketten! Kadaver achteraus!«
Die schweren Taljen hatten ihren Dienst getan. Der abgespeckte weiße Leichnam des geköpften Wals leuchtete wie ein Marmorstein. Die Farbe hatte er zwar gewechselt, doch sein massiger Umfang hatte nicht merklich abgenommen. Er war noch immer ein Koloss. Langsam trieb er weiter weg, ringsum spritzte das Wasser, das die unersättlichen Haie aufwühlten, und die Luft war erfüllt von dem gierigen Kreischen räuberischer Vögel, die mit scharfen Schnäbeln auf den Wal einhackten. Das weiße, enthauptete Phantom entfernte sich weiter und weiter vom Schiff, und je weiter es abtrieb, desto mörderischer wurde es von Haien und Vogelschwärmen umkämpft. Stundenlang hatten wir vom Schiff, das nahezu bewegungslos lag, diesen

abscheulichen Anblick. Unter einem wolkenlos blauen Himmel, auf einer ungetrübt heiteren See trieb dieses riesige Stück Tod dahin, bis es sich im Unendlichen verlor. Ein klägliches, fast lächerliches Leichenbegräbnis! Aber das war noch nicht das Ende. Denn es mochte eines Tages geschehen, dass ein Kriegsschiff oder Forschungsschiff von ferne den Kadaver erspähte, aber der Schwarm der Raubvögel aus der Entfernung nicht zu erkennen ist, sondern nur die weiße Masse, die in der Sonne treibt, umbrandet von weißer Gischt. Dann schreibt vielleicht einer mit zitternder Hand ins Logbuch: »Klippen, Felsen und Brandung: Hier ist Vorsicht geboten!« Und so meiden vielleicht noch nach Jahren die Schiffe den Ort: Der Wal, der zu Lebzeiten der Schrecken seiner Feinde war, wird noch im Tode zu einem Schreckgespenst.

Ich hätte noch erwähnen sollen, dass der Leviathan, noch ehe er völlig abgespeckt ist, geköpft wird. Nun ist die Enthauptung eines Pottwals eine bedeutende anatomische Leistung, auf die erfahrene Walchirurgen sehr stolz sind, und das mit Recht.

Der Wal hat ja, wenn man es sich recht überlegt, keinen richtigen Hals; im Gegenteil. Denn gerade dort, wo Kopf und Rumpf ineinander übergehen, hat er seine dickste Stelle. Außerdem steht der »Chirurg« bei der Operation acht bis zehn Fuß über seinem »Patienten«, der überdies auch noch von der trüben, bewegten, oft sogar stürmischen See fast verdeckt ist. Unter diesen ungünstigen Umständen muss der Mann also mehrere Fuß tief in das Fleisch hineinschneiden und, ohne bestimmte Teile zu verletzen, das Rückgrat genau an der Stelle durchstoßen, wo es in den Schädel übergeht. Stubb behauptet prahlerisch, er könne in zehn Minuten einen Pottwal enthaupten. Eine bewundernswerte Leistung, wenn die Behauptung stimmt.

Ist der Kopf dann abgetrennt, lässt man ihn zunächst einmal achteraus an einer Trosse treiben, bis der Wal ganz abgespeckt ist. Wenn es sich nur um einen kleinen Wal handelt, dann wird der Kopf an Deck gehievt und dort nach allen Regeln der Kunst verarbeitet. Beim ausgewachsenen Leviathan ist das natürlich unmöglich, denn der Kopf des Pottwals macht nahezu ein Drittel des gesamten Umfangs aus. Und eine solche Last mit den Taljen eines Walfängers zu heben, und seien sie noch so groß, wäre ebenso aussichtslos, als wollte man eine holländische Scheune auf eine Goldwaage legen.

Als nun der Wal der »Pequod« geköpft und abgespeckt war, wurde der Kopf an der Schiffsseite etwa zur Hälfte aus dem Wasser gehievt, sodass ihn sein eigentliches Element noch mittragen konnte. Da hing nun das bluttriefende Haupt an der »Pequod«!

Als diese Arbeiten alle abgeschlossen waren, war es bereits Mittag geworden und die Matrosen gingen hinunter zum Essen.

Auf Deck, wo es eben noch so laut zugegangen war, trat Stille ein. Auch das Meer lag regungslos unter der Mittagssonne. Nach einer Weile kam Ahab auf Deck, allein in der ungeheuren Leere. Er machte ein paar Runden auf dem Achterdeck, blieb stehen und blickte über die Reling hinaus. Dann trat er langsam an die Verschanzung heran, wo noch immer Stubbs langes Speckmesser von der Enthauptung des Wals stand, nahm es in die Hand und stieß es in den Rumpf, der über dem Wasser schwebte. Den Schaft klemmte er wie eine Krücke unter den Arm und betrachtete, vornübergebeugt, aufmerksam den Kopf, als halte er eine schweigende Zwiesprache mit dem mächtigen toten Gegner.

»Segel in Sicht!«, kam es triumphierend vom Großtopp.

»Ist das wahr? Eine gute Nachricht«, rief Ahab zurück. Er richtete sich jäh auf. Die Gewitterwolken verschwanden von seiner Stirn. »Ein Lebenszeichen in dieser Grabesstille. Vielleicht ein Zeichen. Wo ist es denn?«

»Drei Strich Steuerbord voraus, Sir. Bringt seine Brise mit.«

»Noch besser!«

Die Geschichte der »Jerobeam«

Hand in Hand kamen Segler und Brise heran. Aber die Brise kam schneller als das Schiff, sodass auch die »Pequod« bald zu schaukeln begann.

Durch das Glas wurde das fremde Schiff an seinen Fangbooten und an den bemannten Toppen bald als Walfänger erkannt. Doch es war zu weit in Luv und glitt, vielleicht auf der Fahrt zu neuen Fanggründen, so rasch vorüber, dass die »Pequod« es nicht erreichen konnte. Darum setzte man ein Flaggensignal und wartete auf Antwort.

Bekanntlich führt jedes Schiff der amerikanischen Walfangflotte, genau wie die Schiffe der Kriegsflotte, sein eigenes Flaggensignal. All diese Zeichen sind in einem Buch gesammelt, wo auch der jeweilige Name des Schiffes zu finden ist. Da jeder Kapitän dieses Buch besitzt, kann man auf dem Ozean ein fremdes Schiff selbst auf weite Entfernungen mühelos erkennen.

Endlich setzte auch der Fremde sein Signal. Es war die »Jerobeam« aus Nantucket. Sie brasste nun an und hielt auf uns zu. Dann drehte sie leewärts bei und brachte ein Boot zu Wasser, das bald näher kam. Als aber auf Starbucks Befehl das Fallreep für den fremden Kapitän herabgelassen wurde, winkte er vom Heck seines Bootes mit einer Handbewegung ab. Es stellte sich heraus, dass die »Jerobeam« einen Seuchenkranken an Bord hatte und dass Mayhew, der Kapitän, befürchtete die Mannschaft der »Pequod« anzustecken. Er selbst und seine Bootsmannschaft waren zwar nicht befallen und das Schiff selbst lag einen halben Flintenschuss ab, doch der Kapitän hielt sich gewissenhaft an die strengen Quarantänevorschriften, die an Land galten, und lehnte es entschieden ab, an Bord der »Pequod« zu kommen.

Doch das verhinderte keineswegs eine Unterhaltung. Durch einen gelegentlichen Ruderschlag hielt sich das Boot der »Jerobeam« mit einigem Abstand stets auf der Höhe der »Pequod«, die bei der frischen Brise schwer in der Dünung arbeitete. Von Zeit zu Zeit wurde das Boot von einer heranrollenden Woge allerdings bedrohlich weit herangetragen, aber die Mannschaft brachte es mit ein paar geschickten Ruderschlägen bald wieder in die richtige Lage. Abgesehen von gelegentlichen Unterbrechungen dieser Art, kam ein lebhaftes Gespräch zwischen den Mannschaften zu Stande. Kapitän Ahab ließ die Matrosen kurz gewähren, doch dann fragte er scharf, indem er sich an Kapitän Mayhew wendete: »Hast du den weißen Wal gesehen?«.

Eine Zeit lang herrschte Schweigen, während die Wellen brausend vorüberzogen und das Boot hin und her warfen, ohne es zu heben. Der aufgehisste Schädel des Pottwals wurde unterdessen heftig umhergestoßen.

Nach diesem Zwischenspiel begann Kapitän Mayhew eine böse Geschichte von Moby Dick zu erzählen.

Die »Jerobeam« war noch nicht lange aus dem Heimathafen ausgelaufen, als sie von einem anderen Walschiff, dem sie begegneten, Nachrichten von Moby Dick und seinen Schreckenstaten erhielten. Als sie nun nach gut zwei Jahren Moby Dick tatsächlich von den Toppen ausmachten, brannte Macey, der erste Steuermann, darauf, ihn anzugreifen. Da der Kapitän selbst nicht abgeneigt war diese Gelegenheit wahrzunehmen, überließ er seinem Steuermann ein Boot mit fünf Mann. Mit ihnen legte er vom Schiff ab. Nach langem, mühseligem Rudern und mehreren gefährlichen, aber nutzlosen Versuchen saß endlich die Harpune fest. Als nun Macey, der Steuermann, im Bug des Bootes aufstand, um im rechten Augenblick eine Lanze unterzubringen, da tauchte ein riesenhafter weißer Schatten aus dem Meer auf, der mit einer raschen, fächerartigen Bewegung den Leuten an den Riemen den Atem zu nehmen schien. Im nächsten Augenblick flog der unglückliche Steuermann hoch in die Luft und stürzte in weitem Bogen ins Meer. Das Boot erlitt nicht den geringsten Schaden, keinem der Ruderer wurde ein Haar gekrümmt. Aber der Steuermann blieb verschwunden für immer.

Als Mayhew mit seiner Erzählung am Ende war, stellte Ahab noch eine Reihe von Fragen nach dem weißen Wal, bis sich der andere Kapitän nicht mehr zurückhalten konnte und seinerseits fragte, ob er denn selbst den weißen Wal jagen wolle.

»Ja«, antwortete Ahab. Kapitän Mayhew schwieg und starrte dem Alten ins Gesicht.

Ohne darauf zu achten, wandte sich Ahab ab und sagte: »Starbuck, da fällt mir eben mein Postsack ein. Wenn ich mich nicht irre, ist ein Brief für einen eurer Steuerleute dabei, Kapitän. Seht doch einmal nach, Starbuck.«

Jedes Walschiff nimmt eine Menge Post für verschiedene Schiffe mit, wobei allerdings die Zustellung ganz vom Zufall abhängt, ob man dem Empfänger irgendwo auf den vier Weltmeeren begegnet.

So erreichen die meisten Briefe nie ihren Adressaten und viele andere erst nach zwei oder drei Jahren.
Bald kam Starbuck mit einem Brief in der Hand wieder zurück, der ziemlich zerknittert, feucht und mit grünlichen Schimmelflecken bedeckt war, da er die ganze Zeit in dem versperrten Kasten in der Kajüte gelegen hatte, ein Brief, wie ihn der Tod wohl überbringen mochte.
»Kannst du denn nicht lesen?«, herrschte ihn Ahab an. »Gib her! Ja, allerdings, ein verblasstes Gekritzel. Was soll das heißen?«
Während Ahab daran herumstudierte, nahm Starbuck den langen Stock eines Speckspatens zur Hand und spaltete das eine Ende mit seinem Seemannsmesser, um den Brief hineinzuklemmen. So konnte er ihn zu dem Boot hinüberreichen, ohne dass es näher an das Schiff heranfahren musste.
Ahab hielt indessen den Brief und murmelte vor sich hin: »Mr Har – ja, Mr Harry – Weibergekritzel, ich wette von seiner Frau – Ja, Mr Harry Macey, Schiff ›Jerobeam‹ – richtig, Macey – aber der ist ja tot.«
»Armer Teufel! Und noch dazu von seiner Frau!«, seufzte Mayhew. »Gebt ihn mir trotzdem rüber!«
Ahab nahm den Unglücksbrief aus Starbucks Hand und steckte ihn in den Schlitz am Spatenstock, um ihn ins Boot hinüberzureichen. Die Leute an den Riemen hörten auf zu rudern und sahen gespannt zu, sodass das Boot ein wenig achteraus trieb. Da riss eine plötzliche Bö den Brief aus dem Stock und wirbelte ihn auf das Schiff zurück. Er fiel Ahab vor die Füße.
Kapitän Mayhew erbleichte. Er befahl mit ruhiger Stimme loszufahren.
Als die Matrosen nach diesem Zwischenfall ihre Arbeit am Wal wieder aufnahmen, wurden unter der Mannschaft allerlei merkwürdige Anspielungen gemacht.

Abspecken

Das Abspecken des Wals ist ein aufregendes Geschäft. An Bord herrscht Hochbetrieb. Die Männer laufen hierhin und dorthin, wo sie gerade gebraucht werden. Alles ist in Bewegung, bald auf dem Vordeck, bald achtern, denn alles soll möglichst gleichzeitig geschehn. Nicht besser ergeht es dem, der die Szene beschreiben soll, und deshalb müssen wir ein wenig zurückgreifen. Nachdem zunächst einmal wie erwähnt ein Loch in den Rücken des Wals geschnitten worden war, wurde in dieses Loch ein Haken eingesetzt. Aber wie wurde ein so plumpes, schweres Ding wie dieser Haken dort befestigt? Er wurde befestigt von meinem lieben Freund Quiqueg, zu dessen Pflichten als Harpunier es gehörte, auf den Rücken des Ungeheuers hinunterzusteigen, um dort zu arbeiten. In vielen Fällen aber erfordern es die besonderen Umstände, dass der Harpunier auf dem Wal bleibt, bis die ganze Arbeit des Abspeckens getan ist. Der Wal liegt dabei fast völlig unter Wasser mit Ausnahme der Teile, an denen gerade gearbeitet wird. Dort unten also, einige zehn Fuß unter dem Deck, watet der arme Harpunier herum, halb auf dem Wal und halb im Wasser, wobei der gewaltige Rumpf sich unter ihm dreht wie eine Tretmühle. Quiqueg trat bei dieser Gelegenheit im Schottenkostüm auf, das heißt in Hemd und Socken, was ihm, wenigstens nach meinem Geschmack, außerordentlich vorteilhaft stand. Und keiner konnte ihn besser beobachten als ich, wie man gleich sehen wird.

Da ich im Boot des Wilden den Bugriemen führte, das heißt den zweiten von vorne gezählt, gehörte es zu meinen erfreulichen Pflichten, ihm bei seiner unsicheren Kletterei auf dem Rücken des Wals beizustehen. Wie einen Tanzaffen am langen Seil, so hielt ich Quiqueg über die steile Bordwand hinweg am Affentau, wie man es unter Walfängern nennt. Es war an einem starken Segeltuchgurt um seine Hüften befestigt.

Es war ein gefährlicher Spaß für uns beide, denn es muss hinzugefügt werden, dass das Tau an beiden Enden festgemacht war, an Quiquegs breitem Segeltuchgurt und an meinem schmalen Ledergurt. So waren wir, wenigstens für einige Zeit, auf Leben und Tod aneinander gekettet. Und sollte der arme Quiqueg auf Nimmerwiedersehen versinken, dann erforderten es Ehre und Seemannsbrauch, dass ich mich mit in die Tiefe ziehen ließ, ohne das Tau zu kappen. So verband uns ein verlängertes siamesisches Seil. Quiqueg war mein untrennbarer Zwillingsbruder. Ich konnte mich in keiner Weise mehr von ihm lösen.

Ich musste also den armen Quiqueg immer wieder zwischen dem

Wal und dem Schiff hervorziehen, denn er glitt bei dem ständigen Rollen und Schlingern mehrmals aus. Aber das war nicht die einzige Gefahr, der er ausgesetzt war. Die Haie hatten sich durch das nächtliche Gemetzel nicht abhalten lassen und kamen nun, angelockt durch das erneut fließende Blut, mit unverminderter Gier und Frechheit und wimmelten um den Kadaver wie die Bienen um einen Bienenstock.

Und mitten unter diesen Haien stand Quiqueg. Oft musste er sie einfach mit den Füßen wegstoßen. Das hört sich zunächst unglaublich an, aber wenn der Hai, der sonst jedes Fleisch frisst, einen toten Wal vor sich hat, dann verschmäht er selbst Menschenfleisch.

Trotzdem tut man gut daran, sie scharf im Auge zu behalten. Deshalb war Quiqueg nicht nur mit dem Affentau gesichert, mit dem ich den armen Teufel gelegentlich aus der Nähe eines besonders blutdürstigen Hais riss. Auf einem Gestell, das über die Bordwand hing, standen Tashtego und Daggoo und schwangen über seinem Kopf ihre scharfen Speckmesser, mit denen sie so viele Haie abschlachteten, wie sie erreichen konnten. Dieser Freundschaftsdienst war sicher gut gemeint und sicher wollten die beiden nur das Beste für Quiqueg. Aber in ihrem Übereifer ihm zu helfen, und weil das blutige Wasser zeitweilig ihn und die Haie halb bedeckte hätten sie ihm mit ihren Speckspaten beinahe die Beine amputiert. Der gute Quiqueg, der sich mit seinem großen eisernen Haken plagte, empfahl sich vermutlich dem Schutz seines Gottes Yojo, um sein Leben zu retten.

Jaja, mein Freund und Zwillingsbruder, dachte ich, während ich je nach Bedarf das Tau einholte und wieder lockerte, der unergründliche Ozean, in dem du zappelst, ist das Leben; die Haie sind deine Feinde, die Messer deine Freunde und zwischen Haien und Messern steckst du ganz schön in der Patsche, armer Teufel.

Nur Mut, mein Freund! Auf dich wartet noch eine schöne Überraschung. Denn als er schließlich mit blauen Lippen und blutunterlaufenen Augen völlig erschöpft wieder an Deck enterte und schlotternd und triefend dastand, da trat der Kajütenjunge mit einem gutmütigen, tröstlichen Blick heran und überreichte ihm – was wohl? Einen heißen Grog? Oh nein! – überreichte ihm einen Becher lauwarmer Ingwerlimonade!

»Ingwer? Das riecht doch nach Ingwer?«, fragt Stubb misstrauisch und schnupperte an dem Becher. »Tatsächlich, das ist Ingwer«, er warf einen Blick in den Becher, von dem Quiqueg noch nicht gekostet hatte, und stand dann eine Weile schweigend da, als könne er es noch immer nicht glauben. Schließlich ging er, äußerlich ganz ruhig, auf den verdutzen Kajütenjungen zu und fragte eindringlich: »Ingwer? Ingwer? Vielleicht hast du die Güte, mein Junge, mir zu sagen, wozu das gut sein soll. Ingwer! Meinst du vielleicht, du kannst dem bibernden Kannibalen damit einheizen?! Ingwer! Was, zum Teufel, stellst du dir unter Ingwer vor? Kohle? Feuerholz? Zündhölzer? Schießpulver? Himmeldonnerwetter! Was soll das Zeug?! Und das willst du unserem armen Quiqueg anbieten?!«

»Da steckt so ein hinterhältiger Mäßigkeitsapostel dahinter!«, wandte er sich unvermittelt an Starbuck, der eben hinzutrat. »Bitte, schaut Euch das Zeug einmal an und riecht daran!«

Er wartete, was der Steuermann für ein Gesicht machen würde, dann sagte er: »Mr Starbuck, Quiqueg kam eben vom Wal und dieser Mr Kajütenjunge hatte die Unverschämtheit ihm dieses Gesöff hier anzubieten. Ist denn der Kajütenjunge ein Apotheker, Sir? Und darf ich vielleicht fragen, ob das ein Mittel ist, einen Halbertrunkenen wieder zum Leben zu erwecken?«

»Gewiss nicht«, sagte Starbuck, »das ist ein ganz abscheulicher Magenbitter!«

»Da hast du's, mein Junge«, fuhr Stubb den Kajütenjungen an.

»Wir werden dir schon zeigen, wie man einen Harpunier mit diesem Zeug aus der Apotheke vergiftet! Hast du uns vielleicht bei einer Lebensversicherung versichern lassen und willst uns jetzt alle ermorden?!«

»Das ist doch nicht meine Schuld«, suchte sich der Kajütenjunge zu verteidigen. »Tante Carita hat den Ingwer an Bord gebracht und mir dringend eingeschärft den Harpunieren nie einen Tropfen Alkohol zu geben, nur diesen Ingwersaft – das hat sie mir eingeschärft.«

»Ingwersaft! Ingwersaft! Da hast du was, du Lausbub! Und jetzt verschwinde nach unten und hol was Besseres. Geht doch in Ordnung, Mr Starbuck? Es ist auch Anweisung vom Kapitän, Grog für den Harpunier, wenn er vom Wal raufkommt.«

»Geht in Ordnung«, erwiderte Starbuck, »aber das nächste Mal geht's wohl ohne Schläge.«

»Das tut nicht weh, wenn ich hinhaue, nur beim Wal.«

»Nun gut, aber geh doch selber mit ihm hinunter und hol dir, was du brauchst.«

Als Stubb wieder erschien, hatte er in der einen Hand eine geheimnisvolle Flasche und in der anderen etwas wie eine Teebüchse. Erstere enthielt einen starken Schnaps, Letztere, Tante Caritas Geschenk, wurde großzügig den Wellen übergeben.

Der Kopf des Wals

Wir dürfen über all dem nicht vergessen, dass wir den riesigen Kopf eines Pottwals während der ganzen Zeit an der Bordwand der »Pequod« hängen haben.

Ich möchte den Leser auffordern ihn noch einmal gründlich von vorne zu betrachten in seiner ganzen mächtigen Gedrungenheit. Der Leser soll sich jetzt nüchtern und ohne Übertreibung davon überzeugen, welch ungeheure Stoßkraft hier in diesem Schädel sitzt, denn das ist ein sehr wichtiger Punkt. Entweder weiß er in diesen Dingen genau Bescheid oder er wird dieser entsetzlichen Geschichte, die noch folgen soll, keinen Glauben schenken können.

Man beachte also Folgendes: Wenn der Pottwal ruhig dahinschwimmt, dann steht die Vorderfläche seines Kopfes fast genau senkrecht zur Wasserfläche. Nach unten weicht sie beträchtlich zurück. Das Maul liegt ganz unterhalb des Kopfes, etwa so, als läge beim Menschen der Mund unter dem Kinn. Außerdem hat der Wal keine nach außen hervortretende Nase; und das, was ihm als Nase dient, das Spritzloch, sitzt oben auf dem Kopf. Augen und Ohren liegen an der Seite des Kopfes, und zwar um ein Drittel der Gesamtlänge nach hinten versetzt. So kommt es also, dass die Vorderseite des Pottwalkopfes eine empfindungslose, fensterlose Mauer ist, ohne irgendein Organ, ohne irgendeinen weichen Vorsprung. Ferner ist zu bemerken, dass nur ganz unten, wo diese

Mauer zurückweicht, ein geringfügiger Ansatz von Knochen vorhanden ist. Der eigentliche Schädel beginnt erst rund zwanzig Fuß dahinter, sodass diese ganze riesige knochenlose Masse ein einziges großes Polster ist. Und dieses Polster enthält, wie sich bald herausstellen wird, das allerfeinste Öl. Doch zunächst soll der Leser erfahren, wie diese zarte Substanz geschützt ist. Wir wissen ja bereits, dass die Speckschicht den Wal einhüllt wie die Schale eine Orange. Das gilt auch für den Kopf, nur mit dem Unterschied, dass diese Hülle am Kopf zwar nicht so dick ist, aber unvorstellbar zäh. Die schärfste Harpunenspitze, die spitzeste Lanze, geschleudert vom stärksten Arm, prallt wirkungslos ab, als wäre die Stirn des Pottwals mit Pferdehufen gepanzert. Ich glaube, dass diese Masse völlig gefühllos ist.

Und nun bedenke man: Diese unempfindliche, undurchdringliche, unverletzliche Mauer wird unbeirrbar vorwärts getrieben durch eine ungeheuer lebendige Kraft, die, wie ein Holzstoß, nur nach Klaftern zu messen ist. Und alles gehorcht nur einem einzigen Willen wie das kleinste Insekt. Wenn ich nun später im Einzelnen berichte, wie sich die Kraft, die überall in diesem Riesenleib wohnt, auswirkt, und wenn ich einiges von der Schlauheit des Tieres erzähle, dann wird der Leser hoffentlich alle Zweifel begraben haben und mir selbst die Geschichte glauben, dass der Pottwal die Landenge von Darien durchstoßen habe, sodass Atlantik und Pazifik ineinander fließen können.

Die obere Kopfhälfte ist nun, wie ein riesiges Fass, fast ganz mit reinem, flüssigem, duftendem Walrat gefüllt, das sich unvermischt in keinem anderen Körperteil des Tieres findet. Ein großer Pottwal bringt gewöhnlich rund 500 Gallonen, ganz abgesehen von der Menge, die verschüttet wird, daneben tropft oder sonstwie bei der Bergung unwiderruflich verloren geht.

Nach diesem Bericht bitte ich den Leser diesem ungewöhnlichen Schauspiel, das in unserem Fall beinahe ein schlimmes Ende genommen hätte, beizuwohnen, dem Anzapfen des Riesenfasses.
Behände wie eine Katze kletterte Tashtego auf und lief kerzengerade auf der Großrahnock hinaus, bis er direkt über dem aufgehängten Schädel stand. Er hatte ein leichtes Tau bei sich, das durch einen Block lief. Diesen Block machte er an der Rahnock fest, das eine Ende des Taus warf er einem Matrosen zu, der auf Deck stand und es festzuhalten hatte. Dann kletterte der Indianer, Hand über Hand, am anderen Ende hinab, bis er richtig auf dem Schädel des Wals zu stehen kam, wobei er noch immer die anderen auf Deck hoch überragte. Von dort aus reichte man ihm einen kurzen,

scharfen Speckspaten, mit dem er nun sorgfältig die richtige Stelle suchte, an der er den Schädel aufbrechen konnte. Dabei ging er sehr vorsichtig zu Werk wie ein Schatzsucher, der in einem alten Haus die Wände abklopft, um das Gold zu finden, das dort eingemauert ist. Als er die Stelle gefunden hatte, hatte man ihm einen schweren, eisenbeschlagenen Eimer, wie sie auch an Ziehbrunnen hängen, an dem einen Tauende befestigt, während das andere quer über das Deck lief und von ein paar Matrosen gehalten wurde. Sie zogen den Eimer hoch, bis ihn der Indianer erreichen konnte; ein anderer reichte ihm eine sehr lange Stange, mit der er den Eimer in den Walschädel hinabließ, bis er völlig darin verschwand. Auf ein Zeichen hin zogen die Matrosen an Deck an dem Tau, schon kam der Eimer, schäumend bis zum Rand wie ein Gefäß voll frisch gemolkener Milch, wieder hoch. Mit äußerster Vorsicht wurde er erneut herabgelassen und rasch in eine große Tonne entleert. Abermals ging der Eimer nach oben und machte seine Runde, bis der Walkopf ausgeschöpft war und keinen Walrat mehr hergab. Gegen Ende hin musste Tashtego seine Stange immer tiefer und immer heftiger hinunterstoßen, sodass sie schließlich reichlich zwanzig Fuß tief drinnen stak.

Die Leute auf der »Pequod« hatten nun in dieser Weise schon einige Zeit geschöpft; mehrere Tonnen waren bereits mit dem duftenden Walrat gefüllt; da geschah plötzlich etwas Merkwürdiges. Sei es, dass Tashtego, der wilde Indianer, für einen Augenblick so unvorsichtig war das Tau loszulassen, an dem der Walkopf hing; sei es, dass der Boden unter seinen Füßen zu schlüpfrig und tückisch war; sei es, dass der Teufel selbst seine Hand im Spiel hatte und ihn fallen lassen wollte; das alles lässt sich nicht mehr feststellen. Jedenfalls kam gerade der achtzigste oder neunzigste Eimer mit einem schmatzenden Geräusch herauf – da stürzte, ach du lieber Gott, der

arme Tashtego wie ein zweiter Ziehbrunneneimer kopfüber hinunter in den Riesenschädel und entschwand unseren Blicken unter einem grässlichen, öligen Gurgeln.
»Mann über Bord!«, schrie Daggoo, der in der allgemeinen Bestürzung als Erster wieder zur Besinnung kam. »Schwingt den Eimer hierher!« Er trat mit dem einen Fuß hinein, um nicht nur an dem glitschigen Tau Halt zu finden, ließ sich von den Leuten an Deck hochziehen und stand schon oben auf dem Walkopf, ehe noch Tashtegoo in der Tiefe des Schädels angekommen sein konnte. Indessen herrschte ein unbeschreiblicher Tumult. Bei einem Blick über Bord sah man, wie der leblose Schädel über der Wasserfläche sich regte und bewegte, als beschäftigten ihn große Gedanken; und doch war es nur der arme Indianer, der dort unten in der Tiefe zappelte.
Während sich Daggoo noch oben auf dem Walkopf zu schaffen machte und das Tau, das sich irgendwie verwickelt hatte, weiter klarzukriegen suchte, da gab es plötzlich einen Krach und zum unbeschreiblichen Entsetzen aller riss einer der beiden riesigen Haken, die den Schädel hielten. Die gewaltige Masse erbebte und kippte zur Seite, wie betrunken schaukelte und schwankte das Schiff, als wäre es gegen einen Eisberg geschmettert worden. Der andere Haken, der nun allein das ganze Gewicht zu tragen hatte, schien jeden Augenblick nachgeben zu wollen.
»Komm runter! Komm runter!«, schrien die Männer zu Daggoo hinauf. Der aber hielt sich mit einer Hand an dem schweren Tau fest, um nicht mitgerissen zu werden, falls der Kopf doch in die Tiefe stürzen sollte. Da der Neger das Tau inzwischen klargekriegt hatte, rammte er den Eimer nun hinunter in den Walkopf, damit sich der Harpunier daran festklammern könnte, um gerettet zu werden.
»Um Himmels willen, Mensch!«, schrie Stubb. »Meinst du, du hilfst ihm, wenn du ihm mit dem schweren Eimer den Schädel einschlägst? Hör auf!«

»Weg hier!«, schrie eine Stimme, als wäre eine Rakete losgegangen. Im gleichen Augenblick stürzte die Riesenmasse donnernd ins Meer, wie der große Fall am Niagara in die Tiefe donnert.

Das Schiff, das so plötzlich von seiner Last befreit war, holte so weit über, dass man den Kupferbeschlag bis weit hinunter blinken sehen konnte; alles hielt den Atem an, als man durch den dichten Sprühregen hindurch Daggoo sah, der bald hoch über den Köpfen schwebte, bald tief unten über der Wasserfläche schaukelte, während der arme Tashtego, lebendig begraben, rasch auf den Meeresgrund hinabsank. Aber kaum hatte sich der Dunst verzogen, da sah man wie einen Schatten eine nackte Gestalt mit einem Messer in der Hand über die Bordwand setzen. Ein lautes Aufklatschen verriet, dass mein wackerer Quiqueg sich hinabgestürzt hatte, um Rettung zu bringen. Alle Mann eilten zur Reling und starrten hinunter auf die Wellenringe, während die Sekunden verstrichen und keine Spur von dem Verunglückten und seinem Retter zu sehen war. Ein paar Mann brachten ein Boot zu Wasser und stießen vom Schiff ab.

»Da! Da!«, schrie Daggoo plötzlich von oben herunter und deutete hinaus. Und als wir seinem Arm folgten, sahen wir einen Arm aus den blauen Wellen tauchen, wie ein Arm, der sich aus dem Grabe reckt.

»Sie sind es! Beide!«, schrie Daggoo und man hörte, wie er sich freute. Und bald darauf sahen wir Quiqueg, der mit der einen Hand kühn die Wogen teilte und mit der anderen das lange Haar des Indianers umfasst hielt. Sie wurden in das Boot gezogen und schnell an Bord gebracht. Tashtego und Quiqueg sahen mitgenommen aus.

Ja, wie war diese prächtige Rettungstat gelungen? Nun, Quiqueg war dem langsam absinkenden Kopf nachgetaucht und hatte ihn mit seinem scharfen Messer von unten her aufgeschnitten. Dann hatte er sein Messer fallen lassen, hatte mit seinem langen Arm

hineingegriffen und darin herumgesucht und schließlich den armen Tash am Kopf erwischt und herausgezerrt. Er, Quiqueg, behauptete, er habe zuerst ein Bein gefasst, das habe ihm aber nicht genügt. Drum habe er es wieder zurückgestoßen und den ganzen Kerl in seinem Gefängnis gründlich herumgewirbelt, bis der Indianer nach einem letzten Versuch so zur Welt kam, wie es sich gehört – mit dem Kopf voraus.
Ich weiß sehr wohl, dass dieses wunderbare Abenteuer des Gay-Headers mancher Landratte unglaublich erscheinen wird, und doch hört man auch an Land nicht selten, dass einer in einen Brunnen fällt, obwohl dort der Boden weit weniger schlüpfrig ist als am Rand eines Pottwalschädels.
Nun, und wenn Tashtego in dem Kopf sein Ende gefunden hätte, dann wäre es ein sehr prächtiges Ende geworden; er wäre erstickt im allerfeinsten, schneeweißen, duftenden Walrat, eingesargt und begraben in der innersten Geheimkammer, im Allerheiligsten des Wals. Es gibt wohl nur ein süßeres Ende – das köstliche Ende eines Honigsuchers in Ohio, der den Honig in der Gabelung eines hohlen Baumes suchte und sich zu weit hineinbeugte. Er fiel hinein und starb den süßesten Tod, lebendig einbalsamiert.

Der Lanzenwurf

Radachsen schmiert man mit Öl, wenn der Wagen leicht und rasch dahinlaufen soll. Um dasselbe bei den Booten zu erreichen, tun manche Waljäger ein Ähnliches: Sie fetten die Kiele ein. Schaden kann das zweifellos nicht, im Gegenteil: Es kann von beträchtlichem Vorteil sein, wenn man bedenkt, dass Wasser und Öl sich nicht vertragen, dass Öl eine gute Schmiere ist und dass die Boote tatsächlich wie geschmiert dahingleiten. Quiqueg zum Beispiel wandte dieses Mittel mit Vorliebe an und an einem Morgen machte er sich mit ungewöhnlichem Eifer an das Geschäft. Er kroch unter sein Boot, das über die Reling hing, und rieb den Kiel so sorgfältig ein, als solle dort unten bald ein Haarschopf sprießen. Vielleicht hatte er eine Vorahnung dessen, was kommen sollte.

Gegen Mittag wurden Wale gesichtet. Doch kaum fuhr das Schiff auf sie zu, da wandten sie sich ab und flohen in wilder Panik davon. Trotzdem nahmen die Boote die Verfolgung auf. Stubbs Boot lag an der Spitze. Nach großer Anstrengung gelang es Tashtego endlich, sein Eisen in einen Wal zu pflanzen. Doch das getroffene Tier, anstatt zu tauchen, jagte in wilder Flucht auf dem Wasser dahin. Bei solch ununterbrochener Anspannung muss das Eisen über kurz oder lang unweigerlich wieder ausreißen. Es gab keine Wahl: Man musste dem getroffenen Wal mit der Lanze beikommen oder die Beute fahren lassen. Ihn mit dem Boot einzuholen war unmöglich, so wild und rasend jagte er dahin. Was blieb uns also noch?

Unter all den Kunstgriffen, auf die alte, erfahrene Waljäger immer wieder angewiesen sind, ist keiner so elegant, so schön wie der Wurf mit der Lanze, das so genannte »pitchpoling«. Degenstich oder Schwerthieb – nichts ist damit zu vergleichen. Am großartigsten ist dabei die unwahrscheinliche Entfernung, aus der die lange Lanze aus dem schaukelnden, stoßenden Boot genau ins Ziel geschleudert wird. Von der stählernen Spitze bis zum Ende des hölzernen Schaftes misst die Lanze zehn bis zwölf Fuß. Der Schaft ist viel dünner als bei der Harpune und viel leichter, denn er besteht nur aus Fichtenholz. Er ist mit einem dünnen Seil von beträchtlicher Länge versehen, sodass die Lanze wieder hereingeholt werden kann.

Es muss erwähnt werden, dass auch die Harpune auf die gleiche Weise geschleudert werden kann; aber es geschieht selten und nur mit geringem Erfolg, denn sie ist schwerer und kürzer als die Lanze. Im Allgemeinen muss der Wal erst getroffen sein, bevor der Wurf aus der Ferne angebracht werden kann.

Und jetzt schaut auf Stubb! Den Mann, der auch in den gefährlichsten Lagen seinen Humor und seinen Gleichmut behielt. Er war der rechte Mann, um seine Lanze anzubringen. Aufrecht stand er im Bug des Bootes, eingehüllt in eine Wolke von Gischt, der rasende Wal vierzig Fuß voraus. Mit leichter Hand hielt er die Lanze, prüfte, ob sie gerade sei, zielte genau. Im nächsten Augenblick flog der blanke Stahl, wie von einer unbekannten Kraft geschleudert, in hohem Bogen durch die sprühende Gischt und traf das Herz des Wals. Bebend blieb sie stecken. Rotes Blut stieg auf statt des glitzernden Atemstrahls.

»Den hast du angezapft!«, schrie Stubb. »Heute soll Wein aus allen Fässern fließen, heut ist ein Feiertag. Wenn's nur alter Whisky wäre! Mensch, Tashtego, dann könntest du die Becher drunter halten und wir hätten was zu saufen. Das würde für den Rest unseres Lebens reichen.«

Und immer wieder, während er so daherredete, wiederholte er den Wurf mit der Lanze, die an der Leine zu ihrem Herrn zurückkehrte. Der Wal kämpfte seinen Todeskampf, die Leine lockerte sich. Der Lanzenwerfer ließ sich achtern nieder und sah mit gefalteten Händen schweigend dem Riesentier beim Sterben zu.

Die große Armada

Die lange, schmale Halbinsel Malakka, die von Burma aus nach Südosten vorspringt, bildet die südlichste Spitze Asiens. In fortlaufender Reihe schließen sich an die Spitze dieser Halbinsel die lang gestreckten Inseln Sumatra, Java, Bali und Timor an und bilden zusammen mit vielen anderen eine riesige Mole, eine Art Bollwerk, das Asien mit Australien verbindet und den weiten Indischen Ozean von der reichen Inselwelt des Ostens trennt. Dieses Bollwerk ist von einer Anzahl von Lücken unterbrochen, die den Walen und Schiffen zustatten kommen. Besonders zu erwähnen ist die Sundastraße, die der Durchfahrt in die Chinesische See dient.

Seit unvordenklichen Zeiten lauern zwischen den flachen, schatti-

gen Buchten und Inselchen Sumatras die malayischen Piratenboote, um die vorüberfahrenden Schiffe zu überfallen und gewaltsam ihren Zoll zu fordern. Zwar haben europäische Kriegsschiffe die

Korsaren wiederholt blutig gezüchtigt, doch bis zum heutigen Tag hört man gelegentlich von englischen oder amerikanischen Schiffen, die in diesen Gewässern erbarmungslos geentert und ausgeplündert wurden.

Mit einer leichten, frischen Brise näherte sich jetzt die »Pequod« diesen Meerengen, denn Ahab hatte die Absicht, von hier aus in die Java-See zu gelangen und weiter in Gewässer, in denen erfahrungsgemäß nicht selten Pottwale vorkommen; unter den Küsten der Philippinen sollte es dann weitergehen bis zur Küste Japans, wo wir rechtzeitig zur großen Fangzeit eintreffen wollten. Auf diese Weise kam die »Pequod« auf ihrer Reise um die Erde in fast alle bekannten Pottwalgründe, ehe sie im Pazifik Kurs auf den Äquator nahm, denn dort hoffte Ahab mit Sicherheit auf Moby Dick zu treffen, sollte er bis dahin kein Glück haben.

Aber wie ging denn das alles?, mag der Leser fragen. Ging denn Ahab in diesen fernen Gegenden nirgends an Land? Lebte seine Mannschaft von der Luft? Musste er nicht wenigstens Trinkwasser an Bord nehmen? Nein! Seit Anbeginn zieht die Sonne ihre feurige Bahn und zehrt nur von sich selbst. So auch das Walschiff Ahabs. Andere Schiffe werden mit fremder Fracht beladen, die für fremde Häfen bestimmt ist; das Walschiff trägt auf seiner Fahrt um die Erde nur seine Besatzung, ihre Waffen und das, was sie zum Leben braucht. Ein ganzer Süßwassersee liegt, in Fässer abgefüllt, im Laderaum mit anderen notwendigen Dingen. Das Walschiff hat einen Wasservorrat für Jahre an Bord, klares, altes Wasser aus Nantucket, das auch nach drei Jahren noch besser schmeckt als das Brackwasser, das erst gestern aus den Flüssen Perus oder Indiens geschöpft wurde. So kommt es, dass andere Schiffe von China nach New York und wieder zurück fahren und unterwegs zwanzig oder mehr Häfen anlaufen, während das Walschiff in der gleichen Zeit keine Erdkrume zu Gesicht bekommt und die Mannschaft keine Seele außer den Seeleuten, die unterwegs sind wie sie selbst.

Da nun an der Westküste Javas, in der Nähe der Sundastraße, schon viele Pottwale gefangen worden waren und die umliegenden Gewässer unter Walfängern im Allgemeinen als ergiebige Fanggründe galten, wurde der Ausguck, je näher die »Pequod« der Spitze von Java kam, desto häufiger zur Wachsamkeit ermahnt. Wir entdeckten zwar bald an Steuerbord die felsige Palmenküste der Insel und genossen den frischen Duft, der uns entgegenwehte, aber von einer Fontäne war keine Spur zu sehen. Wir gaben allmählich die Hoffnung auf Beute auf, als wir in die Meerenge einfuhren. Doch da vernahm man von oben den gewohnten Freudenruf und bald bot sich uns ein ganz ungewöhnliches Schauspiel.

Zwei oder drei Meilen vor uns stieg in weitem Halbkreis von Horizont zu Horizont eine ununterbrochene Kette von Fontänen hoch und glitzerte silbern in der Mittagssonne.

Jedes Mal, wenn die »Pequod« auf einen hohen Wellenberg stieg, sahen wir vom Deck aus durch den bläulichen Dunst der Mittagshitze unzählige Strahlen emporsteigen gleich dem Rauch aus tausend Schornsteinen einer großen Stadt.

Wie eine Armee vor einem gefährlichen Engpass im Gebirge ihren Marsch beschleunigt, um diese Stelle möglichst schnell zu überwinden und wieder in offenes Land zu gelangen, so suchte auch diese riesige Walherde offenbar möglichst schnell durch die Meerenge zu kommen. Die beiden Flügel des Halbkreises zogen sich enger zusammen und die ganze Masse schwamm dicht aufgeschlossen dahin.

Mit vollen Segeln jagte die »Pequod« hinter ihnen her. Die Harpuniere standen bereits in ihren Booten, die noch nicht einmal zu Wasser gelassen waren, prüften ihre Waffen und jubelten laut.

Wenn jetzt nur der Wind nicht nachließ, dann musste manches Tier aus dieser Riesenherde ihren Lanzen zum Opfer fallen. Und wer konnte denn wissen, ob sich in dem dichten Gedränge nicht vielleicht auch Moby Dick befand? Wir setzten noch ein paar Segel und jagten die Leviathane vor uns her, als plötzlich die Stimme Tashtegos unsere Aufmerksamkeit auf ein neues Ereignis in unserem Rücken richtete.

Der gleiche Halbkreis, den wir vor uns hatten, war nun auch achteraus aufgetaucht, weiße Wölkchen, die aufzusteigen und wieder zusammenzusinken schienen wie die Fontänen der Wale, nur nicht so regelmäßig; sie verschwanden auch nie völlig von der Bildfläche. Ahab drehte sich rasch in seinem Bohrloch herum und hob sein Glas an die Augen. »Entert auf! Eimer her und nässt die Segel! Die Malayen sind hinter uns her!«

Als hätten sie zu lange hinter dem Vorgebirge auf uns gelauert, bis die »Pequod« in aller Ruhe in die Meerenge eingelaufen war, waren diese schurkischen Malayen jetzt mit doppeltem Eifer hinter uns her, um den Zeitverlust wieder gutzumachen. Aber die »Pequod« war jetzt, vor dem Wind, nicht weniger schnell. Mit dem Glas unter dem Arm ging Ahab unruhig auf Deck auf und ab. Vor sich sah er die Wale, die er jagte, und hinter sich die blutdürstigen Piraten, die ihn jagten. Sein Blick ging über die grünen Mauern des Engpasses, durch den das Schiff hindurchmusste. Vielleicht kam ihm der Gedanke, dass hier das Tor war, das zu seiner Rache führte, und durch dieses Tor jagte er nun selbst, gejagt von eine Horde erbarmungsloser Seeräuber und heidnischer Teufel, die ihn mit ihren höllischen Flüchen verfolgten.

Solche Gedanken beunruhigten allerdings nur wenige unter der Mannschaft. Und als nun die Piraten immer weiter zurückblieben und die »Pequod« schließlich an der üppig grünen Kakaduspitze

Sumatras vorüberschoss und wieder in die offene See gelangte, da schienen die Harpuniere über den Vorsprung, den die Wale inzwischen gewonnen hatten, so enttäuscht, dass sie sich über das siegreiche Rennen mit dem Malayen gar nicht freuen konnten. Aber noch immer waren wir hinter den Walen her, die nach und nach langsamer geworden waren. Allmählich kamen wir näher, und als der Wind abzuflauen begann, sollten die Boote zu Wasser gebracht werden. Aber kaum spürten die Wale wie durch einen wunderbaren Instinkt, dass sie von drei Booten verfolgt wurden, da schlossen sie sich noch enger zusammen und verdoppelten ihre Geschwindigkeit.

Nackt bis auf Hemd und Hose ruderten wir stundenlang hinter ihnen her und waren bereits entschlossen die Jagd abzubrechen. Da machte sich unter den Walen ein unsicheres Zögern, eine Verwirrung bemerkbar, ein Zeichen, dass sie von einem plötzlichen Schrecken erfasst waren. Die fest geschlossene Kolonne, die sie bisher eingehalten hatten, löste sich auf. Die einzelnen Tiere jagten in zielloser Panik dahin, der kurze, breite Strahl verriet ihre Angst. Andere Tiere trieben, völlig gelähmt, hilflos wie Wracks auf dem Meer.

Obwohl also, wie gesagt, viele Wale in heftiger Bewegung waren, bewegte sich die Herde im Ganzen kaum von der Stelle, weder vorwärts noch rückwärts. Wie immer in solchen Fällen trennten sich die Boote und jedes suchte sich am Rande der Herde ein einzelnes Tier als Beute. Schon nach drei Minuten schleuderte Quiqueg seine Harpune. Das getroffene Tier schlug uns den Schaum ins Gesicht und raste wie der Blitz mit uns mitten in die Herde hinein. Das ist bei einem Wal nichts Ungewöhnliches. Man muss damit rechnen. Aber es ist einer der gefährlichsten Augenblicke, die die Jagd auf den Wal bringen kann.

Wie blind und taub raste der Wal davon, als könnte er durch seine bloße Geschwindigkeit den eisernen Blutegel loswerden, der auf seinem Rücken saß. Wir rissen eine weiße Furche in die See und waren dabei von allen Seiten von den Tieren bedroht, die rings um

uns wie rasend herumtobten. Unser Boot lag mitten drinnen wie ein Schiff, das im Packeis seinen gefährlichen Weg sucht und nicht weiß, wann es eingeschlossen und zermalmt wird.
Aber Quiqueg ließ sich nicht einschüchtern. Mit sicherer Hand führte er das Steuer; bald hielt er an einem Riesen vorbei, der sich quer über unseren Weg legte, bald mied er einen anderen, dessen gewaltige Schwanzflosse drohend über uns hing. Unterdessen stand Starbuck im Bug, die Lanze in der Hand, und verscheuchte die Wale, die er erreichen konnte. Auch wir an den Riemen waren nicht faul, obwohl wir jetzt etwas anders zu tun hatten als unsere gewohnte Pflicht, und so versuchten wir es mit Gebrüll: »Weg da, Kommodore!« Ein Wal tauchte neben uns auf und drohte uns umzuwerfen. »Runter mit deinem Schwanz!« Das galt einem anderen, der hart neben uns sich mit seinem eigenen Schwanz Kühlung zuzufächeln schien.

Alle Walboote führten ein merkwürdiges Gerät mit sich, den so genannten »Drugg«, den wohl ursprünglich die Indianer von Nantucket erfunden haben. Zwei dicke quadratische Holzplatten von gleicher Größe werden fest miteinander verbunden. In der Mitte der Platte ist eine Leine von beträchtlicher Länge befestigt, die auf der anderen Seite ausläuft, sodass sie ohne Umstände an einer Harpune befestigt werden kann. Dieser Drugg wird vor allem verwendet, wenn mehr Wale um das Boot herumwimmeln, als im Augenblick erlegt werden können. Da man nicht jeden Tag auf Pottwale trifft, muss man bei solchen Gelegenheiten so viele wie möglich töten. Hier tun nun die Druggs gute Dienste, denn mit ihnen kann man die Tiere markieren und sie später töten, wenn man Zeit hat. Wir hatten drei an Bord. Die beiden ersten wurden ins Ziel gebracht und wir sahen, wie die Wale taumelnd davonschwammen, schwer behindert durch die Last, die sie mitzuschleppen hatten. Als aber der dritte angebracht werden sollte, verfing er sich beim Abwerfen an einer der Ruderbänke und riss sie mit sich in die See. Der Mann am Ruder stürzte ins Boot; das Wasser drang von beiden Seiten durch die aufgerissenen Planken; wir konnten die Löcher nur mit ein paar Hosen und Hemden notdürftig ausstopfen und abdichten.

Wir wären kaum in der Lage gewesen die Harpune mit dem schweren Drugg anzubringen, wenn nicht unser Wal inmitten der Herde beträchtlich aufgehalten worden wäre. Im Übrigen beruhigten sich die Tiere immer mehr, je weiter wir in das Innere des Gewühls vordrangen. Schließlich riss unserem Wal mit einem Mal die Harpune aus dem Leib und er verschwand seitwärts unseren Blicken. Wir glitten weiter und gerieten jetzt mitten ins Herz der ganzen Herde, als hätte uns ein Wildbach in einen stillen Gebirgssee hineingetragen. Hier war das Getümmel von den äußeren Rändern wohl noch zu hören, aber wir verspürten nichts mehr.

Die See lag in seidiger Stille da, wie sie im Mittelpunkt jeder Bewegung herrscht.

So lagen wir mit unserem Boot inmitten des Aufruhrs in einer abgeschlossenen, scheinbar friedlichen Welt. Nur das Getöse, das gelegentlich aus der Ferne zu uns herüberdrang, ließ uns ahnen, dass die anderen Boote noch an der Arbeit waren, außen an den Rändern der Herde weitere Wale mit ihren Druggs markierten und den Kampf weiter hineintrugen in die inneren Kreise. Die angeworfenen Wale rasten nun in blinder Wut bald hierhin, bald dorthin zwischen den einzelnen Rudeln hindurch. Etwas anderes aber zog unsere Aufmerksamkeit weit mehr auf sich. Es ist üblich, einen besonders starken und wilden Wal, wenn er harpuniert ist, zu lähmen, indem man ihm mit dem Speckspaten die gewaltige Sehne seines Schwanzes zerschneidet oder wenigstens verwundet. Ein Wal, der auf diese Weise verletzt worden war, hatte sich, wie wir später erfuhren, von seinem Boot losgerissen und die Harpunenleine samt dem Speckspaten mit sich genommen. Er tobte nun, rasend vor Wut, zwischen den anderen Tieren herum und verbreitete Schrecken unter ihnen.

Der rasende Riese bot einen schauerlichen Anblick. Warum er aber auch unter den anderen Tieren Entsetzen verbreitete, das konnten wir anfangs wegen der zu großen Entfernung nicht feststellen. Doch entdeckten wir, dass sich der Wal durch einen dummen Zufall in die Harpunenleine verstrickt hatte, an der er hing, und somit auch den Speckspaten hinter sich herschleppte, von dem er sich inzwischen frei gemacht hatte. So tobte das gemarterte Tier wie rasend durch die schäumende See und schlug mit seinem Schwanz um sich, wobei es den scharfen Speckspaten umherwirbelte und die eigenen Artgenossen verwundete und hinschlachtete.

Dieser blutige Zwischenfall schien die ganze Herde plötzlich aus ihrem Bann aufzuwecken. Zuerst rotteten sich die Wale am Rande unseres stillen Sees langsam zusammen und stießen aneinander, als würden sie von langsam auslaufenden Wogen hin und her geschaukelt; dann begann der See selbst langsam zu wogen und anzuschwellen. Die Wale zogen sich zur Mitte hin immer enger zusammen. Mit unserer Ruhe war es vorbei. Das Brausen nahm zu und kam immer näher, wie wenn der Hudson im Frühling das Eis sprengt. Sofort tauschten Starbuck und Quiqueg die Plätze. Starbuck saß nun im Heck.

»Die Riemen bei!«, flüsterte er eindringlich und fasste selbst das Steuerruder. »Zugepackt! Nehmt euch zusammen! Quiqueg, halt uns den Wal vom Leib! Hau ihm eins drauf!«

Das Boot wurde nun zwischen den Riesenleibern zweier Wale schier zerquetscht. Aber mit letzter Anstrengung kamen wir schließlich doch wieder ins freie Wasser. Gespannt sahen wir nach einem neuen Ausweg, der uns weiterführen sollte. Mehrfach entkamen wir nur um Haaresbreite einer Katastrophe, bis wir endlich in voller Fahrt hinausglitten, dorthin, wo es eben noch von Walen gewimmelt hatte, die jetzt nur noch vereinzelt der Mitte zustrebten. So entkamen wir glücklich, und dass wir Quiquegs Hut verloren hatten, war ein geringer Preis für unsere Rettung. Denn er hatte uns vom Bug aus die fliehenden Wale vom Leib gehalten und dabei hatte ihm der Luftzug einer hochgeschwungenen Schwanzflosse den Hut vom Kopf geschlagen.

In das allgemeine Durcheinander kam nun eine gewisse Ordnung. Denn nachdem sich die Wale zu einer dichten Kolonne zusammengeschlossen hatten, setzten sie ihre Flucht mit vermehrter Geschwindigkeit fort. Eine weitere Verfolgung war sinnlos. Doch blieben die Boote noch eine Weile in ihrem Kielwasser, um die Wale mitzunehmen, die an einem Drugg hingen, und den einen Wal in Sicherheit zu bringen, den Flask getötet und mit einem Fähnchen gezeichnet hatte. Jedes Boot führt ein paar dieser Fähnchen an Bord. Man pflanzt sie in einen erlegten Wal, wenn noch mehr Beute in der Nähe ist, um zu sehen, wo er treibt, und um anzudeuten, dass dieses Tier bereits einen Besitzer hat, wenn fremde Boote in der Nähe sind.

Das Ergebnis dieser Jagd bestätigte wieder einmal den alten Walfängerspruch: »Viele Wale, keine Beute«. Denn von allen Walen, die einen Drugg hinter sich herzogen, wurde nur einer gefangen. Alle anderen entkamen.

Knochenbein und Knochenarm

»Schiff ahoi! Habt ihr den weißen Wal gesehen?«, schrie Ahab. Das fremde Schiff führte die englische Flagge. Das Sprachrohr am Mund, stand der Alte im aufgeheißten Kapitänsboot und zeigte dem englischen Kapitän nackt und unverhüllt sein Knochenbein. Der andere hatte sich bequem in seinem eigenen Boot zurückgelehnt, ein dunkler, gut aussehender, freundlicher Mann von ungefähr sechzig Jahren. Eine blaue Jacke aus Seemannstuch hing lose um seine Schultern. Der eine Ärmel flatterte leer an seiner Seite.

»Den weißen Wal gesehen?«

»Schau her!«, rief der andere und zog aus den Falten seiner Jacke einen weißen Arm aus einem Knochen des Pottwals mit einem hölzernen Kopf am Ende.

»Mein Boot zu Wasser!«, befahl Ahab und brachte in seiner Ungeduld die Riemen in seinem Boot durcheinander. »Runter damit!«

Eine Minute später war er, ohne sein Boot verlassen zu haben, bereits auf dem Wasser und bald waren sie längsseits des fremden Schiffes. Dort aber gab es einen unvorhergesehenen Zwischenfall In seiner Erregung hatte Ahab vergessen, dass er seit dem Verlust seines Beines niemals mehr auf hoher See an Bord eines anderen als seines eigenen Schiffes gegangen war. Zu diesem Zweck hatte er die »Pequod« mit einem sinnreichen Mechanismus ausstatten lassen. Nun ist es für jeden schwer, auf hoher See vom Boot aus an Bord eines Schiffes zu entern, denn die Wogen heben das Boot bald bis zur Reling empor, bald lassen sie es wieder bis zum Kiel hinunterfallen. Da das fremde Schiff natürlich mit keiner besonderen Vorrichtung ausgestattet war, stand der einbeinige Ahab hilflos da und sah recht unsicher die schwankende Bordwand des Engländers hinauf.

Der Leser erinnert sich vielleicht, dass selbst das kleinste Missgeschick, das mit der unglücklichen Verstümmelung des Beins zusammenhing, Ahab jedes Mal aufs Äußerste erbitterte; und das jetzt umso mehr, als die beiden Steuerleute des fremden Schiffes, die oben an der Reling standen, offenbar nicht bedachten, dass ein Einbeiniger gar nicht im Stande sein konnte, das Fallreep zu benutzen, das sie ihm zuwarfen. Aber seine Verlegenheit dauerte nur eine Minute, da der fremde Kapitän mit einem Blick die Lage übersah und rief: »Ah, ich sehe schon! Los, Jungs, schwingt eine Talje aus!«

Glücklicherweise hatten sie ein paar Tage zuvor erst einen Wal längsseits gehabt und die großen Taljen mit den gewaltigen Speckhaken, jetzt sauber und trocken, waren noch festgemacht. Ein solcher Speckhaken wurde nun rasch für Ahab hinabgelassen; der erfasste sofort, was gemeint war, legte seinen gesunden Schenkel in die Krümmung des Hakens, hielt sich fest und wurde hochgezogen. Bald stand er wohlbehalten an Deck. Mit ausgestrecktem Knochenarm ging ihm der fremde Kapitän entgegen, um ihn zu begrüßen, und Ahab streckte sein Knochenbein aus, sodass sich die beiden Gliedmaßen kreuzten wie zwei Schwertfischklingen. Dabei rief er in seinem rauen Ton: »Hallo, Freund, wollen wir uns die Knochen schütteln – Arm und Bein –, ein Arm, der nicht mehr zurückzuckt, ein Bein, das nicht mehr fliehen kann. Wo hast du den weißen Wal gesehen? Wie lange ist's her?«

»Den weißen Wal«, erwiderte der Engländer und wies mit seinem Knochenarm ostwärts, wobei er wehmütig daran entlangschaute, »dort hinten am Äquator, letzte Fangzeit.«
»Und da hat er dir den Arm abgerissen?«
»Ja, wenigstens war es seine Schuld. Und dein Bein auch?«
»Erzähl«, drängte Ahab, »wie kam's dazu?«
»Es war das erste Mal in meinem Leben, dass ich auf dem Äquator entlangfuhr«, begann der Engländer, »und ich hatte zu dieser Zeit keine Ahnung von dem weißen Wal. Nun, eines Tages kamen Pottwale in Sicht, vier oder fünf mögen es gewesen sein, und wir ließen die Boote zu Wasser und machten auch einen fest, ein richtiges Zirkuspferd, das immer im Kreis herumjagte, sodass die ganze Mannschaft achtern auf dem Dollbord saß, damit das Boot nicht kenterte. Auf einmal kam ein zweiter hoch, ein Riesenvieh, mit einem milchweißen Kopf und Buckel und voller Runzeln und Falten.«
»Das war er! Das war er!«, schrie Ahab, der plötzlich tief aufatmete.
»Und Harpunen staken ihm im Leib, dicht bei der Steuerbordfinne.«
»Richtig, die sind von mir, meine Eisen!«, rief Ahab aufgeregt. »Aber erzähl weiter!«
»Nur Geduld«, fuhr der Engländer gutmütig fort. »Nun, dieser uralte Großvater mit dem weißen Schädel und Buckel raste schäumend mitten in das Rudel hinein und schnappte wütend nach meiner Leine.«
»Ganz richtig, wollte sie zerbeißen, den angeschossenen Kameraden befreien. Kenn ich, kenn ich. Das ist ein alter Trick von ihm.«
»Wie das alles nun genau gegangen ist«, berichtete der einarmige Kapitän weiter, »das weiß ich nicht mehr. Jedenfalls, während er noch auf der Leine herumbiss, verfing die sich irgendwie in seinen

Zähnen, aber das wussten wir noch nicht. Als wir die Leine wieder einholen wollten, saßen wir auf einmal auf seinem Buckel und unser anderer Wal haut nach Luv hin ab. Doch da seh ich, was für ein Prachtexemplar von Wal das ist, der schönste und größte, den ich je in meinem Leben sah. Und da beschloss ich ihn zu fangen, obwohl er sich eben in besonders übler Laune befand. Die Leine wird schon wieder loskommen und wenn ihm dabei ein Zahn herausfällt, denn meine Kerls können rudern wie die Teufel. Kurz und gut, ich wollte ihn haben, sprang ins Boot meines Steuermanns hier, Mr Mounttop, sprang in sein Boot, das Dollbord an Dollbord neben dem meinen lag. Schnappte mir die nächstbeste Harpune und hau sie dem Urgroßvater ins Fleisch. Aber dann: Das hättet ihr sehen sollen. Ach, du lieber Gott! Im nächsten Augenblick war ich blind wie ein Maulwurf, blind auf beiden Augen. Ringsherum nur Gischt und schwarzer Schaum und mittendrin, steil aufgerichtet wie eine Marmorsäule, der Schwanz des Wals. Rudern hatte gar keinen Zweck mehr. Und wie ich gerade nach dem zweiten Eisen taste, um es hinauszuschleudern, da saust der Schwanz herunter wie der Turm von Lima, haut das Boot in zwei Stücke, dass die Fetzen fliegen, und der weiße Buckel stößt zwischen die Trümmer, als wären's Hobelspäne. Wir flogen natürlich alle heraus. Um den fürchterlichen Schlägen auszuweichen, fasse ich meinen Harpunenstock, der in ihm steckt, und klammere mich daran fest wie 'n Walfischbaby. Doch da kommt eine See und reißt mich weg und im gleichen Augenblick schnellt das Vieh nach vorn und verschwindet wie der Blitz. In dem Durcheinander saust dieses verfluchte zweite Eisen an mir vorbei und erwischt mich hier«, er deutete mit der Hand unter seine Schulter, »ja, erwischt mich hier und zieht mich hinunter in die Hölle, wie es schien. Aber da reißt, Gott sei's gedankt, der Haken das ganze Fleisch vom Arm herunter, herunter bis zum Handgelenk, und ich komm wieder hoch. Alles

andere kann euch dieser Herr hier erzählen – Dr. Bunger, der Schiffsarzt. So, Bunger, erzähl du weiter.«
Der Herr, der so zwanglos vorgestellt wurde, hatte die ganze Zeit in der Nähe gestanden. Nichts deutete auf den hohen Rang hin, den er an Bord des Schiffes einnahm. Er hatte ein rundliches, nüchternes Gesicht, seine Kleider waren ausgebleicht und geflickt. Seine Aufmerksamkeit hatte bisher wechselweise einem Marlspieker in der einen und einer Pillenschachtel in der anderen Hand gegolten. Dazwischen hatte er gelegentlich mit Kennermiene die knöchernen Gliedmaßen der beiden verkrüppelten Kapitäne geprüft. Als ihn nun sein Vorgesetzter vorgestellt hatte, machte er eine höfliche Verbeugung und begann gleich zu erzählen: »Es war eine fürchterliche Wunde«, begann der Schiffsarzt, »und auf meinen Rat steuerte Kapitän Boomer hier mit unserer alten ›Sam - my‹ . . .«
»›Samuel Enderby‹ ist der Name meines Schiffes«, unterbrach ihn der einarmige Kapitän, »aber erzähl weiter.«
». . . steuerte er unsere ›Sammy‹ nach Norden, um aus der Brut hitze am Äquator herauszukommen. Aber es hatte keinen Zweck. Ich tat alles, was in meiner Macht stand, saß nächtelang bei ihm, war sehr streng mit ihm in den Fragen der Diät.«
»Allerdings, sehr streng«, stimmte der Patient zu. Doch dann änderte sich plötzlich sein Ton. »Heißen Grog hat er mit mir getrunken, jede Nacht, nächtelang, bis er nicht mehr im Stande war mir einen Verband anzulegen. Und gegen drei Uhr morgens hat er mich dann ziemlich blau ins Bett geschickt. Ach, du lieber Himmel. Er wachte bei mir und war sehr streng mit seiner Diät, das stimmt. Ein großartiger Nachtwächter, ein strenger Arzt, jawohl, das ist Dr. Bunger. Na, Bunger, alter Hundesohn, lach doch! Weiß doch selber, was für ein lustiges Haus du bist. Aber ich lass mich lieber von dir umbringen, als von einem anderen gesund machen, alter Junge.«

»Verehrter Herr, Ihr werdet wohl bemerkt haben«, begann der Doktor mit unerschütterter Miene und unter einer leichten Verbeugung zu Ahab hin, »Ihr werdet wohl bemerkt haben, dass der Kapitän gelegentlich zu Späßchen aufgelegt ist, und dann erzählt er solche Schauergeschichten. Aber ich darf bemerken, so en passant, wie die Franzosen sagen, dass ich, das heißt Jack Bunger, der ich einst ein würdiger Geistlicher war, dass ich ein völliger Abstinenzler bin. Ich trinke niemals ...«

»Wasser!«, unterbrach ihn der Kapitän. »Das trinkt er allerdings nie. Das bereitet ihm Übelkeit. Er ist ausgesprochen wasserscheu.

Erzähl weiter, die Geschichte mit dem Arm.«

»Bitte sehr«, sagte der Arzt, den das alles nicht aus der Fassung bringen konnte. »Wie ich schon bemerken wollte, ehe uns Kapitän Boomer so witzig ins Wort fiel, wurde die Wunde trotz meiner aufopferungsvollen Pflege immer schlimmer. Eine furchtbare, klaffende Wunde, wie sie selbst ein erfahrener Arzt nur selten zu sehen kriegt, zwei Fuß und eine paar Zoll lang, mit der Lotleine gemessen. Kurz und gut, sie wurde schwarz. Ich wusste, was nun bevorstand, also weg mit dem Arm. Aber an dem Knochenersatz da habe ich keine Schuld«, und er deutete auf den Kapitän, »den hat der Kapitän zu verantworten, nicht ich. Den hat ihm der Schiffszimmermann auf seinen Befehl gemacht. Den Hammer am Ende hat er sich dranmachen lassen, um bei Gelegenheit jemandem den Hirnkasten einzuschlagen, wie er es bei mir schon einmal versucht hat. Manchmal hat er ganz verteufelte Stimmungen. Seht ihr diese Mulde da, Herr?« Er nahm den Hut ab und strich sich das Haar zur Seite. Es kam eine tiefe Höhlung im Schädel zum Vorschein, in der aber von einer Narbe oder früheren Wunde nichts zu entdecken war. »Nun, der Kapitän wird Euch berichten können, wie das gekommen ist, er muss es am besten wissen.«

»Ich habe keine Ahnung«, sagte der Kapitän, »vielleicht weiß es seine Mutter. Das ist ein Geburtsfehler. Du scheinheiliger Schuft, Bunger! So einen Kerl gibt's nicht zum zweiten Mal auf allen Weltmeeren. Bunger, wenn du einmal stirbst, dann sollte man dich einmachen, du Hundesohn, damit auch künftige Geschlechter noch ihre Freude an dir haben, du Lumpenhund!«

»Und was ist aus dem weißen Wal geworden?«, schrie jetzt Ahab dazwischen, dem bei dem Geplänkel zwischen den beiden Engländern die Geduld gerissen war.

»Ach so«, rief der einarmige Kapitän, »ganz richtig! Als er weggetaucht war, sahen wir ihn eine ganze Weile nicht mehr. Ich wusste ja gar nicht, was für ein Wal es war, wie ich schon sagte. Erst lange danach, als wir wieder zum Äquator zurückgekehrt waren, erfuhr ich von Moby Dick, wie ihn manche nennen. Da wusste ich allerdings Bescheid.«

»Habt ihr ihn noch einmal gesehen?«

»Ja, zweimal.«

»Konntet ihn aber nicht anwerfen?«

»Wir hatten die Nase voll. Ein Arm ist doch genug. Noch einen zweiten opfern? Womöglich frisst einen Moby Dick dann ganz auf, anstatt sich mit einem Arm zu begnügen.«

»Nun ja«, unterbrach ihn Bunger, »gib ihm den linken Arm als Köder und wir kriegen den rechten. Sie wissen doch, meine Herren«, er machte eine sehr ernste, genau abgezirkelte Verbeugung, »Sie wissen doch, dass die Verdauungsorgane des Wals dank der göttlichen Vorsehung so konstruiert sind, dass es dem Tier ganz unmöglich ist, auch nur den Arm eines Menschen gänzlich zu verdauen. Und er weiß es auch. Was Sie also für die Bosheit des weißen Wals halten, das ist nur seine Ungeschicklichkeit. Denn er will das abgerissene Stück gar nicht verschlingen, er will nur seinen Feinden Schrecken einjagen. Ja, Kapitän Boomer, wenn Sie sich beeilen und dem einen Arm doch noch ein anständiges Begräbnis verschaffen wollen, dann brauchen Sie nur den anderen aufs Spiel zu setzen. Nur Mut!«

»Nein danke, Bunger«, sagte der englische Kapitän. »Soll er den einen Arm, den er hat, von mir aus behalten. Ich kann es nicht ändern. Und ich kannte ihn ja damals gar nicht. Kein Wort mehr von dem weißen Wal. Ich habe mich einmal mit ihm eingelassen, und das genügt. Mir reicht's! Ich weiß, es wäre eine feine Sache, wenn man ihn erlegen könnte und eine Ladung Walrat wäre uns auch sicher. Lassen wir ihn. Meinst du nicht, Kapitän?« Und dabei blickte er auf das Knochenbein.

»Stimmt. Aber man wird ihn weiterjagen. Ein solcher Satan lockt, auch wenn man weiß, wie gefährlich er ist. Ein starker Magnet. Wann habt ihr ihn zum letzten Mal gesehen? Welcher Kurs?«

»Gott steh mir bei und schmeiß den Teufel in die Hölle!«, schrie Boomer, der, vornübergebeugt, um Ahab herumschlich und wie ein Hund auffallend in der Luft herumschnüffelte. »Kocht dem das Blut? Schnell ein Thermometer. Ist schon auf dem Siedepunkt! Da wackelt ja das Deck!« Er zog eine Lanzette aus der Tasche und fasste nach Ahabs Arm.

»Weg da!«, brüllte Ahab und stieß ihn, dass er an die Reling taumelte. »Ins Boot! Welchen Kurs hatte Moby Dick?!«

»Allmächtiger Gott!«, schrie der englische Kapitän zurück, dem die Frage galt. »Was ist denn los? Kurs Ost, glaube ich. Ist denn euer Kapitän verrückt geworden?«, fragte er flüsternd Fedallah.

Aber Fedallah legte nur den Finger an den Mund und glitt über die Verschanzung, um das Steuer zu übernehmen. Ahab zog den Taljenhaken heran und befahl den Matrosen ihn hinabzulassen.

Kurz darauf stand er im Heck seines Bootes und die Manilaleute legten sich in die Riemen. Umsonst suchte der Engländer noch einmal ihm etwas zuzurufen. Mit dem Rücken zu dem fremden Schiff, das Gesicht hart wie Stein, stand Ahab aufrecht im Boot, bis sie wieder zur »Pequod« zurückgekehrt waren.

Ahabs Starrsinn

Bei Kapitän Ahabs überstürztem Abschied von der »Samuel Enderby« aus London war es nicht ganz ohne einen kleinen Schaden für seine eigene Person abgegangen. Er war mit solcher Heftigkeit in sein Boot gesprungen, dass beim Aufprall sein Knochenbein fast zersplittert wäre. Als er dann wieder auf seinem eigenen Deck stand und Halt in seinem Bohrloch fand, da drehte er sich so plötzlich herum, um dem Mann am Steuer einen barschen Befehl zuzurufen, dass das angeknackste Knochenbein noch weiteren Schaden nahm. Es hielt zwar noch, aber es schien Ahab nicht mehr ganz vertrauenswürdig.

In der Tat, es ist ja auch nicht verwunderlich, dass Ahab bei all seinem rücksichtslosen Draufgehen den Knochen, auf dem er ja zum guten Teil stand, von Zeit zu Zeit mit besonderer Aufmerksamkeit betrachtete. Denn kurz vor dem Auslaufen der »Pequod« aus Nantucket hatte es sich zugetragen, dass man ihn eines Nachts bewusstlos auf dem Boden gefunden hatte. Durch einen unbekannten und offenbar auch unerklärlichen Zwischenfall hatte sich sein Knochenbein so unglücklich verschoben, dass es ihm in die Weiche gefahren war und diese beinahe durchbohrt hätte. Nur unter außerordentlichen Schwierigkeiten war diese schmerzhafte Wunde geheilt.

In dieser Zeit hatte sich in seinem besessenen Gehirn der Gedanke festgesetzt, dass alle Qualen, die er jetzt zu dulden hatte, direkt von der früheren Verwundung herzuleiten waren.

Wie so manche Dinge, die Ahab betrafen, war es manchen immer ein Geheimnis geblieben, warum der Kapitän sich in der Zeit vor und nach dem Auslaufen der »Pequod« in seiner Kajüte so lange verborgen und auch danach noch in tiefes Schweigen gehüllt hatte. Was Kapitän Peleg an Gründen dafür angeführt hatte, überzeugte durchaus nicht. Am Ende aber kam alles heraus, wenigstens dies eine: Dieses schreckliche Missgeschick in jener einen Nacht war der Grund für seine zeitweilige Zurückgezogenheit gewesen, die selbst solche Leute mit Furcht erfüllte, die es wagen durften, sich ihm gelegentlich zu nähern.

Nun, wie dem auch sei, in diesem Fall, als es um das Bein ging, entschloss sich Ahab zu einem ganz praktischen Verfahren: Er ließ den Schiffszimmermann kommen.

Als dieser Mann erschien, befahl ihm Ahab unverzüglich ein neues Bein zu machen. Die Steuerleute erhielten den Auftrag alles herbeischaffen zu lassen, was sich bisher auf der Reise an Walkieferknochen angesammelt hatte. Denn daraus sollte sich der Zimmermann mit aller Sorgfalt das stärkste und fehlerloseste Stück auswählen. Kaum war das geschehen, da ordnete er an, dass das Bein bis zum Abend fertig zu sein habe. Von dem alten, dem er nicht mehr traute, durfte nicht das Geringste mehr verwendet werden. Damit nicht genug. Die Schiffsschmiede musste aus dem Laderaum auf Deck geholt werden, wo sie lange unbenutzt gestanden hatte, damit der Schmied schleunigst an die Arbeit gehen und die notwendigen Eisenteile herstellen konnte.

Wie alle Schiffszimmerleute, besonders auf einem Walfänger, war auch der unsere in zahlreichen Handwerkerberufen erfahren. Er konnte in all den tausend Notfällen eingreifen, die auf einem Schiff eintreten können, wenn es jahrelang, fern von aller Welt, unterwegs ist. Von seiner Gewandtheit in seinem eigentlichen Beruf soll hier gar nicht die Rede sein. Selbstverständlich reparierte er zertrümmerte Boote und zersplitterte Ruderblätter, setzte neue Bullaugen in die Bordwand oder neue Bolzen in die Planken und erledigte, was sonst an Zimmermannsarbeiten anfallen mochte. Die große Bühne, auf der er alle seine anderen Rollen so trefflich spielte, war seine große Werkbank, die immer mittschiffs festgemacht war, wenn nicht ein Wal längsseits lag.

Hat sich ein seltener Vogel an Bord verirrt und wird gefangen, der Zimmermann fertigt aus glatten Walfischknochen einen Käfig in Pagodenform; ein Matrose hat sich das Handgelenk verstaucht, der Zimmermann braut eine schmerzstillende Tinktur zusammen; ein anderer möchte Ohrringe aus Haifischknochen, der Zimmermann bohrt ihm die Löcher in die Ohren; wieder ein anderer hat Zahnweh, er greift zur Zange und bittet ihn auf seiner Werkbank Platz zu nehmen; und wenn sich der unglückliche Patient vor Schmerzen windet, dann öffnet ihm der Wackere den Mund mit dem hölzernen Schraubstock, um den Zahn zu ziehen.

So war der Zimmermann auf alle denkbaren Fälle vorbereitet und nahm alle Aufgaben mit Gleichmut in Angriff. Ein Zahn war ihm ein Knochenstück, Köpfe waren ihm nicht mehr als Holzblöcke und Menschen kaum mehr als ein Ankerspill.

Wie gewöhnlich wurde am nächsten Tag gepumpt und siehe da, mit dem Wasser kam eine ansehnliche Menge Öl hoch; einige von den Fässern unten mussten gesprungen sein. Starbuck ging hinunter in die Kajüte, um diesen Vorfall dem Kapitän zu melden.

Die »Pequod« näherte sich zu dieser Zeit von Südwesten her Formosa und den Baschiinseln, zwischen denen sich eine der Durchfahrten aus dem Chinesischen Meer in den Pazifik öffnet. Deshalb traf Starbuck den Kapitän über einer Karte an, die einen Überblick über die östliche Inselwelt bot; daneben lag eine andere Karte mit der langen Ostküste der japanischen Inseln. Das schneeweiße, neue Knochenbein gegen das festgeschraubte Tischbein gestemmt, mit einem langen Bordmesser in der Hand, saß der wunderliche Alte da und runzelte die Stirn. Angestrengt verfolgte er auf den Karten die alten Kurse, die er früher schon gesteuert hatte.

»Wer da?«, rief er, als er Schritte an der Tür hörte. Er wandte sich nicht einmal um. »Auf Deck! Hau ab!«

»Kapitän, ich bin's. Im Raum lecken die Fässer, Sir. Wir müssen die Taljen hochbringen und die Luken aufmachen.«

»Taljen hoch und Luken aufmachen? Jetzt kurz vor der japanischen Küste? Eine Woche da liegen müssen und alte Fässer flicken?«

»Bleibt uns nichts anderes übrig, Sir, wenn wir nicht in einem Tag mehr Öl verlieren wollen, als wir in einem Jahr einbringen. Zwanzigtausend Meilen sind wir dafür gefahren, dann lohnt sich doch die Mühe.«
»Recht hast du, Recht hast du; wenn wir's nur kriegen.«
»Ich spreche vom Öl im Laderaum, Sir.«
»Aber ich nicht! Mich interessiert das Zeug nicht, verstehst du? Hau ab und lass es lecken! Ich bin selber leck. Jawohl, durch und durch leck. Ein leckes Schiff voll lecker Fässer, schlimmer als auf der ›Pequod‹. Und doch halte ich nicht an, um mein Leck zu stopfen, denn wer soll's denn schon finden und wer soll's stopfen mitten im Sturm des Lebens? Starbuck, die Taljen bleiben und die Luken werden nicht geöffnet!«
»Und was werden die Reeder dazu sagen?«
»Lass nur die Reeder am Strand von Nantucket stehen und den Taifun überschreien. Was kümmert das Ahab? Reeder? Reeder?! Komm mir doch nicht mit diesen Geizhälsen, als ob die mein Gewissen wären! Schau her, der wirkliche Eigentümer ist überall nur der Kapitän und mein Gewissen, hörst du, das steckt tief unten im Kiel des Schiffs. Raus jetzt!«
»Kapitän Ahab!« Der Steuermann wurde rot und trat einen Schritt auf Ahab zu, mutig und vorsichtig zugleich, als sei er seiner selbst nicht ganz sicher. »Ein besserer Mann als ich mag wohl manches mit Stillschweigen übergehen, was er sich von einen jüngeren und glücklicheren Mann, als Ihr es seid, nicht bieten lassen würde, Kapitän Ahab.«
»Zum Teufel! Du wagst es, auch nur in Gedanken über mich zu richten? Raus! Auf Deck!«
»Nein, Sir, noch nicht. Ich habe eine Bitte. Ich wage es, Nachsicht mit Euch zu haben. Sollten wir uns nicht besser verstehen als bisher, Kapitän?«

Ahab nahm ein geladenes Gewehr aus dem Ständer, der bei den meisten Südseefahrern zur Ausrüstung gehört, richtete es auf Starbuck und schrie: »Es gibt einen Gott, der Herr über die Erde ist, und einen Kapitän, der Herr über die ›Pequod‹ ist. Raus! Auf Deck!«
Die Augen des Steuermanns blitzten, das Blut schoss ihm zu Kopf, als hätte ihm der Feuerstrahl aus dem Gewehr das Gesicht versehrt. Aber er bezwang seine Erregung, er war ganz ruhig, als er sich anschickte die Kajüte zu verlassen. »Das ist Gewalt, keine Beleidigung, Sir. Ihr braucht Euch daher auch nicht vor mir in Acht zu nehmen. Ihr würdet doch nur über mich lachen. Aber Ahab soll sich vor Ahab hüten. Nimm dich vor dir selbst in Acht, alter Mann!« Mit diesen Worten verließ Starbuck die Kajüte.
»Der hält sich tapfer und gehorcht trotzdem. Tapferkeit und Vorsicht«, murmelte Ahab vor sich hin, nachdem Starbuck verschwunden war. »Ahab hüte sich vor Ahab – was er da gesagt hat, da ist schon was dran.« Mit eisernem Gesicht schritt er in der engen Kajüte auf und ab und benutzte unbewusst das Gewehr als Krückstock. Doch bald glättete sich seine Stirn. Er stellte das Gewehr zurück und ging auf Deck.
»Du bist ein guter Kerl, Starbuck«, sagte er leise zu dem Steuermann, »nur zu gut.« Dann rief er der Mannschaft mit erhobener Stimme zu: »Segel reffen! Taljen hoch und Großluke aufmachen!«
Warum tat er das? Ein Rest von Redlichkeit, der sich plötzlich regte? Oder war es nur Klugheit, dass er den ersten Steuermann, den wichtigsten Offizier an Bord, nicht gegen sich aufbringen wollte? Wie dem auch sei, seine Befehle wurden ausgeführt, die Luken wurden geöffnet.

Quiqueg im Sarg

Als man den Laderaum untersuchte, ergab es sich, dass die Fässer, die zuletzt verstaut worden waren, vollkommen in Ordnung waren, dass also das Leck tiefer liegen musste. Da das Wetter ruhig war, drangen wir immer tiefer ein und holten die riesigen Behälter Stück für Stück hervor an Deck. Dann wurden, Tonne nach Tonne, Trinkwasser und Brot, Rindfleisch, Fassdauben und eiserne Fassreifen an Deck gehievt, bis man sich schließlich dort kaum mehr bewegen konnte. Der hohle Rumpf dröhnte unter unseren Füßen, als schritten wir über leere Katakomben. Das Schiff wankte und rollte auf den Wellen, kopflastig, wie es war, sodass wir froh sein durften von keinem Taifun überrascht zu werden.

In dieser Zeit geschah es nun, dass mein armer Freund und Kumpan Quiqueg von einem Fieber erfasst wurde, das ihm beinahe den ewigen Frieden beschert hätte.

Man muss wissen, dass es beim Walfang keine Posten für Drückeberger gibt und dass mit der Würde auch die Gefahr steigt. Bis einer Kapitän wird, steigen von Stufe zu Stufe auch die Mühen und Pflichten. So war das auch bei Quiqueg. Als Harpunier stand er nicht nur von Angesicht zu Angesicht dem lebenden Wal gegenüber, sondern er musste, wie wir schon gesehen haben, bei grober See auch noch auf den toten Wal klettern und schließlich in den düsteren Raum hinabsteigen und dort im Schweiße seines Angesichts die schwersten Fässer wälzen, bis alles wieder an seinem Platz war. Kurz und gut, auf einem Walfänger ist der Harpunier für alles da.

Armer Quiqueg! Wenn man sich über die Luke beugte, dann konnte man ihn sehen, wie er sich, nur mit einer wollenen Hose bekleidet, in dem dumpfen, schmierigen Raum plagte. Und nicht nur feucht war es dort unten, sondern auch kalt wie in einem Eiskeller. Schweißgebadet, wie er war, packte ihn auf einmal ein furchtbarer Schüttelfrost, dem bald hohes Fieber folgte; ein paar Tage wurde er heftig geschüttelt und schließlich lag er, dem Tode näher als dem Leben, in seiner Hängematte. Dabei wurde er jeden Tag weniger, bis am Ende nicht viel mehr übrig war als ein tätowiertes Gerippe. Seine Backenknochen traten scharf hervor, seine Augen wurden immer größer und bekamen einen merkwürdigen sanften Glanz. Mit weit geöffneten Augen sah er uns von seinem Krankenbett aus an, trotz allem ein Zeugnis für seine wunderbare Lebenskraft, die nicht unterzukriegen war.
Dennoch war unter der Mannschaft keiner, der noch etwas für

sein Leben gegeben hätte. Und was Quiqueg selbst von dieser Sache hielt, das ging aus der seltsamen Bitte hervor, die er äußerte. Während der Morgenwache, als der Tag kaum graute, rief er jemanden zu sich, nahm seine Hand und sagte, in Nantucket habe er gelegentlich kleine Kanus aus schwarzem Holz gesehen, ähnlich dem Waffenholz auf seiner Heimatinsel. Auf seine Frage habe er erfahren, dass alle Walfänger, die in Nantucket sterben, in diesen Kanus aufgebahrt würden. Das habe ihm sehr gefallen. Der Brauch erinnerte ihn nämlich an eine Sitte seines eigenen Volkes, wo ein toter Krieger einbalsamiert und in einem solchen Kanu auf die letzte große Reise zu den Sternen-Inseln geschickt wird. In seiner Heimat glaubt man nämlich nicht nur, dass die Sterne Inseln sind, sondern auch, dass weit hinter dem Horizont ein stilles, uferloses Meer liegt, das in den weiten blauen Himmel übergeht. Quiqueg schauderte bei dem Gedanken nach Seemannsbrauch in seiner Hängematte bestattet und den Haien als Totengräbern vorgeworfen zu werden wie Unrat. Nein, er wünschte sich nach Nantucket-Brauch ein Kanu als Sarg, wie es sich für einen Walfänger gehörte.
Als sich dieser merkwürdige Wunsch auch auf dem Achterdeck herumsprach, erhielt der Schiffszimmermann sogleich den Befehl Quiquegs Bitte zu erfüllen. An Bord fanden sich noch ein paar Planken von dunkler Farbe, wie sie zu einem Sarg passen, die auf einer früheren Fahrt einmal in den Wäldern der Sehnsuchts-Inseln gefällt worden waren. Daraus sollte nun Quiquegs Todesboot hergestellt werden. Der Zimmermann hatte die Anweisung kaum erhalten, da nahm er seinen Zollstock und trat mit dem ihm eigenen Gleichmut in den Mannschaftsraum, um Quiqueg umständlich Maß zu nehmen, wobei er jedes Mal, wenn er den Zollstock weiterschob, auf dem Körper des Kranken ein akkurates Kreidezeichen machte.

»Oh Gott, jetzt muss der arme Junge sterben«, jammerte so mancher von uns.

Der Zimmermann ging indes zu seiner Werkbank, maß genau ab, wie lang der Sarg zu sein hatte, und machte an beiden Enden eine Kerbe in das Holz. Dann legte er sich die Bretter und Werkzeuge zurecht und ging an die Arbeit.

Als der letzte Nagel eingeschlagen war und der Deckel glatt gehobelt und darauf gepasst war, nahm der Zimmermann den Sarg auf die Schulter und ging zurück in den Mannschaftsraum. Dabei erkundigte er sich, ob man dort vorn schon bereit sei.

Quiqueg hörte das halb ärgerliche, halb belustigte Geschrei, das sich bei der Mannschaft auf Deck daraufhin erhob. Aber zur allgemeinen Überraschung äußerte er den Wunsch, dass man ihm den Sarg sofort bringe, und keiner wagte ihm zu widersprechen, denn den letzten Wunsch eines Sterbenden soll man erfüllen.

Quiqueg beugte sich aus seiner Hängematte heraus und betrachtete eine Weile aufmerksam seinen Sarg. Dann verlangte er nach seiner Harpune. Den hölzernen Schaft ließ er abnehmen und die eiserne Spitze samt einem Paddel seines Bootes in den Sarg legen. Auf seinen Wunsch wurden die Seiten mit Schiffszwieback ausgestopft, dazu kam ein Flasche Trinkwasser am Kopfende und ein kleines Säckchen mit Erde am Fußende, die man im Laderaum zusammengekratzt hatte. Nachdem man dann auch noch ein Stückchen Segeltuch als Kopfkissen zusammengerollt hatte, ließ sich Quiqueg auf sein letztes Lager betten, um zu sehen, ob es ihm auch bequem sei. Ein paar Minuten lag er regungslos da, dann bat er einen der Umstehenden aus seinem Seesack den kleinen Gott Yojo zu holen. Als er ihn hatte, kreuzte er die Arme darüber und drückte ihn an die Brust und schließlich wollte er auch noch, dass man den Sargdeckel über ihm schließe. Der Deckel drehte sich in seinen Scharnieren und klappte zu, sodass kaum mehr als das Gesicht zu sehen war. »So ist es ganz

gut«, murmelte er schließlich in seiner heimatlichen Sprache; dann ließ er sich wieder in seine Hängematte zurückbringen.
Doch nun, da alle Vorbereitungen für seinen Tod getroffen waren und der Sarg sich als recht behaglich erwiesen hatte, nun erholte sich Quiqueg auf einmal wieder. Bald zeigte es sich, dass die Kiste des Zimmermanns nicht mehr gebraucht würde. Als alle, die davon erfuhren, ihre Freude und ihre Überraschung ausdrückten, erzählte er uns auch den Grund für seine rasche Gesundung: Im letzten Augenblick war ihm eingefallen, dass er an Land noch eine kleine Verpflichtung zu erledigen hatte, die in Vergessenheit geraten war. Deshalb hatte er sich die Sache mit seinem Tod anders überlegt; er durfte noch nicht sterben. Als man ihn fragte, ob er nach Belieben leben oder sterben könne, antwortete er: Gewiss. Kurz und gut, Quiqueg war überzeugt, dass man nicht sterben müsse, wenn man entschlossen sei am Leben zu bleiben. Nur ein Wal, ein Sturm oder sonst eine unberechenbare, sinnlose Gewalt könne einen vernichten. So kam Quiqueg in kurzer Zeit wieder zu Kräften. Ein paar Tage saß er noch etwas schlapp auf dem Spill herum, hatte aber einen gesunden Appetit; dann sprang er mit einem Mal auf, streckte Arme und Beine, dass es knackte, gähnte ein wenig und dann stand er plötzlich mit erhobener Harpune im Bug seines aufgeheißten Bootes. Er sei jetzt wieder kampfbereit, erklärte er.
In seinem wilden Übermut benutzte er fortan seinen Sarg als Seekiste. Er leerte den ganzen Inhalt seines Seesacks hinein und brachte alles in Ordnung. Viele freie Stunden verwendete er darauf, auf dem Deckel nach allen Regeln der Kunst groteske Figuren und Zeichnungen anzubringen. Es schien dabei, dass er sich mühte die verschlungenen Tätowierungen auf seinem Körper nachzubilden, die ihm einst ein Prophet seines Volkes als geheimnisvolle Hieroglyphen auf den Leib geschrieben hatte.

Der Schmied

Wir fuhren an den Baschiinseln vorbei und gelangten endlich in die Südsee. Hätten mir nicht allerlei Erlebnisse und düstere Ahnungen die Stimmung verdorben, ich hätte den Pazifischen Ozean freudig begrüßt, denn jetzt erfüllte sich ein sehnlicher Wunsch meiner Jugend. Tausend Meilen vor mir dehnte sich in heiterer Bläue der Stille Ozean.

Unbeeindruckt von solchen Gedanken und Vorstellungen, stand Ahab wie ein ehernes Standbild an seinem gewohnten Platz und atmete gleichgültig den süßen Duft, der von den Baschiinseln herüberwehte; ihn verlangte nach dem salzigen Hauch, der von dem neuen Meer herüberkam, wo jetzt eben der verhasste weiße Wal seine Bahn zog. Endlich war er in den Gewässern, die er sich nach langer Kreuzfahrt selbst zum Ziel gesetzt hatte. Seine Lippen pressten sich zusammen, die Adern auf seiner Stirn schwollen an und selbst des Nachts hörte man seine Stimme durchs Schiff: »Vorwärts! Vorwärts! Der weiße Wal spuckt dickes Blut!«

Um das milde, sommerlich kühle Wetter dieser Breiten auszunutzen und seine Vorbereitungen für künftige arbeitsreiche Tage zu treffen, hatte Perth, der rußige, schwielige, alte Schmied, seine tragbare Schmiede nicht wieder in den Laderaum hinuntergeschafft. Er hatte sie vielmehr an Deck belassen, nachdem er mit der Arbeit an Ahabs Bein fertig geworden war. Sie stand an Deck, wo sie neben dem Vormast festgemacht war. Ununterbrochen kamen jetzt die Bootsführer und Harpuniere mit ihren Anliegen zu ihm, denn an den verschiedenen Waffen und an den Bootsausrüstungen gab es eine Menge zu verbessern, zu reparieren oder neu anzufertigen. Oft standen sie ungeduldig im Kreis um den Schmied und warteten, die Spaten, Lanzenspitzen und Harpunen in den Händen, bis sie an die Reihe kamen. Für die rußigen Hände gab es genug zu tun. Und doch führte der alte Mann geduldig seinen Hammer, ohne zu brummen oder zu murren oder ein verdrießliches Wort zu verlieren. Stumm, gemächlich, fast feierlich beugte er seinen immer krummen Rücken noch tiefer und arbeitete, als wäre Arbeit sein ganzer Lebensinhalt. Und so war es ja auch, ein armer Teufel auch er!

Eines Mittags stand Perth mit dem struppigen Bart zwischen der Schmiede und seinem Amboss, der auf einem Block aus Eisenholz ruhte. Mit der einen Hand hielt er eine Lanzenspitze in die Glut, mit der anderen Hand betrieb er den Blasebalg. Da kam Kapitän Ahab daher; er trug einen kleinen, unansehnlichen, ledernen Beutel. In einiger Entfernung von der Schmiede blieb er in düsteren Gedanken stehen, bis Perth das Eisen aus dem Feuer nahm und auf dem Amboss zu hämmern begann, dass aus der glühenden Masse die Funken nach allen Seiten flogen, bis zu Ahab.

»Was machst du da?«, begann Ahab.

»Altes Metall schweiße ich wieder zusammen, Sir.«

»Und wird wieder alles glatt nach dieser Behandlung?«

»Ich will es hoffen, Sir.«

»Und du kriegst alles wieder glatt, gleichgültig, wie hart das Metall ist?«

»Ja, Sir, ich glaube schon.«

»Was? Dann schau her!«, rief Ahab. Er trat ungestüm auf Perth zu und legte ihm beide Hände auf die Schultern. »Schau her – hier! Kriegst du das auch wieder zusammen?« Er schüttelte den Leder-

beutel, dass es klirrte, als wären lauter Goldstücke drin. »Ich will eine Harpune haben, die tausend Teufel nicht zerbrechen können, Perth, eine, die im Wal sitzt wie das eigene Flossenbein. Hier ist das Zeug dazu«, und damit warf er den Beutel auf den Amboss. »Schau her, Schmied, aufgelesene Nägel aus den stählernen Hufen von Rennpferden!«

»Hufnägel, Sir? Das ist das Beste und Härteste, was ein Schmied unter den Hammer kriegen kann.«

»Das weiß ich, Alter. Wenn du sie schmiedest, die halten zusammen wie Leim aus der Hölle. Rasch! Schmiede mir die Harpune. Zuerst zwölf Stäbe für den Schaft. Die drehst und hämmerst du zusammen, als wär's für eine Stahltrosse. Los! Ich blas dir die Glut an.«

Als die zwölf Stäbe fertig waren, prüfte Ahab einen nach dem anderen, indem er sie einzeln um einen langen schweren Eisenbolzen wand. »Der hat einen Sprung!«, rief er beim letzten und warf ihn weg. »Den nimmst du noch einmal.«

Das geschah und schon wollte Perth darangehen, die zwölf Stäbe zu einem zusammenzuschweißen, als Ahab seine Hand packte und sagte, dass er selbst sein Eisen schmieden wolle. Während nun Ahab keuchend und mit regelmäßigen Schlägen die glühenden Stäbe auf dem Amboss bearbeitete, die Perth ihm hinschob, und die Flamme kerzengerade emporloderte, schlich einer von den Fremden aus Ahabs Boot vorüber. Er neigte das Haupt vor dem Feuer, als wolle er Fluch oder Segen für die Arbeit erbitten. Ahab blickte auf und der Fremde verschwand. Endlich kam der Schaft, der jetzt eine einzige, feste Eisenstange war, zum letzten Mal ins Feuer; doch als Perth, um sie zu löschen, die Stange in die nächste Wassertonne steckte, dass es zischte, da schoss der kochende Dampf Ahab ins vorgebeugte Gesicht.

»Willst du mich brandmarken?« Ahab wand sich vor Schmerz. »Ich hab mir wohl mein eigenes Brandeisen geschmiedet?«
»Um Gottes willen, nein. Aber vor einem habe ich Angst, Kapitän Ahab. Ist das etwa die Harpune für den weißen Wal?«
»Für den weißen Teufel, du hast Recht. Jetzt aber die Widerhaken. Die musst du selber machen, Mann. Hier sind meine Rasierklingen – bester Stahl. Hier, und jetzt mach mir die Haken so scharf wie Eiskristalle!«
Der alte Schmied sah sich die Klingen an, als seien sie ihm für diesen Zweck zu schade.
»Nimm sie, Mann, ich brauche sie nicht mehr. Ich schabe mich nicht mehr, ess kein Abendbrot mehr und bete nicht mehr, bis – los jetzt, fang an!«
Wie Pfeilspitzen saßen die Harpunenhaken schließlich am Schaft. Der Schmied wollte sie eben ein letztes Mal erhitzen, bevor er sie löschte, und rief Ahab zu, er solle das Wasserfass näher schieben.
»Nein, nein, kein Wasser dafür, nicht für meine Todeswaffe! Ahoi, Tashtego, Quiqueg und Daggoo, ihr Heidensöhne, her zu mir. Gebt ihr mir so viel Blut, dass ich den Haken eintauchen kann?« Er hielt ihn hoch empor und drei dunkle Köpfe nickten: »Ja.« Dreimal stach er hinein und der Widerhaken für den weißen Wal war gehärtet.
»Ich taufe euch im Namen des Teufels!«, heulte er wie im Wahnsinn, als das Eisen das Blut aufsog.
Dann überprüfte Ahab die Reservestöcke, die man von unten heraufgeholt hatte, und wählte sich einen aus Hickory-Holz aus, der noch die Rinde trug. Daran steckte er sein Eisen. Eine Rolle neuer Leine wurde aufgewickelt, am Spill festgemacht und straff gespannt. Ahab setzte den Fuß darauf, dass sie summte wie eine Harfensaite. Er beugte sich prüfend darüber und konnte keinen Fehler bemerken. »Gut so! Und jetzt die Bändsel!«

Das eine Ende des Seils wurde aufgedreht und die einzelnen Stränge wurden rund um die Harpunentülle geschlungen und geflochten. Der Stock wurde dann tief in die Tülle getrieben. Eisen, Stock und Leine waren am Ende unauflöslich miteinander verbunden. Ahab nahm seine Waffe und schritt mit finsterem Gesicht davon, wobei sein Knochenbein und der Harpunenstock dumpf auf den Decksplanken dröhnten.

Sturm und Feuer

Endlich kam die Fangzeit am Äquator näher und jeden Tag, wenn Ahab aus seiner Kajüte trat und den Blick nach oben richtete, stand der Rudergänger aufmerksam an seiner Spake, eilten die Matrosen auf Deck voll Eifer an die Brassen; dort blieben sie dann nicht selten stehen, um die Dublone am Großmast zu betrachten. Ungeduldig warteten sie auf den Befehl den Kurs auf den Äquator zu nehmen. Nicht lange hatten sie zu warten. Es war hoher Mittag. Ahab saß im Bug seines hochgeheißten Bootes und war, wie es seine tägliche Gewohnheit war, dabei, die geografische Breite festzustellen. Endlich hatte er seine Berechnungen abgeschlossen und mit Bleistift auf seinem Knochenbein genaue Notizen gemacht. Dann verfiel er wieder in tiefes Grübeln und sprach für sich: »Sonne, du mächtiger Lotse, sage mir, wo ich bin, wohin ich gerate. Weißt du, wo der andere in diesem Augenblick die See durchpflügt? Wo ist Moby Dick? Du siehst ihn gerade jetzt, wie du alles siehst, was hinter unseren Horizonten ist.«

Dann starrte er wieder auf den Quadranten und betastete nacheinander all die zahllosen geheimnisvollen Teile. Wieder versank er in Nachdenken und murmelte vor sich hin. »Törichtes Spielzeug, kindisches Zeug für hochnäsige Admirale, Kommodore und Kapitäne, die Welt prahlt mit dir und deiner Macht und Kunst. Aber was vermagst du denn schon? Aber was kannst du denn schon tun? Nichts als mir den armseligen, erbärmlichen Punkt zeigen, wohin dich der Zufall treibt, wo dich meine Hand hält. Nicht mehr. Weg mit dir, verdammtes Ding!« Er schleuderte den Quadranten auf Deck. »Von dir lass ich mich nicht länger führen. Dem Kompass will ich folgen, nicht dir.« Er stieg aus dem Boot. »Zertrampeln will ich dich, du lächerliches Ding, das mir nur den Weg zum Himmel weist. So zertrete ich dich.«

Während der alte Mann wie rasend seine Flüche ausstieß und mit seinem toten und seinem lebendigen Bein das empfindliche Gerät zerstampfte, trat auf das sonst regungslose Gesicht seines Vertrauten aus dem Boot ein Lächeln, aus dem ein höhnischer Triumph sprach, der Ahab zu gelten schien, aus dem aber zugleich Hoffnungslosigkeit und Verzweiflung über das eigene Geschick sprachen. Unbemerkt erhob er sich und schlich davon, während die Matrosen, zutiefst erschrocken über den Anblick ihres Kapitäns, auf das Vorschiff zurückwichen. Der Schrecken löste sich erst, als Ahab schrie: »An die Brassen! Und anluven! Vorwärts!«

Sofort schwangen die Rahen herum.

Starbuck, der beide, Ahab und das Schiff, genau im Auge behalten hatte, brummte so, dass es nur Stubb hören konnte: »Ich habe an Feuern gesessen und ihr jäh aufflammendes Leben gesehen; und ich habe gesehen, wie sie zuletzt zusammensanken und zu Asche zerfielen. Alter Seefahrer! Auch von deinem Feuer wird am Ende nichts bleiben als ein Häuflein Asche!«

Die wärmsten Himmelsstriche bergen die grausamsten Gefahren.

In den duftenden, immergrünen Wäldern Bengalens lauert der Tiger, das tropisch üppige Kuba kennt den verheerenden Tornado, der die Länder des Nordens niemals heimsucht. Und so begegnet der Seefahrer in der leuchtenden Japan-See dem furchtbarsten aller Stürme, dem Taifun, der zuweilen aus einem wolkenlosen Himmel herniederstürzt wie eine Bombe auf eine schlafende Stadt.
An jenem Tag hatte der Sturm der »Pequod« alle Segel zerfetzt. Mit nacktem Mast war sie dem Kampf gegen den Taifun ausgesetzt, der sie direkt von vorne anfiel. Als es dunkel wurde, brüllten Himmel und Meer, der Donner schmetterte dazwischen, die Blitze beleuchteten ein Schiff, an dessen Masten nur noch hier und da ein paar Fetzen flatterten, die der Sturm in seiner ersten Wut noch übrig gelassen hatte.

Starbuck stand auf dem Achterdeck und hielt sich an den Wanten fest. Bei jedem Blitzstrahl starrte er nach oben, um zu sehen, was dort im Gewirr der Takelung an neuem Unheil angerichtet war. Stubb und Flask ließen unterdessen durch die Mannschaft die

Boote höher ziehen und fester machen. Aber alle Mühe war offenbar umsonst. Ahabs Boot, das auf Luv ganz oben hing, entging seinem Schicksal dennoch nicht. Eine Woge rollte mächtig heran, schmetterte gegen das Schiff und zerschlug den Boden des Bootes, sodass das Wasser unten heraustropfte wie aus einem Sieb.

»Da hast du's!«, schrie Starbuck und packte Stubb an der Schulter und deutete nach Luv. »Merkst du was? Der Sturm kommt direkt von Osten, aus der Richtung, wo Ahab Moby Dick sucht. Genau, wohin er seit heute Mittag steuert. Und schau dir das Boot an. Wo ist das Leck? Genau dort, wo er immer steht. An seinem Platz ist das Loch.«

»Ich versteh nicht ganz. Was ist mit dem Wind?«

»Ja, so ist es. Ums Kap Hoorn herum ist der kürzeste Weg nach Nantucket«, sprach Starbuck auf einmal nur noch für sich, ohne auf Stubbs Frage zu antworten. »Der Sturm hämmert auf uns ein und will uns zerschlagen. Es könnte aber auch ein günstiger Wind sein, der uns nach Hause treibt. Vor uns ist schwarze Hölle. Aber dort, wo es nach Hause geht, dort hellt es auf, aber nicht von Blitzen.«

In diesem Augenblick, als es zwischen zwei Blitzen wieder stockfinster war, vernahm er in seiner Nähe eine Stimme und fast gleichzeitig rollte der Donner.

»Wer ist da?«

»Ich bin's, der alte Donnerer.« Ahab tastete sich an der Reling entlang zu seinem Bohrloch hin. Da erhellten ihm plötzlich feurige Lanzen den Weg.

Wie Kirchturmspitzen an Land ihre Blitzableiter haben, die die gefährlichen Ströme in die Erde ableiten sollen, so haben auch manche Schiffe ihre Blitzableiter an jedem Mast, um die Ströme ins Meer abzuleiten. Diese Leiter müssen in beträchtliche Tiefe reichen, um nicht mit dem Schiffsrumpf in Berührung zu kommen. Um aber das Ende nicht beständig nachschleppen zu müssen, was allerlei Beschädigungen bedeuten könnte, hängt man den unteren Teil des Blitzableiters nicht dauernd über Bord, sondern er liegt – aus schlanken Kettengliedern gefertigt – zusammengerollt da und wird erst bei Bedarf über Bord geworfen.

»Die Ketten her! Die Ketten her!«, schrie Starbuck der Mannschaft zu. Der grelle Blitz und die züngelnden Flammen, die Ahab den Weg zu seinem Standplatz gewiesen hatten, waren ihm in die Glieder gefahren. »Sind sie über Bord? Werft sie aus! Vorn und achtern! Schnell!«

»Halt!«, rief Ahab dazwischen. »Wir kämpfen ehrlich, auch wenn wir die Schwächeren sind. Die sollen Blitzableiter auf dem Himalaja oder auf den Anden aufstellen und die ganze Welt vor Blitzschlag schützen. Aber wir pfeifen auf solche Vorteile. Lass sie liegen!«

»Seht doch nach oben! Seht doch!«, rief Starbuck. »Sankt-Elms-Feuer! Sankt-Elms-Feuer!«

Auf den Rahen tanzte fahles Feuer, auf den drei Spitzen der Blitzableiter saßen weiße Flammen und die drei hohen Masten schienen in der schwefelgeladenen Luft still zu brennen wie drei riesige Wachskerzen vor einem Altar.

»Verfluchtes Boot! Zum Teufel damit!«, schrie in diesem Augenblick Stubb. Ein Brecher hatte sein Boot emporgehoben, als er es eben noch fester laschen wollte, und ihm dabei die Hand an die Bordwand gequetscht. »Verfluchtes Ding!« Er glitt zurück auf das Deck und sah plötzlich ringsum die Flammen. Rasch änderte sich sein Ton. »Elms-Feuer! Elms-Feuer! Erbarmen. Erbarmen.«

Für Seeleute sind Flüche etwas Alltägliches. Sie fluchen inmitten der Flaute, sie fluchen, wenn sie der Sturm schüttelt und wenn unter ihnen die See kocht. Aber auf allen meinen Fahrten habe ich kaum je einen der gemeinen Flüche gehört, wenn Gottes feuriger Finger sein Menetekel auf ein Schiff schrieb.

Solange das fahle Feuer dort oben brannte, stand die Mannschaft schweigend und wie gebannt dicht gedrängt auf dem Vordeck. Ihre Augen leuchteten unheimlich in dem bleichen Licht wie ferne Sternenbilder. In diesem geisterhaften Licht schien der riesige Neger Daggoo noch riesenhafter, eine schwarze Wolke, aus der der Donner drohte. Aus Tashtegos halb geöffnetem Mund schimmerten weiß seine Haifischzähne so seltsam, als seien auch sie Sankt-Elms-Feuer. Und Quiquegs Tätowierungen leuchteten in diesem Licht wie bläuliche Höllenflammen.

Die Erscheinung verschwand, als das bleiche Feuer dort oben allmählich erlosch. Wieder deckte das schwarze Leichentuch der Nacht die »Pequod« mit allen ihren Männern. Nach einer Pause des Schweigens trat Starbuck vor und stieß gegen jemanden. Es war Stubb. »Na, was sagst du jetzt, Mann? Ich habe dich schreien hören. Das klang anders als dein Gebrüll vorhin.«

»Zum Teufel, das verstehst du nicht. Ich sagte, die Elms-Feuer sollen Erbarmen mit uns haben. Ich hoffe das auch jetzt noch. Die haben auch Erbarmen mit einem lachenden Gesicht, nicht nur mit einem säuerlichen. Schau, Starbuck – aber zum Schauen ist's zu dunkel –, also hör her: Ich glaube, die Flammen im Mast bedeuten Glück für uns. Vielleicht steigt das Öl aus dem Laderaum noch hinauf in die Masten wie der Saft im Baum. Ja, und dann brennen unsere Masten wie drei Walratkerzen – ein gutes Vorzeichen also.«

Doch da sah Starbuck, wie Stubbs Gesicht plötzlich wieder heller hervortrat. Ein Blick nach oben und er schrie: »Seht! Seht!« Wieder züngelten die Flammen, noch unheimlicher, noch bleicher als beim ersten Mal.

»Die Sankt-Elms-Feuer! Erbarmen! Habt Erbarmen!«, flehte Stubb abermals. Die anderen erstarrten wie gebannt im Stehen, im Gehen, im Laufen und richteten ihren Blick nach oben.
»Ja, schaut nur hinauf!«, rief Ahab. »Seht's euch an und merkt's euch. Die weiße Flamme weist uns den Weg zum weißen Wal!«
»Das Boot! Das Boot!«, unterbrach ihn Starbuck. »Seht Euer Boot!«
Ahabs Harpune, in Perth Feuer gehärtet, war in Ahabs Boot festgelascht geblieben und ragte ein Stück über den Bug hinaus. Aber die Woge, die den Boden des Fahrzeugs zertrümmert hatte, hatte auch die lose Lederscheide fortgespült. Und auf der scharfen Stahlspitze züngelte jetzt waagrecht eine bleiche, gespaltene Flamme, lautlos und unheimlich wie eine Schlangenzunge. Als Starbuck das sah, packte er Ahab am Arm. »Gott, Gott selbst ist gegen Euch, alter Mann! Brecht die Reise ab. Sie hat unter schlimmen Vorzeichen begonnen, schlimm geht sie weiter. Kehren wir um, solange es noch geht, ein günstiger Wind trägt uns nach Hause.«
Als die Mannschaft, die sich vor Entsetzen nicht gerührt hatte, Starbucks Worte hörte, stürzte sie an die Brassen, obwohl kein Segel mehr oben war. In diesem Augenblick hatten alle nur den einen Gedanken, den der Steuermann ausgesprochen hatte. Ihr Geschrei klang fast nach Meuterei. Da warf Ahab rasselnd die Blitzableiterkette auf die Planken, griff nach der feurigen Harpune und schwang sie wie eine Fackel über sie. Dabei schwor er, er werde den ersten Matrosen, der auch nur ein Tauende loszumachen wage, damit durchbohren. Die Männer erstarrten zu Stein, als sie ihn so sahen, und wichen scheu zurück vor der feurigen Waffe in seiner Hand.
»Ihr seid durch einen Eid gebunden den weißen Wal zu jagen wie ich, mit Leib und Seele und Herz und Leben. Und damit ihr wisst, wie

dieses Herz schlägt, schaut her: So blase ich die letzte Furcht von euch.« Und mit einem einzigen Hauch löschte er die Flamme.

Bei diesen letzten Worten Ahabs packte manchen Matrosen das Grauen, sodass er floh.

Die Muskete

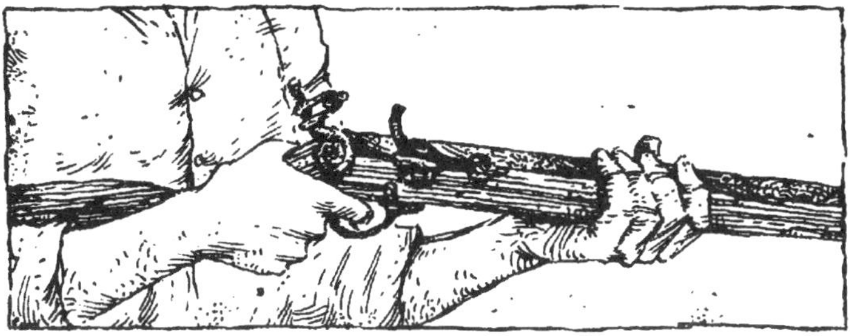

Während der Taifun am wütendsten raste, war der Mann am knöchernen Ruder bei den heftigen Stößen mehrmals aufs Deck geschleudert worden, obwohl der Balken durch ein Tau vorsorglich gesichert worden war. Aber etwas Spielraum musste das Ruder ja haben.

Wenn ein Schiff im schweren Sturm wie ein Federball hin und her geschleudert wird, dann ist es durchaus nichts Ungewöhnliches, dass die Kompassnadel in gewissen Abständen rundherum läuft. So war es auch bei der »Pequod«; fast bei jeder Bö konnte der Mann am Ruder beobachten, wie sie rasend auf der Windrose herumwirbelte, ein Anblick, der wohl keinen ganz ungerührt lässt.

Einige Stunden nach Mitternacht flaute der Sturm so weit ab, dass es den vereinten Anstrengungen Starbucks und Stubbs – dem einen vorne, dem anderen achtern – gelang, die zerfetzten Reste der Segel von den Rahen zu schneiden, dass sie nach Lee davonflogen, wie die Federn, die der Sturmvogel im Fluge dem Wind überlässt.

Neue Segel wurden gesetzt und gerefft; achtern wurde noch ein Sturmsegel gesetzt, sodass das Schiff bald wieder auf sicherem

Kurs lag. Der Rudermann, der während des Sturmes mehr oder weniger sich den jeweiligen Zufällen angepasst hatte, konnte jetzt, den Anweisungen gemäß, genau nach Ostsüdost steuern. Und als er jetzt das Schiff genau auf diesen Kurs brachte und nach dem Kompass sah, da schien – ein gutes Zeichen! – der Wind zu drehen. Jawohl, aus dem widrigen Wind wurde eine freundliche Brise.
Angesichts dieser verheißungsvollen Wende stimmte die Mannschaft ein lustiges Lied an, denn alle bösen Ahnungen schienen sich als falsch zu erweisen.
Da es einen Befehl des Kapitäns gab, ihm sofort und zu jeder Zeit alle wichtigen Änderungen auf Deck mitzuteilen, begab sich Starbuck widerwillig und missgelaunt hinunter, um Kapitän Ahab Meldung zu machen.
Doch ehe er an die Tür der Kapitänskajüte klopfte, blieb er unwillkürlich stehen. Die Lampe drinnen schwang in weiten Zügen hin und her; sie brannte hell und ihr unruhiges Licht warf bewegte Schatten auf die verriegelte Tür des Alten, eine Tür aus dünnen Brettern, die oben statt einer Füllung nur mit festem Tuch bespannt war. Die Kajüte hier unten lag so fern von aller Welt, dass sich inmitten der wütenden Elemente eine summende Stille ausbreitete. Die geladenen Musketen in ihrem Ständer an der Wand schimmerten im Zwielicht. Starbuck war ein ehrlicher, aufrechter Mann. Und doch regte sich in seinem Herzen beim Anblick der Musketen ein seltsamer, böser Gedanke, ohne dass er sich zunächst darüber im Klaren war.
Einmal hätte er mich beinahe erschossen, dachte er und murmelte halblaut vor sich hin. Ja, dort steht die Muskete, die er auf mich richtete. Ja, die muss es sein. Ich will sie doch einmal anfassen, einmal herausnehmen. Seltsam, dass ich, der ich doch so viele tödliche Lanzen geschwungen habe, in diesem Augenblick zittere. Ist sie geladen? Ich muss es wissen. Ja – dachte mir's doch –, Pulver

auf der Pfanne. Das ist nicht gut. Soll ich es lieber wegschütten? Augenblick mal – ich muss ruhiger werden, die Muskete ganz ruhig halten und dabei nachdenken. Ich bin hier, um ihm den günstigen Wind zu melden. Günstig? Wirklich? Günstig, um uns zur Hölle zu schicken, auf Moby Dick zu hetzen. Günstig nur für den verfluchten Fisch. Mit diesem Rohr hat er auf mich gezielt, genau mit dem, das ich hier halte. Damit hätte er mich abgeknallt – am liebsten die ganze Mannschaft abgeknallt. Vor keinem Sturm will er die Segel streichen, hat er das nicht gesagt? Und den Quadranten hat er zerschlagen und will in dieser wilden See nur noch mit dem Kompass auskommen. Und jetzt, mitten im Taifun, hat er geschworen, dass er keine Blitz-Ketten haben will. Soll dieser verrückte alte Satan die ganze Mannschaft mit in die Hölle nehmen? Kann man das dulden? – Dreißig Mann oder mehr bringt er um, wenn dem Schiff etwas zustößt. Und so weit kommt es sicher, wenn man ihn gewähren lässt. – Und wenn man ihn jetzt, in diesem Augenblick, aus dem Weg räumt –, dann würde das Verbrechen unterbleiben. Was brummt er da im Schlaf? Ja, da liegt er und schläft – und schläft? Und lebt noch und wacht bald wieder auf und dann bin ich dir nicht mehr gewachsen. Du hörst auf nichts, auf keine Vernunftsgründe, auf keine Bitten; alles verachtest du nur. Klarer Befehl und uneingeschränkter Gehorsam, das ist alles, was bei dir zählt. Und wir haben dir einen Eid geleistet, dass wir alle Ahabs werden. Das kann Gott nicht wollen! – Gibt es denn keinen anderen Weg, einen rechtmäßigen Weg? – Ihn festsetzen und nach Hause schaffen? Unsinn! Dem Alten bei Lebzeiten das Kommando aus den Händen winden? Das kann nur ein Narr hoffen. Mit Tauen und Trossen gefesselt und in seiner Kajüte an Ringbolzen gekettet, er wäre schrecklicher als ein Tiger im Käfig. Das könnte ich nicht aushalten. Wohin sollte ich vor seinem Gebrüll fliehen? Ich hätte keine Ruhe und keinen Schlaf mehr auf dieser ganzen verdammten Reise. Und was bleibt uns dann noch? Bis zur nächsten Küste sind's hunderte von Meilen und Japan liegt noch am nächsten, aber dort darf man nicht landen. Ich bin hier allein auf hoher See und zwischen mir und dem Recht liegen zwei Ozeane und ein Kontinent. So steht's also. Ist denn der Himmel ein Mörder, wenn er einen, der auf Mord sinnt, mit dem Blitz erschlägt? Wäre ich ein Mörder, wenn ich –? Verstohlen blickte er zur Seite und drückte die Mündung der geladenen Muskete gegen die Tür.

In dieser Höhe schwingt seine Hängematte und dort liegt sein Kopf. Ein Fingerdruck und Starbuck bleibt am Leben und sieht Weib und Kind wieder. Und wecke ich dich nicht jetzt mit einem Todesschuss, alter Mann, wer weiß, in welche Tiefen ich und die Mannschaft vielleicht schon in einer Woche versinken. Großer Gott, wo bist du? – Soll ich? – Soll ich nicht?

»Der Wind hat abgeflaut und gedreht, Sir. Vor- und Hauptsegel sind gesetzt und gerefft. Das Schiff liegt auf Kurs.«

»Vorwärts! – Jetzt reiß ich dir das Herz aus dem Leib, Moby Dick!« Der Alte sprach aus einem schweren Traum, als hätte ihn Starbuck zum Sprechen gebracht.

Noch immer lag die Muskete im Anschlag und stieß wie der Arm eines Betrunkenen gegen die Türfüllung. Starbuck schien mit dem Engel zu kämpfen. Dann wandte er sich ab und stellte die Muskete wieder zurück an ihren Platz. Dann ging er.

»Er schläft zu fest, Stubb. Geh du hinunter und weck ihn und mach ihm die Meldung! Ich muss mich hier auf Deck um die Dinge kümmern. Du weißt ja, was du zu sagen hast.«

Die Rettungsboje

Die »Pequod« steuerte jetzt südöstlichen Kurs auf den Äquator zu, durch unbefahrene, einsame Gewässer, die kein Schiff durchpflügte, getrieben vom stetigen Passat, auf eintönigen, stillen Wellen. Es war wie die lauernde Ruhe vor verheerenden, gnadenlosen Stürmen.

Als sich das Schiff endlich den Randgebieten der Fanggründe am Äquator näherte und in der tiefen Finsternis, die dem Morgengrauen vorausgeht, an einer Gruppe kleiner Felseninselchen vorübersegelte, wurde die Wache – es war Flasks Wache – durch einen wilden, unerklärlichen Klageschrei, ein gespenstisches Wimmern, aufgeschreckt. Mann für Mann, wie sie gerade standen, saßen oder auf Deck lümmelten, erstarrten vor Entsetzen, solange sich dieser Schrei vernehmen ließ. Die Christen unter der Mannschaft behaupteten, es seien Meerjungfrauen, und schauderten; die heidnischen Harpuniere blieben gänzlich ungerührt; der älteste unter den Matrosen, ein Graukopf aus Man, meinte, die herzzerreißenden Schreie seien die Stimmen von Ertrunkenen, die erst jüngst der Tod ereilt haben müsse.

Ahab, der unten in seiner Hängematte lag, hörte von all dem nichts, bis er beim Anbruch der Dämmerung an Deck kam. Flask berichtete ihm und ließ es auch an allerlei dunklen Andeutungen nicht fehlen. Doch der Alte lachte hohl auf und erklärte uns das Wunder ganz einfach.

Diese Felseninseln, an denen wir vorübergefahren waren, wimmelten von zahllosen Seehunden, die dort große Kolonien bildeten. Einige Jungtiere, die ihre Mütter verloren hatten, oder auch Mütter, die ihre Jungen verloren hatten, waren wohl in der Nacht beim Schiff aufgetaucht und ein Stückchen mitgeschwommen und

dabei hatten sie so menschenähnlich gewimmert und geklagt. Diese Erklärung beunruhigte aber manchen Mann an Bord noch mehr. Die meisten Matrosen betrachteten Seehunde mit gewissen abergläubischen Gefühlen, nicht nur wegen ihrer eigenartig klagenden Stimmen, sondern auch wegen ihres menschlichen Aussehens, wenn sie mit ihren runden Köpfen und fast intelligent anmutenden Gesichtern aus dem Wasser herübersehen. Auf See hat man in der Tat unter bestimmten Umständen schon Seehunde für Menschen gehalten.

Die bösen Ahnungen der Mannschaft sollten bereits an diesem Morgen eine höchst überzeugende Bestätigung erhalten. Bei Sonnenaufgang verließ einer von ihnen den Mannschaftsraum, um auf Wache im Vortopp zu gehen. Möglicherweise war er noch nicht ganz wach – Seeleute entern oft im Halbschlaf auf – wie's genau war, weiß man nicht –, jedenfalls war er noch nicht lange oben, da hörte man einen lauten Schrei und einen Sturz. Und als die Deckwache hinaufblickte, sah sie noch, wie ein dunkles Etwas durch die Luft fiel, und als sie über Bord sah, trieb nur noch ein Häuflein weißen Schaums auf der blauen See.
Die Rettungsboje, eine lange, schlanke Tonne, wurde vom Heck, wo sie immer hing und nur auf einen Knopfdruck wartete, abgeworfen, aber keine Hand streckte sich aus, um danach zu greifen. Und da die Boje selbst in der Sonne allmählich aufgesprungen war, füllte sie sich langsam mit Wasser, das ausgedörrte Holz sog sich voll und so folgte sie dem Mann hinunter in die Tiefe – ein Kissen für seine letzte Ruhe, wenn auch ein hartes.
So verschlang die See den ersten Matrosen der »Pequod«, der aufgeentert war, um den weißen Wal zu erspähen, im ureigenen Jagdgebiet des weißen Wals. Wahrscheinlich haben das damals nur wenige bedacht. Aber mancher behauptete nun zu wissen, was die Schreie in der Nacht zuvor bedeutet hätten.
Es galt, nach diesem Zwischenfall einen Ersatz für die verlorene Rettungsboje zu schaffen. Starbuck sollte sich darum kümmern. Da man aber keine Tonne finden konnte, die leicht genug gewesen wäre, und die Mannschaft im Übrigen, je näher man dem Ziel der Fahrt kam, von einer fieberhaften Unruhe erfasst wurde, mochte sich keiner mit dieser Arbeit abgeben. Darum ließ man zunächst das Heck ohne Boje, bis Quiqueg durch allerlei Zeichen und Andeutungen auf seinen Sarg hinwies.
»Ein Sarg als Rettungsboje!«, rief Starbuck überrascht.

»Passt mir gar nicht«, sagte Stubb.

»Warum denn nicht?«, sagte Flask. »Der Zimmermann bringt das schon in Ordnung.«

»Also her damit. Ich weiß auch nichts Besseres«, sagte Starbuck, nachdem er eine Zeit lang düster vor sich hin gestarrt hatte. »Bring's in Ordnung, Zimmermann. Den Sarg, mein ich, verstehst du. Herrichten!«

»Und den Deckel zunageln, Sir?« Er schlug mit der Hand wie mit einem Hammer drauf.

»Ja.«

»Und die Nähte dicht machen, Sir?« Er fuhr mit der Hand hin und her wie mit einem Kalfatereisen.

»Ja, und jetzt fang an. Eine Rettungsboje sollst du machen, und damit Schluss. Stubb und Flask, wir gehen nach vorne.«

»So, da geht er also und hat eine Wut im Bauch. Ich mag das nicht. Ich mache ein neues Bein für Kapitän Ahab und er trägt es wie ein Gentleman. Aber wenn ich für Quiqueg eine Hutschachtel mache, dann will er seinen Kopf nicht hineinlegen. Und jetzt soll's nur eine Boje werden? Mir gefällt das alles nicht, dafür bin ich mir zu gut. Ich bin kein Pfuscher. Ein Schiff mit einem Sarg am Schwanz? Mit dem Friedhofskübel? Na ja, ich scher mich den Teufel drum. Wir arbeiten ums Geld und machen, was man von uns haben will, und dann machen wir's auch sorgfältig. Wie viele sind wir denn an Bord? Ach, ich hab's vergessen. Macht nichts. Ich hänge dreißig Rettungsleinen an den Sarg, jede drei Fuß lang. Und wenn dann das Schiff untergeht, dann können sich dreißig lebende Kerle um den Sarg raufen. Das wird's nicht oft geben unter der Sonne.«

Moby Dick ist nahe

Am nächsten Tag wurde ein großes Schiff gesichtet, das genau auf die »Pequod« zuhielt. Es war die »Rahel«. Auf allen ihren Rahen standen die Matrosen dicht gedrängt. Die »Pequod« fuhr gerade mit vollen Segeln flott dahin; doch als der Fremde aus Luv genau auf sie zuschoss, fielen unsere prächtig geblähten Segel in sich zusammen wie platzende Blasen und das Schiff lag wie tot da.
»Das kann nichts Gutes bedeuten, der bringt uns schlechte Nachrichten«, brummte der Alte aus Man. Doch ehe der fremde Kapitän, der schon mit dem Sprachrohr in der Hand im Boot stand, um zu uns herüberzurufen, begann, ließ sich Ahab vernehmen.
»Hast den weißen Wal gesehen?«
»Ja, gestern. Habt Ihr ein Walboot treiben sehen?«
Ahab ließ sich seine Freude nicht anmerken und verneinte die unerwartete Frage. Er wäre wohl an Bord des fremden Schiffes gegangen, wenn nicht der andere Kapitän an der Seite seines eigenen Fahrzeugs herabgeentert wäre. Ein paar kräftige Ruderschläge und schon machte das Boot an der »Pequod« fest und der Kapitän kam an Bord. Sofort erkannte Ahab in ihm einen Bekannten aus Nantucket, sodass eine umständliche Begrüßung überflüssig war.
»Wo war er? Und Ihr habt ihn nicht erlegt? Nicht erlegt?«, schrie Ahab aufgeregt. »Wie ist's denn zugegangen?«
Es stellte sich heraus, dass am Spätnachmittag des vorigen Tages

drei von den Walbooten des Fremden die Verfolgung eines Rudels von Walen aufgenommen hatten und vier bis fünf Meilen hinter ihnen hergejagt waren. Während sie in Luv noch die Herde hetzten, tauchte plötzlich der weiße Buckel und der weiße Kopf Moby Dicks aus dem blauen Wasser auf, und zwar gar nicht weit ab in Lee. Daraufhin wurde sofort das vierte Boot, ein Reserveboot, das schon klargemacht war, zu Wasser gelassen, um die Jagd aufzunehmen. Nach kurzer Fahrt vor dem Wind schien dieses vierte Boot, das schnellste von allen, auch Erfolg gehabt zu haben und am Wal festgekommen zu sein – wenigstens so weit es der Ausguck feststellen konnte. Er hatte gesehen, wie das Boot in der Ferne immer kleiner wurde, hatte noch gesehen, wie das Wasser weiß aufschäumte, und dann nichts mehr. Daraus schloss man, dass der getroffene Wal, wie es häufig vorkommt, mit seinen Verfolgern in die grenzenlose Weite davongeschwommen war. Man machte sich an Bord der »Rahel« wohl Gedanken, aber einen Grund für ernste Besorgnis sah man noch nicht. Man setzte Signalflaggen, die das Boot zurückrufen sollten; dann wurde es dunkel. Die »Rahel« musste zunächst die drei Boote in Luv wieder zusammenholen, ehe sie in der entgegengesetzten Richtung nach dem vierten suchen konnte. So wurde dieses Boot vorerst bis Mitternacht seinem Schicksal überlassen, ja, man entfernte sich sogar noch weiter von ihm. Als die drei Bootsbesatzungen schließlich sicher an Bord waren, setzten sie alle Segel und fuhren hinter dem vermissten vierten Boot her. In den Trankesseln brannte ein Signalfeuer und jeder zweite Mann saß oben im Ausguck. So kamen sie nach längerer Fahrt zu der Stelle, wo sie das fehlende Boot vermutlich zuletzt gesehen hatten. Dort stoppten sie und ließen alle Fahrzeuge zu Wasser, um ringsum das Wasser abzusuchen. Doch da sie nichts fanden, segelten sie weiter, stoppten wieder und ließen wieder die Boote zu Wasser und machten so weiter, bis der Tag anbrach. Und dennoch fanden sie nicht die geringste Spur von dem vermissten Boot.

Nachdem der fremde Kapitän seine Geschichte erzählt hatte, fuhr er sogleich fort und erklärte den eigentlichen Grund seines Besuchs. Er wollte, dass die »Pequod« sich an seiner Suche beteilige. Wenn beide Schiffe in einem Abstand von vier oder fünf Meilen auf parallelem Kurs die See durchkämmten, dann könnten sie eine doppelt so große Fläche überblicken.

»Ich möchte wetten«, flüsterte Stubb Flask zu, »dass einer in diesem abgetriebenen Boot den besten Rock des Kapitäns davongetragen hat, vielleicht sogar die Uhr – drum hat er's wohl so verdammt eilig. Hat man so etwas schon einmal gehört? Zwei gottesfürchtige Walfänger hinter einem Fangboot her, das der Teufel geholt hat? Jetzt, mitten in der besten Fangzeit? Schau doch, wie bleich er ist, bleich bis in das Weiß der Augen – schau doch –, das war nicht sein Rock –«.

»Mein Sohn, mein eigener Sohn ist dabei. Um Gottes willen, ich bitte Euch, ich beschwöre Euch!«, flehte der fremde Kapitän. Ahab hörte ihm mit eisigem Gesicht zu. »Ich chartere Euer Schiff für 48 Stunden; ich zahl Euch gern dafür und ich zahl Euch gut dafür, wenn es sein muss; nur für 48 Stunden, nur dies, und Ihr müsst es tun – und Ihr werdet es tun!«

»Sein Sohn!«, schrie Stubb. »Er hat seinen Sohn verloren! Das mit dem Rock und der Uhr nehme ich zurück. Und was sagt Ahab dazu? Wir müssen den Jungen retten.«

»Der ist in dieser Nacht mit den anderen ertrunken«, sagte der Alte aus Man, der hinter ihnen stand. »Ich hab's gehört; ihr alle habt sie klagen hören.«

Der Zwischenfall, der der »Rahel« zugestoßen war, erwies sich deshalb als besonders folgenschwer, nicht nur weil in dem vermissten Boot ein Sohn des Kapitäns gesessen hatte, sondern ein zweiter Sohn noch in einem der anderen Boote war, die gleichzeitig nach der anderen Seite vom Schiff abgekommen waren. Der unglückliche Vater war deshalb in den qualvollsten Zwiespalt geraten.

Der erste Steuermann griff dann ein und entschied, dass nach allgemeinem Walfängerbrauch in diesem Fall zuerst die größere Zahl von Menschen zu retten sei. Aber darüber wollte der Kapitän selbst offenbar nicht sprechen. Erst Ahabs eisige Zurückhaltung nötigte ihn von seinem verlorenen Kind zu sprechen; denn es war noch ein Kind, ein Junge, der erst zwölf Jahre zählte. Die harte Vaterliebe eines Nantucketers hatte ihn schon so früh mit den Wundern und Gefahren des Berufs seiner Ahnen bekannt machen wollen.

Indessen suchte der Fremde noch immer Ahab zu erweichen; aber der stand da wie ein Amboss, der die Schläge hinnimmt, ohne sich im Geringsten erschüttern zu lassen.

»Ich gehe nicht, bis Ihr Ja sagt. Tut das für mich, was ich in der gleichen Lage auch für Euch tun würde. Denn auch Ihr habt einen Jungen, Kapitän Ahab, einen kleinen Jungen, wohl behütet zu Hause, das Glück Eures Alters. Jaja, Ihr könnt mir die Bitte nicht abschlagen – ich sehe es. Lauft, Leute, lauft an die Brassen!«

»Halt!«, schrie Ahab. »Keiner rührt ein Tau an.« Dann fuhr er fort und betonte jede Silbe: »Kapitän Gardiner, ich werde es nicht tun. Ich verliere jetzt schon meine Zeit. Lebt wohl, lebt wohl, Gott steh Euch bei, Mann. Und wenn ich mir's selbst nicht vergeben kann, ich muss weiter. Starbuck, sieh nach der Uhr im Kartenhaus. In drei Minuten sind die Fremden von Bord. Dann wieder anbrassen und weiter geht's auf dem alten Kurs.«

Hastig wandte er sich ab und stieg hinunter in seine Kabine. Den fremden Kapitän ließ er stehen, überließ ihn seiner Hoffnungslosigkeit angesichts dieser harten Zurückweisung einer inständigen Bitte. Doch dann löste sich Gardiner aus seiner Erstarrung, ging rasch auf das Fallreep zu, wankte in sein Boot und kehrte auf sein Schiff zurück.

Bald trennten sich die beiden Schiffe. Solange wir den Fremden ausmachen konnten, sahen wir, dass er sich hierhin und dorthin wandte und auch den kleinsten dunklen Fleck nicht unbeachtet ließ und die ganze Zeit waren die Masten so dicht mit Matrosen besetzt wie drei hohe Kirschbäume, wenn die Kinder oben sitzen und naschen.

Jetzt aber, nach der langen Anfahrt über alle Fanggebiete der Ozeane, schien es, als habe Ahab endlich zur rechten Zeit und am rechten Ort seinen Todfeind in eine Ecke des Meeres getrieben, wo er ihn mit Sicherheit erlegen konnte. Jetzt war er wieder auf derselben Länge und Breite, wo er seinerzeit seine fürchterliche Wunde empfangen hatte; jetzt hatte er ein Schiff getroffen, das erst am Tag zuvor wirklich auf Moby Dick gestoßen war; und alle Schiffe, die ihnen bisher begegnet waren, enthüllten immer wieder den dämonischen Gleichmut, mit dem der weiße Wal seine Jäger schlug; jetzt geschah es, dass in den Augen des alten Mannes etwas lauerte, das für schwächere Seelen kaum zu ertragen war. Ahabs finstere Pläne gewannen Gewalt über die Mannschaft, sodass alle Prophezeiungen, alle Zweifel und alle Furcht sich tief in den Herzen verbargen und sich nicht mehr hervorwagten.

In diesen unheilschwangeren Stunden vor dem Kampf erstarb alle Fröhlichkeit, selbst alle krampfhafte Lustigkeit. Stubb unterließ es, seine Witze zu machen; Starbuck verwies niemanden mehr in seine Schranken; Freude und Schmerz, Hoffnung und Furcht, alles schien zermahlen und zerstampft in Ahabs eiserner Seele. Wie Maschinen, so gefühllos bewegten sich die Matrosen auf Deck, stets gefasst auf den Despotenblick des Alten, der über ihnen wachte.

Als drei oder vier Tage nach der Begegnung mit der »Rahel« vergangen waren und noch kein Strahl gemeldet worden war, begann der besessene Alte selbst an der Zuverlässigkeit seiner eigenen Mannschaft zu zweifeln. Allen, bis auf die heidnischen Harpuniere, schien er zu misstrauen. Selbst Stubb und Flask hatte er in dem Verdacht, dass sie ihm vorsätzlich den Strahl des weißen Wals nicht melden würden. Aber alle diese bösen Vermutungen behielt er klugerweise für sich und sprach nicht davon, auch wenn manches auf ihre Richtigkeit zu deuten schien.

»Ich will den Wal als Erster sehen«, sagte er. »Jawohl, Ahab fällt die Dublone zu.« Eigenhändig flocht er sich aus Tauen einen Korb und schickte einen Matrosen mit einem Taljenblock hinauf, diesen

am Großmast zu befestigen. Dann nahm er das eine der beiden herabhängenden Tauenden, befestigte es an seinem Korb, das andere sicherte er mit einem Bolzen an der Reling. Dann stand er, mit diesem Ende in der Hand, da und sah sich die Mannschaft, die vor ihm stand, an. Lange verweilte sein Blick auf Daggoo, Quiqueg und Tashtego, vermied aber Fedallah. Endlich sah er fest und vertrauensvoll seinen ersten Steuermann an und sagte: »Nimm das Tau, dir vertrau ich es an, Starbuck.« Dann setzte er sich in den Korb und gab das Zeichen ihn hochzuziehen und Starbuck sicherte das Tau an der Reling und blieb dort auch stehen. So also blickte Ahab meilenweit über die See, voraus, nach achtern und nach allen Seiten, so weit das Auge reichte.

Merkwürdig war nur, dass er sich Starbuck zum Wächter auswählte, der doch der Einzige an Bord war, der es gewagt hatte, ihm gelegentlich zu widersprechen, und der zu denen gehörte, deren Zuverlässigkeit im Ausguck er offenbar bezweifelt hatte.

Ahab saß kaum zehn Minuten oben, da umkreiste eine von den rotschnäbeligen Raubmöwen, die in diesen Breiten so oft dem Ausguck oben in den Toppen lästig werden, kreischend und in weiten Zirkeln seinen Kopf. Dann stieg sie senkrecht tausend Fuß in die Luft, stieß hinab und umflog ihn wieder mit wilden Schlägen.

Aber Ahab, der den Blick unverwandt auf den fernen Horizont gerichtet hatte, schien von alledem nichts zu merken. Und auch von den anderen hätte sich wohl kaum einer darum gekümmert, weil es ja nichts Ungewöhnliches war. Aber damals suchte jeder hinter jedem Zwischenfall irgendeine tiefere Bedeutung.

»Euer Hut, Sir, Euer Hut!«, schrie plötzlich der sizilianische Matrose, der genau hinter Ahab im Besantopp stand, wenn auch etwas niedriger und durch einen tiefen Luftschacht von ihm getrennt.

Aber in diesem Augenblick verdunkelte die schwarze Schwinge bereits die Augen des Alten, der lange Hakenschnabel stieß nach dem Kopf und mit einem schrillen Kreischen schoss der schwarze Raubvogel mit seiner Beute davon.
Unaufhaltsam segelte die »Pequod« dahin und mit den rollenden Wogen verflossen auch die Tage. Die Rettungsboje, die aus dem Sarg gezimmert war, schaukelte noch immer friedlich an ihrem Platz. Da kam eines Tages wieder ein Schiff in Sicht, die »Delight«, das heißt die Freude, doch sie machte ihrem Namen keine Ehre. Als sie näher kam, richteten sich aller Augen auf die breiten Balken, die auf manchen Walfängern in einer Höhe von etwa acht oder neun Fuß über das Achterdeck laufen, um die überzähligen, abgetakelten oder beschädigten Boote aufzunehmen.
Auf diesen Balken sah man die zerbrochenen weißen Rippen und zersplitterten Planken – das war wohl einst ein Walboot gewesen. Jetzt konnte man durch das Wrack hindurchsehen wie durch ein abgenagtes, verrenktes, bleiches Pferdegerippe.
»Hast den weißen Wal gesehen?«
»Schau her!«, erwiderte der hohlwangige Kapitän und deutete mit seinem Sprachrohr auf das Wrack.
»Habt ihr ihn erlegt?«
»Die Harpune ist noch nicht geschmiedet, mit der das gelingt«, gab der andere zurück und blickte traurig auf eine zum Bündel geschnürte Hängematte auf Deck. Einige Matrosen machten sich schweigend daran zu schaffen.
»Noch nicht geschmiedet?« Ahab ergriff die Harpune, die Perth gehärtet hatte, hielt sie hoch und schrie triumphierend: »Da, sieh sie dir an! Hier in meiner Hand halte ich seinen Tod. Diese Haken sind in Blitz und Blut gehärtet und ich glaube, ich will sie dreifach härten hinter seiner Finne, wo das heiße Blut des verfluchten Wals lebendig pulsiert.«

»Dann sei Gott mit dir, alter Mann. Siehst du auch das?«, er deutete auf die Hängematte. »Ich kann nur einen von fünf tüchtigen Burschen zur letzten Ruhe betten, die gestern noch am Leben waren, und vor Abend waren sie tot. Nur den hier bestatte ich, die anderen waren begraben, ehe sie starben. Ihr segelt über ihr Grab hinweg.« Dann wandte er sich wieder seiner Mannschaft zu: »Seid ihr fertig? Dann legt die Planke dort über die Reling und hebt die Leiche auf. Und dann – mein Gott«, er trat mit erhobenen Händen auf den Aufgebahrten zu, »möge dir Auferstehung und das ewige Leben . . .«

»Anbrassen! Steuerbord!«, schrie Ahab und fuhr wie ein Blitz unter seine Leute.

Aber die »Pequod« gewann nicht schnell genug an Fahrt nach diesem plötzlichen Befehl. Wir hörten sehr wohl das Aufklatschen der Leiche auf dem Wasser und von der aufspritzenden Gischt mag wohl auch unser Schiff noch eine gespenstische Taufe empfangen haben.

Als Ahab nun von dem Trauerschiff »Freude« davonglitt, kam uns unsere seltsame Rettungsboje am Heck recht unangenehm ins Bewusstsein.

»Schaut her, Leute, schaut her!«, rief bedeutungsvoll eine Stimme hinter uns her. »Umsonst flieht ihr vor unserer Trauerfeier, ihr Fremden. Ihr wendet uns das Heck zu und wir sehen euren Sarg.«

Die Jagd – Erster Tag

In dieser Nacht, es war zur Zeit der Mitternachtswache, kam der Alte wieder nach seiner Gewohnheit aus seiner Kajüte und ging auf sein Bohrloch zu. Da plötzlich warf er mit jäher Bewegung den Kopf zurück und sog die Seeluft so heftig in sich ein wie ein Wachhund, wenn sich ein Fremder nähert. Ein Wal sei in der Nähe, behauptete er. Bald nahm auch die Wache den eigenartigen Geruch wahr, der zuweilen auch über große Entfernungen vom Pottwal ausgeht. Niemand war überrascht, dass Ahab einen Blick auf den Kompass und auf die Windfahne warf, um festzustellen, woher der Geruch kam, und dann befahl den Kurs des Schiffes geringfügig zu ändern und Segel einzuziehen.

Dass seine Berechnungen genau stimmten, das bewies im Morgengrauen ein langer, glatter, öliger Fleck auf dem Wasser voraus, eine metallisch leuchtende Spur inmitten kleiner, zitternder Wellen.

»Ausguck besetzen! Alle Mann an Deck!«

Daggoo donnerte mit drei Handspaken auf die Planken am Vordeck, als wecke er die Schläfer dort unten zum Jüngsten Gericht. Mit den Kleidern in den Händen eilten sie unverzüglich nach oben.

»Was zu sehen?«, rief Ahab hinauf und legte den Kopf weit zurück.

»Nichts, Sir, nichts!«, kam die Antwort von oben.

»Segel setzen! Oben und unten und beiderseits!«

Als die Segel gesetzt waren, machte er die Leine los, mit der er sich

immer auf den Großmast hochziehen ließ, und wenig später heißten sie ihn schon auf. Er war kaum zwei Drittel oben und konnte zwischen zwei Segeln hindurchspähen, da gellte es schrill wie ein Möwenschrei durch die Luft: »Dort bläst er! Dort bläst er! Ein Buckel wie ein Schneeberg! Das ist Moby Dick!«
Erregt durch diesen Schrei, der gleichzeitig offenbar auch von den drei anderen Ausguckposten aufgenommen worden war, enterten die Leute an Deck in die Wanten, um den berüchtigten Wal zu sehen, hinter dem sie so lange her gewesen waren. Ahab hatte indessen seinen Platz oben eingenommen, einige Fuß hoch über den anderen Ausguckposten. Genau unter ihm stand Tashtego in seinem Korb, sodass der Kopf des Indianers fast auf gleicher Höhe mit Ahabs Knochenbein war. Von dort oben erkannten sie, dass der Wal etwa eine Meile voraus war; bei jeder anrollenden Woge leuchtete sein Buckel auf und regelmäßig stieg sein Strahl empor.
»Und keiner hat ihn vor mir gesehen?«, rief Ahab den Leuten zu, die rings um ihn in den Wanten hingen.
»Ich habe ihn fast gleichzeitig mit Euch gesehen, Sir, und dann habe ich ihn ausgesungen«, erwiderte Tashtego.
»Nein, nicht gleichzeitig, nicht ganz gleichzeitig – nein, die Dublone gehört mir, das Schicksal hat sie mir zugesprochen. Nur ich, kein anderer konnte den weißen Wal als Erster ausmachen. Dort bläst er! Dort bläst er! Und wieder! Und wieder!«, schrie er im Takt mit dem aufsteigenden Strahl des Wals. »Und jetzt will er tauchen! Herunter mit den Segeln! Drei Boote fertig! Starbuck, du weißt, du bleibst an Bord und übernimmst das Schiff. Alle Boote fertig? Fier mich herunter, Starbuck, herunter! Schneller!«
»Er geht nach Lee ab, Sir«, schrie Stubb, »weg von uns, er kann uns noch nicht gesehen haben!«
»Still, Mensch! An die Brassen! Abfallen! Recht so. In die Boote!«
Bald waren alle Boote bis auf Starbucks zu Wasser gelassen; alle

setzten Segel, die Paddel rührten sich. So schossen sie durch die gekräuselte See nach Lee dahin, Ahab an der Spitze. In Fedallahs Augen leuchtete es totenfahl, sein Mund war furchtbar verzerrt.
Lautlos wie Nautilusmuscheln glitten sie über das Meer. Aber nur langsam näherten sie sich dem Feind. Je näher sie ihm kamen, desto glatter wurde die See, als breite sich eine weiche Decke über das Wasser. Endlich waren die unermüdlichen Jäger ihrer ahnungslosen Beute so nahe, dass sie den ganzen gewaltigen Buckel deutlich erkennen konnten, wie er, eine blendend weiße Insel, einsam dahinzog und nur einen Ring von leichtem, grünlichem Schaum auf der blanken Wasserfläche erregte. Auch der tief gefurchte Kopf und, weiter vorn, die breite, milchweiße Stirn wurden in Umrissen sichtbar. Aus dem weißen Buckel ragte wie ein Flaggenstock der zersplitterte Schaft einer Lanze, die ihn offenbar erst jüngst getroffen hatte; von Zeit zu Zeit ließ sich einer von den Vögeln, die in dichter Wolke über ihm flogen, darauf nieder.
So also zog er durch die heitere Stille des tropischen Meeres. Aber noch verbarg sich sein ungeheurer Körper, noch war sein scheußlicher Rachen nicht zu sehen. Doch dauerte es nicht lange und sein Kopf tauchte langsam aus dem Wasser, für einen Augenblick wölbte sich sein ganzer marmorner Rumpf empor, drohend hob er die Schwanzflosse, tauchte unter und verschwand. Die weißen Seevögel stutzten, berührten mit den Schwingen das Wasser und kreisten ratlos über der Stelle, die nur noch ein Wirbel bezeichnete.
Mit eingelegten Riemen und Paddeln und losen Segelleinen trieben die drei Boote still dahin und warteten auf Moby Dicks Rückkehr.
»Eine Stunde«, sagte Ahab. Wie angewurzelt stand er im Heck seines Bootes und starrte auf die Stelle hinaus, wo sie den Wal zuletzt gesichtet hatten, hinaus in die blaue Ferne, ins lockende Nichts. Das dauerte nur einen Augenblick, dann suchte er wieder

das Wasser in der Runde ab. Die Brise frischte auf, das Meer wurde unruhiger.
»Die Vögel! Die Vögel!«, rief Tashtego.
In langem Zug, wie Reiher, kamen die weißen Vögel auf einmal alle auf Ahabs Boot zugeflogen und umkreisten und umflatterten es unter freudigem, erwartungsvollem Gekreisch. Sie sahen tiefer als die Augen der Menschen; selbst Ahab konnte in der Tiefe noch nichts erspähen. Doch plötzlich starrte er wie gebannt hinab. Tief unten sah er etwas Weißes, etwas Lebendiges, nicht größer als ein weißes Wiesel. Doch mit wunderbarer Geschwindigkeit stieg es herauf und wurde größer und da drehte es sich und enthüllte zwei lange, gekrümmte Reihen weiß schimmernder Zähne, die aus der unergründlichen Tiefe immer näher kamen. Moby Dick hatte seinen Rachen geöffnet und seine furchtbaren Kiefer entblößt: eine weit geöffnete Marmorgruft. Ahab riss das Steuer herum, mit einem Ruck war das Boot aus dem unmittelbaren Gefahrenbereich. Dann forderte er Fedallah auf mit ihm den Platz zu tauschen. Im Bug ergriff er die Harpune von Perth, dann befahl er der Mannschaft die Riemen bereitzuhalten.
Zwar hatte Ahab das Boot so rasch herumgeworfen, dass der Kopf des aufsteigenden Wals direkt vor dem Bug auftauchen musste, doch als hätte Moby Dick diesen Plan geahnt, warf er sich mit der ihm eigenen Bosheit und Schlauheit noch einmal auf die Seite und schoss mit seinem zerfurchten Kopf der Länge nach unter das Boot.
Durch alle Planken und Rippen lief ein Zittern, das Schifflein bebte in allen Fugen. Der Wal lag halb auf dem Rücken wie ein angreifender Hai und nahm langsam und fast genießerisch den ganzen Bug in den Rachen, sodass der lange, schmale, gekrümmte Unterkiefer hoch in die Luft ragte. Ein Zahn verbiss sich dabei sogar in einer Dolle. Die perlfarbene Innenseite des Kiefers kam bis auf

wenige Zoll an Ahabs Kopf heran und überragte ihn noch. Und nun begann der weiße Wal das leichte Zedernboot so sanft und grausam zu schütteln wie eine Katze die Maus. Ungerührt und mit gekreuzten Armen sah Fedallah dem tödlichen Spiel zu, aber die tigergelbe Mannschaft suchte sich Hals über Kopf ins Heck des Bootes zu retten.

Während nun der Wal mit dem todgeweihten Boot sein Teufelsspiel trieb, dass sich die Planken durchbogen, konnte er vom Bug aus nicht mit der Harpune angegriffen werden, da sein Leib im Wasser unterm Boot geborgen war. Die anderen Boote unterbrachen unwillkürlich ihre Fahrt. Ahab raste vor Wut; er stand hier in Reichweite des Verhassten, stand bei lebendigem Leib, doch hilflos im Rachen des Todfeindes. Da griff er in besinnungsloser Wut mit bloßen Händen nach dem langen Kiefer, um ihn in wilder

Verzweiflung vom Boot loszureißen. Doch das war vergebens; der Kiefer entglitt ihm, die dünnen Bootswände bogen sich noch weiter nach innen, knickten und brachen. Wie eine ungeheure Schere schoben sie sich weiter nach achtern und schnitten das Boot mittendurch; zwischen den beiden auseinander treibenden Wrackteilen schlossen sie sich wieder. Die beiden Teile begannen zu sinken, während sich die Männer im Heck an den Dollborden festzuklammern suchten und nach den Riemen griffen.

Kurz ehe das Boot auseinander brach, hatte Ahab, der die tückische Absicht des Wals als Erster durchschaute, mit einer letzten Anstrengung versucht das Boot mit den bloßen Händen dem Biss des Ungeheuers zu entziehen. Es war aber dadurch nur noch tiefer in den Rachen hineingeglitten und dabei umgekippt, da es den festen Halt an den Zähnen des Wals verloren hatte. Dabei stürzte Ahab aus dem Boot und fiel mit dem Gesicht platt aufs Wasser.

Fast spielerisch entfernte sich nun Moby Dick ein wenig von seinem Opfer und hielt sich in einiger Entfernung auf, wobei er mit seinem länglichen weißen Kopf fortwährend auf und ab stieß und sich gleichzeitig mit seinem ganzen Körper um sich selbst drehte. An seiner breiten, zerfurchten Stirn brachen sich die Wogen der aufkommenden Dünung und spritzten schäumend immer stärker in die Luft.

Bald aber legte sich Moby Dick flach ins Wasser und schwamm mit hoher Geschwindigkeit immer und immer wieder um die schiffbrüchige Mannschaft. In seinem Kielwasser schäumten die Wellen, als wollten sie ihn zu einem neuen Angriff treiben. Der Anblick des zerschmetterten Bootes schien ihn rasend zu machen. Indessen erstickte Ahab fast in dem Schaum, den Moby Dick mit seinem Schwanz aufrührte, denn schwimmen konnte er mit seinem Knochenbein kaum; er musste froh sein, dass er sich in diesem Wirbel

überhaupt noch über Wasser halten konnte. So trieb Ahab hilflos umher wie eine Blase, die beim geringsten Anstoß platzen und verschwinden konnte. Aus dem zertrümmerten Heckteil des Bootes sah ihm Fedallah gelassen und teilnahmslos bei seinen verzweifelten Anstrengungen zu und die anderen, die sich an den Wrackteilen festklammerten, konnten ihm nicht zu Hilfe kommen; sie hatten mit sich selbst genug zu tun. Entsetzlich war der Anblick des Wals, der in immer engeren Zirkeln um die Unglücklichen kreiste und sie zu vernichten drohte. Die anderen Boote hatten noch keinen Schaden genommen und hielten sich ganz in der Nähe auf; aber sie wagten nicht näher zu kommen, denn sie mussten befürchten, dass ein Angriff auf den Wal die sofortige Vernichtung Ahabs und seiner schwer bedrohten Mannschaft bedeuten konnte. So blieben sie außerhalb des Tumultes, in dessen Mitte nun der Kopf des Alten trieb, und starrten nur mit schreckgeweiteten Augen herüber.
Das ganze Geschehen war von den Toppen der »Pequod« aus beobachtet worden und so hielt auch das Schiff mit vollen Segeln auf den Schauplatz des Schreckens zu. Doch als es so nahe war, dass Ahab rufen konnte: »Fahrt auf den –«, da wühlte Moby Dick einen schweren Brecher auf, der ihn gänzlich überschwemmte. Mühsam kämpfte er sich wieder frei und die nächste Woge spülte ihn wieder hoch, sodass er hinüberrufen konnte: »Fahrt auf den Wal los! Treibt ihn weg!«
Die »Pequod« durchbrach den Kreis und trennte endlich den weißen Wal von seinem Opfer. Missmutig zog er davon und die übrigen Boote konnten zu Hilfe eilen.
Mit blutunterlaufenen, geblendeten Augen, alle Falten des Gesichts mit Salz verkrustet, wurde Ahab in Stubbs Boot gezerrt. Jetzt brach nach der langen Anstrengung sein Körper zusammen. Willenlos gab er seiner Schwäche nach. Eine Zeit lang lag er wie erschlagen auf dem Boden des Bootes, als wäre eine Elefantenher-

de über ihn hinweggegangen. Wie aus tiefen Abgründen drang aus seinem Innern ein unnennbares Klagen.

Aber rasch erholte er sich von diesem Zusammenbruch wieder.

»Die Harpune«, sagte Ahab und stützte sich auf seine Arme, »ist sie gerettet?«

»Ja, Sir, Ihr habt sie ja nicht geworfen. Da ist sie«, sagte Stubb und zeigte sie ihm.

»Legt sie vor mich hin; fehlt jemand?«

»Eins, zwei, drei, vier fünf; es waren fünf Riemen, Sir, und hier sind fünf Mann.«

»Gut. Jetzt helft mir, ich will aufstehen. So ist's recht. Jetzt seh ich ihn wieder. Dort! Dort ist er. Zieht immer noch nach Lee. Sein Strahl! Lasst mich jetzt los. Ahab fühlt wieder Kraft in seinen Knochen. Segel setzen! Ruder klar! Her mit dem Steuerriemen!«

Wenn ein Boot zerschlagen ist, dann geschieht es nicht selten, dass die gerettete Mannschaft denen, die sie aufgefischt haben, beim Rudern hilft. So auch in diesem Fall. Die Jagd wurde mit je zwei Mann an einem Riemen fortgesetzt. Doch auch die verdoppelte Kraft des Bootes kam gegen die erhöhte Geschwindigkeit des Wals nicht an; er schien in jeder Flosse dreifache Kraft zu haben und jagte so unerhört schnell dahin, dass sich unter diesen Umständen die Jagd endlos hinziehen musste, wenn sie nicht überhaupt völlig aussichtslos war. Im Übrigen kann auch keine Mannschaft über eine längere Strecke hin mit äußerster Kraft rudern, das hält man nur kurze Zeit durch. Das Schiff selbst musste also, wie es übrigens in solchen Fällen häufig geschieht, die Verfolgung übernehmen. Die Boote kehrten deshalb zur »Pequod« zurück und bald hingen sie wieder in den Davits. So konnte die »Pequod« mit vollen Segeln vor dem Wind die Jagd auf Moby Dick aufnehmen. Der wohl bekannte Strahl, der in regelmäßigen Abständen aufstieg, wurde von den Toppen gemeldet, und wenn es hieß, der Wal sei getaucht,

dann sah Ahab nach der Uhr und schritt auf Deck auf und ab, bis die volle Stunde verstrichen war.
»Wer kriegt die Dublone jetzt?«
»Seht ihr ihn?«
Und als es hieß: »Nein, Sir«, ließ er sich auf seinen Ausguckposten aufziehen. So verstrich der Tag. Bald saß er regungslos oben, bald ging er ruhelos auf Deck hin und her.
Er sprach kein Wort, höchstens dass er den Männern oben etwas zurief oder befahl ein Segel höher zu setzen oder mehr Wind zu holen.
So kam der Abend heran. Es dunkelte schon, aber die Ausguckposten waren immer noch oben.
»Kein Strahl mehr zu sehen, Sir, zu dunkel«, kam eine Stimme von oben.
»Welche Richtung nahm er zuletzt?«
»Wie zuvor, Sir, genau nach Lee.«
»Gut. In der Nacht wird er langsamer ziehen. Segel wegnehmen, Starbuck. Wir dürfen ihn nicht vor Tag überholen. Vielleicht dreht er für eine Weile bei. Rudermann, voll in den Wind. Ausguck runter! Stubb, schick einen Mann zur Ablösung nach vorne. Soll oben bleiben bis morgen früh.« Dann trat er zu der Dublone am Großmast. »Leute, das Goldstück gehört mir; ich habe es gewonnen. Aber es bleibt hier, bis der weiße Wal tot ist. Und wer ihn am Tag, da er getötet wird, als Erster sichtet, der soll das Gold haben. Und wenn ich es selbst bin, dann werde ich die zehnfache Summe unter euch verteilen! Fort jetzt! Du übernimmst die Deckwache, Starbuck!«
Dann stieg er hinunter in die Luke und blieb dort bis zur Morgendämmerung stehen. Nur ab und zu blickte er auf, um zu sehen, wie diese Nacht verging.

Die Jagd – Zweiter Tag

Pünktlich bei Tagesanbruch wurden die Toppen neu bemannt.
»Seht ihr ihn?«, rief Ahab nach einer kleinen Weile, bis es etwas heller geworden war.
»Nichts zu sehen, Sir.«
»Alle Mann an Deck! Segel setzen! Er zieht schneller, als ich dachte. Wir hätten heute Nacht mehr Segel stehen lassen sollen. Macht nichts – das war die Ruhe vor dem Sturm.«
Es muss hier gesagt werden, dass die hartnäckige Jagd auf einen ganz bestimmten Wal, die sich über Tag und Nacht hinzieht und bis zum folgenden Tag weitergeht, in der Südseefischerei durchaus nichts Ungewöhnliches ist.
Bei manchen Kapitänen aus Nantucket ist der Spürsinn so wunderbar ausgebildet und die Erfahrung so reich, dass sie ziemlich genau voraussagen können, in welche Richtung ein getauchter Wal weiterschwimmt und welche Strecke er dabei zurücklegt.
So jagten auch wir hinter dem weißen Wal her.
»Donnerwetter!«, schrie Stubb. »Das nenn ich Fahrt, dass das Deck wackelt und die Beine zittern; da wird's einem warm ums Herz. Ja, das Schiff und ich, wir sind zwei Teufelskerle!«
In diesem Augenblick kam der Ruf von oben: »Dort bläst er! Er bläst! Er bläst! Voraus!«
»Jawohl!«, schrie Stubb. »Ich hab's ja gewusst, er kann uns nicht

entkommen. Blas nur zu, bis du zerplatzt, Satanswal! Der Teufel ist hinter dir her! Blas deine Trompete! Pump dir die Lungen voll! Ahab wird dich anzapfen!«

Was Stubb da sagte, war wohl allen aus der Seele gesprochen. Das Jagdfieber hatte sie ergriffen. Die bleiche Furcht und alle düsteren Ahnungen waren mit einem Mal vergessen und verflogen. Sie waren nicht mehr dreißig einzelne Männer, sie waren eins, wie das eine Schiff, das sie alle zusammenhielt. In der Takelage wurde es lebendig. Sie alle, die dort oben hingen und saßen, suchten mit ihren Augen in dem unendlichen Blau des Ozeans nach dem einen, der sie vernichten konnte.

»Warum singt ihr ihn nicht aus, wenn ihr ihn seht?«, rief Ahab, als nach dem ersten Schrei eine Pause eintrat und nichts mehr zu hören war. »Heißt mich auf, Leute, ihr habt euch getäuscht. Ausgeschlossen, dass Moby Dick nur einmal bläst und dann verschwindet.«

So war es. In ihrem Übereifer hatten die Männer im Topp etwas anderes für den Atemstrahl des Wals gehalten, wie sich bald herausstellte. Denn kaum hatte Ahab seinen Posten eingenommen, da stieß er schon seinen Triumphschrei aus, den dreißig raue Kehlen aufnahmen. Viel näher als vermutet, nicht einmal eine Meile voraus, tauchte Moby Dick plötzlich in voller Größe auf. Denn diesmal kündigte er sich nicht durch friedliches und regelmäßiges Blasen an, nein, viel wunderbarer, er sprang, der Riese, der Pottwal sprang mit unvorstellbarer Geschwindigkeit aus der Tiefe und schnellte seinen ganzen schweren Körper hinaus in die Luft.

»Da springt er! Er springt!«, schrie alles, als er sich wieder prahlerisch und drohend emporschnellte. Scharf hob er sich gegen das blaue Meer und gegen den Himmel ab.

»Ja, mach deinen letzten Sprung zur Sonne!«, schrie Ahab. »Deine

Stunde ist gekommen, deine Todesharpune liegt bereit! Runter jetzt! Alles runter! Ein Mann bliebt im Vortopp! Boote klar!«
Ohne Umstände sprangen die Matrosen an Deck oder ließen sich an frei hängenden Tauen herab, während Ahab sich etwas gemächlicher, aber rasch genug herunterfieren ließ.
»Boote wegfieren!«, gab Ahab seine Befehle, nachdem er sein eigenes Boot, ein Reserveboot, das neu getakelt worden war, erreicht hatte. »Starbuck, du übernimmst das Schiff. Halt dich klar von den Booten, bleib aber in der Nähe. Wegfieren!«
Moby Dick hatte gewendet; diesmal griff er selbst an und brauste nun auf die Boote zu, als wolle er den Männern, die drin saßen, einen tödlichen Schrecken einjagen. Ahabs Boot lag in der Mitte. Er rief seinen Männern zu, er wolle den Wal geradewegs von vorne angreifen, eine Taktik, die nicht selten angewandt wird, denn wenn man es geschickt macht, dann bleibt der Angreifer wenigstens für eine gewisse Zeit außerhalb des Blickfeldes des Wals. Doch die drei Boote kamen nicht rasch genug heran, um in diesen toten Winkel zu gelangen. So lagen sie ihm so offen vor Augen wie die drei Masten des Schiffs. Mit rasender Geschwindigkeit kam Moby Dick näher und war im nächsten Augenblick schon unter ihnen, um mit offenem Rachen und peitschendem Schwanz den furchtbaren Kampf nach allen Seiten zu eröffnen. Auf die Eisen, die von allen Booten, auf ihn geschleudert wurden, achtete er überhaupt nicht. Offenbar wollte er nur das eine: die drei Boote Planke für Planke einzeln zerschmettern. Nur durch geschicktes Manövrieren, oft nur um die Breite einer Planke, gelang es den Booten sich den wütenden Schlägen immer wieder zu entziehen. Ahabs Kampfruf übertönte grauenvoll den Lärm der Schlacht.
Schließlich aber hatte der weiße Wal, bei all den unberechenbaren jähen Wendungen im Kampfgewühl, die drei nachschleppenden Leinen der Harpunen, die fest in seinem Speck saßen, so tausend-

fach verschlungen, dass sie immer kürzer wurden und wie von selbst die festgemachten Boote immer näher an den Wal heranholten. Er hatte sich etwas zur Seite gewandt, um zu einem neuen, noch furchtbareren Angriff anzusetzen. Diesen Augenblick nahm Ahab wahr. Er gab noch etwas Leine zu und holte sie dann rasch und ruckweise wieder ein, da er hoffte auf diese Weise die Leinen zu entwirren. Aber was da zum Vorschein kam, war schrecklicher anzusehen als ein Maul von Haifischzähnen!

Ein Knäuel verwickelter Leinen, darinnen verbogene und ineinander gehakte Harpunen und Lanzen mit starrenden Spitzen und Widerhaken, das Ganze triefend nass und bedrohlich blitzend: Das zerrte Ahab in den Bug seines Bootes. Da gab es nur eine Möglichkeit. Ahab zog sein Bordmesser und griff vorsichtig hinein in das stachelige Bündel, langte hindurch und fasste das Tau dahinter. Er zog es ins Boot und reichte es dem Mann am Bugriemen. Dann trennte er es mit zwei Hieben und ließ das Bündel aus Stahl ins Meer fallen. In diesem Augenblick stürzte sich der Wal in das Gewirr der übrigen Leinen und zog dadurch die Boote von Stubb und Flask unwiderstehlich immer näher an seine Schwanzflosse heran und zerschlug sie wie zwei leere Nussschalen, die die Brandung an die Küste schmettert. Dann tauchte er hinweg und verschwand in einem kochenden Mahlstrom, in dem noch eine Zeit lang die duftenden Zedernplanken unserer Boote tanzten.

Auch die Besatzungen der beiden Boote wurden im Wasser umhergewirbelt und suchten dabei nach treibenden Wrackteilen und Riemen zu greifen. Flask wurde wie eine leere Flasche hin und her gestoßen, wobei er heftig mit den Beinen um sich stieß, um den drohenden Zähnen der Haie zu entgehen. Da Ahabs Leine gerissen war, konnte er in den kochenden Kessel hineinrudern, um zu retten, was noch zu retten war. Doch da, in dieser allgemeinen Verwirrung, wurde plötzlich Ahabs Boot, das einzige, das noch

unbeschädigt war, wie von unsichtbaren Drähten gen Himmel gehoben – und schon schoss wie ein Pfeil der Wal senkrecht aus dem Wasser, rammte mit seiner breiten Stirn den Boden des Bootes und schleuderte es in die Luft, dass es sich mehrfach überschlug und kieloben zurückfiel. Ahab und seine Leute krochen darunter hervor.

Durch die Wucht, mit der der Wal hochgekommen war, schoss er noch ein wenig über die Stätte der Verwüstung, die er angerichtet hatte, hinaus und blieb dort liegen, wobei er mit den Flossen vorsichtig nach allen Seiten tastete. Sobald ein treibender Riemen, ein Stückchen Planke oder auch nur ein Span seine Haut berührte, hob er den Schwanz und peitschte wütend die See. Doch schien er im Großen und Ganzen mit seiner Arbeit für diesmal zufrieden zu sein. Er stieß seine gefurchte Stirn in den Ozean und zog, das Knäuel verwirrter Leinen hinter sich her schleppend, gemächlich nach Lee davon.

Wie schon am Tag zuvor hatte man auch diesmal den Kampf vom Schiff aus aufmerksam verfolgt und wieder kam man zu Hilfe, ließ ein Boot zu Wasser und sammelte die Männer, die Balken und Riemen und was man sonst noch auffischen konnte, ein. Schließlich war alles wieder sicher an Deck. Es gab ein paar verrenkte Schultern, verstauchte Gelenke, blaue Flecken und verbogene Harpunen; aber niemand schien ernsten Schaden genommen zu haben, niemand fehlte. Ahab hatte sich ingrimmig an den Resten seines Bootes festgeklammert und war durchaus nicht so erschöpft wie nach den Anstrengungen des vergangenen Tages.

Doch als er schließlich an Deck stand, richteten sich alle Augen auf ihn. Er drohte zusammenzusinken und stützte sich schwer auf Starbucks Schultern. Sein Knochenbein war bis auf einen kurzen scharfen Splitter abgebrochen.

»Jaja, Starbuck, manchmal tut's gut, sich auf jemanden zu stützen, wer's auch ist. Ahab hätte das öfter tun sollen in seinem Leben.«

»Aber Ihr habt doch keinen Knochen gebrochen, Sir. Das möchte ich hoffen«, sagte Stubb mit echter Anteilnahme.
»Doch, siehst du nicht, Stubb? Alles zersplittert. Aber auch mit einem gebrochenen Bein ist Ahab noch der Alte. Kein weißer Wal, kein Mensch und auch kein Teufel kann den alten Ahab auch nur ritzen. Ausguck, wohin zieht er?«
»Genau leewärts!«
»Alle Segel setzen! Reserveboote runter und auftakeln! Starbuck, schnell, die Mannschaften sollen antreten!«
»Erst helf ich Euch noch nach achtern, Sir!«
»Verdammt, der Splitter tut weh! Verfluchtes Schicksal! Der unbeugsame Kapitän muss solch einen erbärmlichen Steuermann haben!«
»Sir?«
»Meinen eigenen Körper meine ich, Mensch, nicht dich. Reich mir irgendeine Stütze – die, die zerbrochene Lanze tut's auch. Die Leute sollen antreten. Aber wo ist er? Ich habe ihn noch nicht gesehen. Bei Gott, das kann doch nicht sein? Er – verschwunden? Schnell, ruf alle zusammen!«
Der Alte hatte Recht. Als die Mannschaft angetreten war, fehlte Fedallah.
»Fedallah?«, rief Stubb. »Den muss der ...«
»Die Pest über dich! Schaut alle, dass ihr ihn findet, lauft und sucht alles ab, alles!«
Aber bald hieß es, er sei nirgends zu finden.
»Ja, Sir«, sagte da Stubb, »verfangen in Eurer Leine, ich sah, wie's ihn hinunterriss.«
»In meiner Leine? In meiner? Weg also? Hinuntergerissen? Und die Harpune auch? Sucht, sucht den Haufen dort durch! Das Eisen, das für den weißen Wal geschmiedet war! Nein, nein, das ist unmöglich, ich habe sie doch selbst mit dieser Hand geschleu-

dert. Sie steckt in seinem Fleisch, ich Narr! Los! Behaltet ihn im Auge! Die Boote auftakeln! Holt die Riemen, Harpuniere! Eure Eisen, eure Eisen! Segel hoch! Rudergänger, halt den Kurs, wenn dir dein Leben lieb ist! Und wenn ich zehnmal um die Erde fahren müsste oder mittendurch – ich will ihn haben!«

»Großer Gott, steh uns bei und zeig dich uns«, rief Starbuck. »Nie, niemals wirst du ihn kriegen, alter Mann. In Jesu Namen, mach ein Ende damit, du bist vom Teufel besessen. Zwei Tage am Wal, zweimal alles zerschlagen, das Bein nochmals vom Leib gerissen – was willst du denn noch mehr? Sollen wir den Mörder jagen, bis den letzten Mann der Teufel holt? Sollen wir uns von ihm zur Hölle ziehen lassen? Das ist Gotteslästerung, was du hier tust!«

»In letzter Zeit habe ich mich eigenartig zu dir hingezogen gefühlt, Starbuck. Seit der Stunde, da wir uns in die Augen sahen, du weißt es. Doch jetzt, wo es um den Wal geht, da ist mir dein Gesicht nicht mehr als diese flache Hand: ohne Züge, ohne Lippen – leer. Ahab bleibt Ahab. Du Narr, ich erfülle hier den Auftrag des Schicksals, ich handle auf Befehl und du hast mir zu gehorchen. – Kommt her, Leute. Ihr seht einen alten Mann, einen Mann mit zerschmettertem Bein, der sich mühsam auf eine Lanze stützt, einen Krüppel. Das ist Ahab, das ist sein Leib. Aber Ahabs Seele hat tausend Füße, sie braucht keine Stütze. Und ehe ich zusammenbreche, sollt ihr mich noch einmal erleben. Denn ihr wisst es: Wenn einer versinkt, dann taucht er wohl zweimal wieder auf, beim dritten Mal aber empfängt er den Todesstoß. Zwei Tage schwimmt Moby Dick vor uns her und morgen ist der dritte Tag. Noch einmal wird er auftauchen, dann aber bläst er seinen letzten Strahl. Habt ihr den Mut dazu, Leute?«

»Furchtlos wie Feuer!«, schrie Stubb.

»Und ebenso empfindungslos«, knurrte Ahab. Die Männer gingen nach vorn und Ahab blieb allein mit seinen ruhelosen Gedanken und finsteren Ahnungen.

Als die Dämmerung herniedersank, war der Wal immer noch leewärts in Sicht.

Wieder wurden die Segel gekürzt und alles verlief fast ebenso wie in der Nacht zuvor. Nur der Klang der Hämmer und das Summen der Schleifsteine waren fast bis zum Morgen zu vernehmen, denn beim Licht der Laternen arbeitete die Mannschaft, um die Reserveboote sorgfältig aufzutakeln und die Waffen für den nächsten Tag zu schärfen. Der Schiffszimmermann schnitzte aus dem zerschmetterten Kiel von Ahabs Boot ein neues Bein. Ahab stand unterdessen wieder in der Achterluke, den Hut tief hereingezogen, regungslos, den Blick ungeduldig nach Osten gerichtet, der Sonne entgegen.

Die Jagd – Dritter Tag

Der Morgen des dritten Tages zog klar und strahlend herauf und wieder wurde der einsame Posten im Vortopp von zahlreichen Matrosen abgelöst, die jetzt in allen Wanten saßen und standen.
»Seht ihr ihn?«, rief Ahab hinauf. Aber der Wal war noch nicht in Sicht.
»Hauptsache, er bleibt auf seinem Kurs. Wir brauchen ihm nur zu folgen. Alten Kurs steuern! Was für ein herrlicher Tag ist das wieder! Würde die Welt neu geschaffen, eine Sommerwohnung für Engel, dann müsste der Himmel so strahlend leuchten wie an diesem Morgen. Das wäre Stoff zum Nachdenken, aber Ahab hat keine Zeit zum Nachdenken. Ahab denkt nicht mehr, er fühlt nur noch. Nur noch das eine. – He, Ausguck, was zu sehen?«
»Nichts, Sir!«
»Nichts! Und schon Mittag? Und keiner will die Dublone? Die goldene Sonne? – Jaja, jetzt hab ich's, so muss es sein! Wir haben ihn übersegelt, wir sind ihm jetzt voraus und er jagt jetzt mich, nicht mehr ich ihn. Schlimm genug, ich hätte es wissen müssen, ich Narr. Er schleppt ja die Leinen, die Harpunen hinter sich her. Und wir haben ihn heute Nacht überholt. Alle Mann runter, nur der Ausguck bleibt oben! An die Brassen!«
Bisher war die Brise ziemlich genau von hinten gekommen, doch als die »Pequod« nun wendete und in ihr eigenes schäumendes Kielwasser hineinfuhr, segelte sie hart gegen den Wind.

»Gegen den Wind steuert sie nun in den offenen Rachen«, murrte Starbuck vor sich hin, als er die Großbrasse an die Reling aufschloss. »Gott, steh uns bei. Mir werden die Knie weich, denn Gottes Wille kann das nicht sein, was Ahab treibt.«

»Heißt mich auf!«, schrie Ahab und trat auf seinen Korb zu. »Wir werden ihn bald haben!«

»Ja, Sir.« Starbuck gehorchte und Ahab hing oben.

Eine ganze Stunde verging, langsam und zäh. Die Zeit selbst schien den Atem anzuhalten. Doch endlich entdeckte Ahab den Strahl wieder, drei Strich nach Lee. Und zugleich kam aus den drei Toppen der dreifache Schrei von feurigen Zungen.

»Stirn gegen Stirn, Moby Dick! Diesmal gilt es. Deckwache, stärker anbrassen! Hinein in den Wind! Zu weit, um die Boote niederzulassen! Ja, dort zieht er, zieht schnell und ich muss hinunter. Ein letzter Blick hinab auf die See, dafür ist noch Zeit. Nein, es hat sich nicht verändert, seit ich's zum ersten Mal sah, damals ein kleiner Junge auf den Dünen von Nantucket. Es ist dasselbe Meer. Leb wohl, alter Topp, leb wohl. Behalt den Wal im Auge, solange ich weg bin. Wir sprechen morgen wieder miteinander, heut Abend schon, wenn der weiße Wal dort unten liegt, gefesselt am Kopf und am Schwanz.«

Er gab seinen Befehl, und während er langsam hinabsank auf das Deck, blickte er noch immer in die Runde.

Als es an der Zeit war, wurden die Boote zu Wasser gelassen. Ahab stand bereits am Heck seines Bootes, da gab er seinem Steuermann ein Zeichen.

»Starbuck!«

»Ja, Sir.«

»Zum dritten Mal fahre ich hinaus.«

»Ja, Sir, Ihr wollt es so haben.«

»Es gibt Schiffe, die hinausfahren und nie wiederkommen, Starbuck!«
»So ist es, Sir. Traurig genug.«
»Mancher stirbt bei Ebbe, mancher im flachen Wasser, mancher bei Flut. Ich fühlte mich wie eine Woge, ehe sie bricht, Starbuck. Ich bin alt, Starbuck. Gib mir die Hand.«
Sie gaben sich die Hände, ihre Augen begegneten sich.
»Wegfieren!«, rief Ahab und stieß den Arm des Steuermanns von sich. »Aufgepasst!«
Kurz darauf ruderte das Boot dicht unter dem Heck herum.
»Die Haie! Die Haie!«, kam eine Stimme von oben.
»Kommt zurück! Kommt zurück! Herr!«
Aber Ahab hörte nichts mehr. Er überschrie die Stimme.
Die Stimme hatte die Wahrheit gesprochen. Denn kaum waren sie vom Schiff freigekommen, als aus dem dunklen Wasser unter dem Schiff die Haie in Scharen hevorschossen und tückisch nach den Ruderblättern schnappten, wenn diese ins Wasser getaucht wurden. So verfolgten sie unter wütenden Bissen das Boot. Das ist kein ungewöhnlicher Zwischenfall in diesen Gewässern, wo es von Haien wimmelt. Sie folgen den Walfängern wie die Geier einer Karawane. Aber dies waren die ersten Haie, die seit der ersten Begegnung mit dem weißen Wal in der Nähe der »Pequod« beobachtet wurden. Ob nun die tigergelben Gesellen in Ahabs Boot verlockender dufteten als die anderen – wer weiß das? Jedenfalls schwammen sie alle hinter dem einen Boot her und ließen die anderen unbelästigt.
Starbuck schaute über Bord und folgte den entschwindenden Booten mit den Augen. Dann wandte er sich ab. Wehmütige Gedanken erfüllten ihn. War es seine letzte Fahrt?
»He, Ausguck!«, unterbrach er sein Sinnen. »Behalte die Boote scharf im Auge! Siehst du den Wal? – He! Treib doch die Möwe

weg. Du sieht doch, sie zerfetzt uns die Fahne! – Und Ahab? Sieht er es? Er müsste erschaudern.«

Die Boote waren noch nicht weit gekommen, da erkannte Ahab an einem Zeichen vom Schiff her, dass der Wal getaucht war. Da er beim nächsten Auftauchen in der Nähe sein wollte, setzte er seinen Kurs etwas seitwärts der »Pequod« fort. Wie im Bann verharrte die Mannschaft in tiefstem Schweigen, nur die Wogen schlugen hart und unablässig gegen den Bug.

»Schlag nur, hämmert nur. Das Boot hat keinen Deckel, das ist kein Sarg und keine Bahre für Ahab!«

Doch plötzlich begann die See ringsum langsam in breiten Kreisen zu schwellen, wallte höher und höher, als steige ein versunkener Eisberg ans Licht. Ein dumpfes Grollen war zu vernehmen, ein unterirdisches Brausen – alles hielt den Atem an – und da schoss der weiße Riesenleib, behangen mit den nachschleppenden Leinen, mit Lanzen und Harpunen, in seiner ganzen Länge schräg aus dem Wasser. Eingehüllt in einen feinen Dunstschleier schwebte er für einen Atemzug in der regenbogenfarbenen Luft und klatschte dann wieder zurück in die See. Dreißig Fuß hoch spritzte das Wasser, leuchtete auf und sank dann wieder zusammen. Milchweiß schäumte es auf dem Wasser, wo der Wal in der Tiefe versunken war.

»Los jetzt!«, rief Ahab seinen Ruderern zu und die Boote schossen vorwärts zum Angriff. Aber Moby Dick war durch die neuen Eisen, die seit gestern in seinem Speck saßen, so unberechenbar wütend, als wäre er von allen höllischen Geistern besessen. Furchtbar stürmte er heran und hieb mit dem Schwanz zwischen die Boote, dass sie auseinander stoben. Den beiden Steuerleuten wurden die Harpunen und Lanzen aus der Hand geschlagen, die Boote wurden am Bug eingedrückt. Nur Ahabs Boot blieb fast unbeschädigt.

Während Daggoo und Quiqueg die lecken Planken dichteten und der Wal davonschwamm, um zu einem neuen Angriff anzusetzen, gellte ein Schreckensschrei. Auf dem Rücken des Wals, verstrickt und gefesselt in das Gewirr von Leinen, die sich während der Nacht noch enger um das gehetzte Tier verwickelt hatten, lag die halb zerfetzte Leiche Fedallahs, eingehüllt in die Reste seiner schwarzen Jacke. Die weit aufgerissenen Augen starrten gerade auf Ahab.

Die Harpune sank ihm aus der Hand.

»So also sehe ich dich wieder, so gehst du von mir« – Ahab zog langsam und scharf die Luft ein –, »gehst vor mir her und das ist deine Bahre. Aber wo ist die zweite, die für mich? – Weg da Steuerleute, weg zum Schiff. Eure Boote sind jetzt nutzlos. Bessert sie aus, so schnell ihr könnt, und dann kommt wieder her zu mir. Und wenn nicht, dann stirbt Ahab auch allein. Vorwärts, Leute! Und wenn einer auch nur versucht aus diesem Boot zu springen, dem jag ich meine Harpune in den Leib. Ihr seid jetzt nicht mehr Menschen, ihr seid meine Arme und meine Beine und habt mir zu gehorchen. Wo ist der Wal? Wieder verschwunden?«

Er suchte zu nahe am Boot. Denn Moby Dick schwamm ruhig leewärts davon, die Leiche auf dem Rücken, als sei der letzte Angriff nur eine kurze Verzögerung seiner langen Reise gewesen. Er war schon fast am Schiff vorüber, das bis jetzt gerade auf ihn zugesegelt war, nun aber langsam stoppte. Er schien mit äußerster Geschwindigkeit davonzuziehen, nur darauf bedacht, den Kurs zu halten.

»Ahab«, rief Starbuck vom Schiff herüber, »Ahab, es ist noch nicht zu spät, auch jetzt noch nicht, am dritten Tag. Lasst ab! Seht doch! Moby Dick will Euch nicht. Ihr, nur Ihr seid wie besessen hinter ihm her!«

Das einsame Boot setzte Segel, denn der Wind frischte wieder auf, mit Riemen und Leinwand kam es rasch voran. Und als Ahab endlich so dicht unter dem Schiff vorüberglitt, dass er deutlich Starbucks Gesichtszüge erkennen konnte, rief er ihm zu, er solle mit der »Pequod« wenden und ihm langsam und in angemessenem Abstand folgen. Er sah hinauf und erkannte Tashtego, Quiqueg und Daggoo, wie sie eilig in die Toppen aufenterten; und er sah, wie die Mannschaften in den aufgezogenen, schwankenden Booten standen, um sie so schnell wie möglich wieder auszubessern. Er sah im Vorübergleiten einen nach dem anderen, auch Stubb und Flask, die an Deck mit Bündeln von frischen Eisen und Lanzen beschäftigt waren. Und während er alle diese flüchtigen Eindrücke auf sich wirken ließ und daneben auch das Schlagen der Hämmer in den zerbrochenen Booten hörte, war es ihm, als schnüre ihm einer das Herz ab. Aber er bezwang sich. Da entdeckte er, dass die Flagge am Großmast fehlte. Er rief Tashtego, der gerade oben angelangt war, zu, noch einmal herunterzusteigen und eine neue Flagge, dazu Hammer und Nägel zu holen, um sie festzumachen.

War der weiße Wal nun nach dieser dreitägigen Hetzjagd am Ende seiner Kräfte oder hinderte ihn das Bündel aus verknoteten Leinen, das er mit sich schleppte, am Schwimmen oder war es seine verruchte Tücke und Hinterlist? Gleichviel. Jedenfalls begann seine Geschwindigkeit nachzulassen, das Boot kam ihm immer näher. Noch immer verfolgten Ahab die unbarmherzigen Haie in Scharen und hängten sich hartnäckig an das Boot. Immer wieder schnappten sie nach den Riemen und zernagten und zerbissen die Ruderblätter bei jedem Schlag, sodass die feinen Späne auf dem Wasser trieben.

»Schert euch nicht drum! Die nagen euch neue Dollen in eure Ruder. Rudert weiter. Die liegen im Haimaul fester als im Wasser, das jedem Druck gleich nachgibt.«

»Aber bei jedem Biss wird das Blatt kleiner, Sir.«

»Die werden noch lange genug halten! Rudert weiter! Wer weiß«, sprach er leise weiter, dass niemand ihn hören sollte, »wer weiß, an wem sich die Bestien endlich gütlich tun, am Wal oder an Ahab? – Rudert weiter! Gleich sind wir dran. Das Steuerruder, da, nimm das Steuerruder! Lass mich vor . . .« Zwei Männer halfen ihm in den Bug, während das Boot mit unverminderter Geschwindigkeit weiterfuhr.

Als das Boot endlich herumgerissen und an der Flanke des weißen Wals längsseits gegangen war, schien dieser merkwürdigerweise gar nichts davon zu bemerken. Das kommt bei der Waljagd gelegentlich vor. Ahab stand mitten in dem dampfenden Nebelberg, der aus dem Spritzloch des Wals kam und auch den weißen Buckel umhüllte. So nah war er ihm jetzt. Weit beugte er sich zurück und schleuderte mit beiden Händen seine stählerne Harpune und einen wüsten Fluch auf den verhassten Feind. Bis zum Heft drang die Harpune ein wie in einen weichen Morast. Moby Dick wand sich vor Schmerz. Wie im Krampf wälzte sich seine Flanke gegen das Boot und hob es, ohne Schaden anzurichten, so plötzlich an, dass Ahab wieder ins Meer geschleudert worden wäre, hätte er sich nicht am hochragenden Dollbord festgeklammert. Aber drei seiner Männer, die den Wurf der Waffe nicht vorhergesehen hatten und deshalb nicht auf den plötzlichen Stoß gefasst waren, stürzten hinaus. Sie fielen aber so, dass zwei von ihnen sogleich wieder nach dem Dollbord greifen und sich, von einer Woge hochgehoben, wieder ins Boot schwingen konnten. Der dritte trieb hilflos nach achtern, konnte sich aber durch Schwimmen über Wasser halten.

Im gleichen Augenblick nahm der Wal ganz plötzlich seine ganze Kraft zusammen und schoss durch die aufgewühlte See davon.

Als aber Ahab dem Mann am Steuer den Befehl zurief noch weiter Leine zuzugeben und die Mannschaft sich auf ihren Ruderbänken umdrehte, um das Boot an seinem Ziel festzutäuen, da riss die

Leine, die dem doppelten Zug nicht standhalten konnte, tückischerweise in der freien Luft auseinander.
»Reißt da was in mir selbst? Eine Sehne? Nein, sie ist schon wieder heil. Los, rudert weiter! Los, auf ihn!«
Der Wal hörte das Brausen des herannahenden Bootes und wälzte sich herum, um dem Feind die weiße Stirn zu bieten. Doch eben bei dieser jähen Wendung erblickte er das dunkle Schiff, das langsam heranfuhr. Vielleicht sah er in diesem Schiff die Ursache all seiner Qualen und Verfolgungen, seinen eigentlichen Gegner; vielleicht hielt er es auch für den mächtigeren und vornehmeren Gegner: Jedenfalls klappte er unter einer Wolke von aufspritzendem Schaum die Kiefer zusammen und hielt genau auf den nahenden Bug zu.
Ahab taumelte und schlug sich gegen die Stirn. »Ich sehe nichts mehr! Ich bin blind! Mir bleiben nur noch meine Hände!«
»Der Wal! Das Schiff!« Die Männer im Boot kreischten laut auf und duckten sich zusammen.
»Rudert! Rudert! Leute! Und du, Ozean, tu dich auf, gib mir den Weg frei, damit ich, ehe es zu spät ist, ein allerletztes Mal hinabstoßen kann auf meine Beute. Dort ist das Schiff! Das Schiff! Vorwärts, rettet jetzt mein Schiff!«
Doch als die Männer mit aller Macht das Boot durch die hämmernden Wogen zwangen, da brachen die beiden Planken im Bug, die der Wal zuvor getroffen hatte, und sofort lief das Boot voll und begann hilflos zu treiben. Bis zu den Knien in Wasser watend, suchte die Mannschaft das Leck zu dichten und das Wasser auszuschöpfen.
Tashtego stand immer noch im Topp, um die Flagge festzumachen. Doch als er jetzt hinabsah, vergaß er den nächsten Hammerschlag zu führen. Die rote Flagge, die ihn halb umhüllte wie ein Mantel, wehte geradeaus von ihm weg, wie auch sein Herz. Im

Bugsprit dadrunter standen Stubb und Flask und auch sie sahen im gleichen Augenblick das heranrauschende Ungeheuer.
»Der Wal! Der Wal! Luv an! Ihr guten Geister der Luft, nun steht uns bei! Starbuck will nicht schwach sein, wenn er schon sterben muss. Fort mit allen weichen Gedanken! Luv an, ihr Narren! Seht ihr denn nicht, was kommt? Das ist also das Ende, das Ende meiner Gebete, meiner Treue. Ahab, das ist dein Werk! Jetzt kommt er auf uns zu. Herrgott, jetzt steh uns bei.«
»Steh mir nicht bei, steh lieber unter mir, wenn du mir helfen willst, denn Stubb steht hier und bleibt hier und grinst dich an, grinsender Wal. Und Stubb geht jetzt schlafen auf einem Bett, das nur zu weich ist – könnte ruhig aus Reisig sein. Du grinsender Wal, du Mörder, wegen dir spuck ich jetzt meine Seele aus. Und du, Ahab, warum fliehst du nicht? Ich reiß mir jetzt Stiefel und Jacke vom Leib, Stubb stirbt nur in der Hose. Ein verdammter, ein versalzener Tod. – Hätten wir noch einmal Kirschen, ehe wir sterben, Flask, nur ein paar Kirschen.«
»Kirschen? Ich wollte, wir wären dort, wo sie wachsen. Wie wird's meiner Mutter gehen? Ein paar Pfennige werden ihr bleiben, denn mit unserer Fahrt ist's hier zu Ende.«
Fast alle Leute an Bord standen wie gebannt, untätig, an der Reling. Den Hammer, das Plankenstück, Lanzen und Harpunen hielten sie regungslos in Händen, so wie sie von ihren verschiedenen Tätigkeiten aufgeschreckt waren. Wie von einem Zauber geschlagen starrten sie dem Wal entgegen, der jetzt in einem weiten Halbkreis aufschäumender Gischt heranjagte, wobei er den Kopf auf ganz merkwürdige Weise Unheil verkündend hin und her wiegte, als sinne er Rache und ewige Vergeltung. Keine Macht auf dieser Erde konnte es verhindern, dass der feste weiße Klotz seine Stirn jetzt in den Bug rammte, dass alle Planken bebten und die Männer taumelten. Einige von ihnen fielen platt

aufs Gesicht, die Harpuniere oben in den Toppen schwankten wie die Wipfel der Bäume, an denen der Sturm rüttelt. Durch das Leck aber brauste das Wasser wie ein Bergstrom durch ein zu enges Bett.

»Mein Schiff! Mein Schiff!«, schrie Ahab entsetzt auf.

Der Wal tauchte unter dem sinkenden Schiff hindurch, dass der Kiel erzitterte. Dann kehrte er unter Wasser um, schoss auf der anderen Seite nur wenig von Ahabs Boot entfernt wieder hoch. Dort blieb er ruhig liegen.

»Nun wend ich mich ab von der Sonne. Mein Schiff, mein Schiff, noch im Untergang stolz und schön. Und du gehst unter ohne mich. Der letzte stolze Triumph selbst des erbärmlichsten Kapitäns bleibt mir versagt. Ein einsamer Tod nach einem einsamen Leben. Einsam und unglücklich war ich und darum groß. Die Wogen, die mich ein Leben lang getragen haben, sie treiben mich nun dir entgegen, unbezwingbarer Wal. Und doch werde ich mit dir kämpfen, noch aus der tiefsten Hölle stoß ich nach dir und mit meinem letzten Atemzug speie ich noch meinen Hass nach dir. Hinunter in den Abgrund mit allen Särgen und Bahren. Mir bleibt nichts anderes, als dich zu hetzen, bis mich das Tau in Stücke fetzt, mit dem ich an dich gefesselt bin, verfluchter Wal. Da hast du meinen Speer!«

Die Harpune flog, der getroffene Wal raste davon. Die Leine lief ab und verwickelte sich. Ahab bückte sich, um sie wieder klarzumachen, und es gelang ihm auch. Aber die jetzt frei gewordene Schlinge legte sich ihm um den Hals, und ohne noch einen Laut von sich zu geben, wurde er aus dem Boot gerissen, ehe einer von der Mannschaft merkte, was da geschah. Im nächsten Augenblick flog das Tauende hinaus und warf einen der Ruderer zu Boden.

Erst waren die Männer im Boot wie gelähmt, dann wandten sie sich um. »Das Schiff! Großer Gott, wo ist das Schiff?« Und sie sahen, wie die »Pequod« hinter einem dünnen Wasserschleier sich langsam auf die Seite legte und still verschwand wie eine Fata Morgana. Nur die Mastspitzen ragten noch aus dem Wasser. Sei es aus Verblendung, sei es aus Treue oder einfach aus Ergebung in ein unentrinnbares Schicksal – die heidnischen Harpuniere blieben oben in den Toppen und hielten noch Ausschau, als die Masten bereits zu sinken begannen. Doch jetzt griff der kreisende Wirbel nach dem einsamen Boot, nach jedem treibenden Riemen und jedem Lanzenschaft und riss alles, Beseeltes und Unbeseeltes, hinab in den Strudel.

Die Wogen schlugen auch über dem Kopf des Indianers im Großtopp zusammen, vom Mast selbst war nur die höchste Spitze zu sehen. Noch wehte die rote Flagge ruhig und gleichmäßig, als lächle sie über die Wellen, die bereits nach ihr griffen. Da reckte sich ein roter Arm mit einem Hammer hoch in die Luft, um die Fahne noch fester an den Mast zu nageln. Eine Raubmöwe, die wie zum Hohn dem sinkenden Schiff aus ihrem natürlichen Element in die Tiefe gefolgt war, hackte nach der Fahne und geriet nun wie durch Zufall mit den Schwingen zwischen den Hammer und den Mast. Der Wilde spürte im Versinken das Zucken der Flügel, dann erstarrte seine Hand im Todeskampf. Der Vogel, der Bote des Himmels, schrie auf, stieß mit dem Schnabel in die Luft und versank, ein Gefangener in Ahabs Flagge, mit dem Schiff.

Kreischend flogen die Möwen über dem gähnenden Abgrund, in den weiß und schäumend die Wogen zurückbrausten. Dann stürzte alles zusammen und das große Leichentuch des Meeres rollte darüber hin wie seit Jahrtausenden.

Epilog

Das Drama ist zu Ende. Warum tritt da noch einer vor? - Weil dieser eine Katastrophe überlebt hat.

Das hat sich so zugetragen: Als Fedallah verschwunden war, erkor das Schicksal mich seinen Platz am Burgriemen in Ahabs Boot einzunehmen.

Ich war es auch, der am letzten Tag, als die drei Mann aus derm Boot fielen, nach achtern abtrieb. So hielt ich mich am Rande der Ereignisse und konnte alles deutlich verfolgen. Als dann der Strudel des sinkenden Schiffes auch mich erreichte, wurde ich langsam in den Untergang mit hineingerissen. Ich wurde beständig mit im Kreis herumgewirbelt und kam der schwarzen, drohenden Blase im Mittelpunkt des Abgrundes immer näher. Doch als ich sie erreichte, platzte sie und plötzlich schoss mit großer Macht die Rettungsboje, Quiquegs Sarg, aus der Tiefe, überschlug sich und schwamm friedlich neben mir her. Sie hielt mich über Wasser, sodass ich einen ganzen Tag und eine ganze Nacht auf einer ruhigen See dahintrieb, die so vielen zum Grab geworden war. Harmlos glitten die Haie an mir vorüber, als hätten sie ein Schloss vor dem Rachen. Raubmöwen strichen über mich hin, als hätten sie versiegelte Schnäbel. Am zweiten Tag tauchte ein Segel auf und kam näher; endlich nahm man mich auf. Es war die »Rahel«, die auf der Suche nach ihren verlorenen Kindern vom Kurs abgekommen war und nun einen Verwaisten fand.

Nachwort

Anderthalb Jahrhunderte hat er auf dem gewaltigen Buckel, Moby Dick der weiße Wal, seitdem er 1851 zuerst auftauchte. Ein wahrhaft biblisches Alter und dabei war er damals schon steinalt, so alt vielleicht wie unsere Welt, denn er gibt uns Rätsel auf. Wer oder was ist dieses gewaltige Wesen? Ein Tier? Ein sagenhaftes Seeungeheuer? Verkörpert es am Ende ganz etwas anderes? Und wer ist dieser Kapitän Ahab, der so besessen ist von dem Gedanken diesen einen Wal zu vernichten?

Herman Melville, der Autor des Buches, wurde am 1. August 1819 in New York als drittes von acht Geschwistern geboren. Seine Vorfahren, Schotten und Holländer, waren einst nach New York eingewandert und hatten das Leben in der britischen Kolonie maßgeblich mitgestaltet. Beide Großväter hatten im amerikanischen Unabhängigkeitskrieg gegen die Briten gekämpft, sein Großvater väterlicherseits war einer der etwa 60 Männer gewesen, die als Indianer verkleidet bei der Boston Tea Party 1773 die amerikanische Revolution einläuteten. Die Familie Melville, damals schrieb sie sich noch Melvill, war also nicht irgendwer in Amerika.

In einem Land, in dem jeder das Glück des Tüchtigen suchen, aber niemand untüchtig sein durfte, waren die Voraussetzungen für den

kleinen Herman nicht besonders günstig. Sein Vater schreibt über den Siebenjährigen, er sei sprachlich zurückgeblieben und in Hinsicht auf seinen Verstand ein wenig unterentwickelt. Zu allem Überfluss erkrankte der Junge im gleichen Jahr auch noch an Scharlach, was seine Sehfähigkeit zeitlebens einschränkte. Gleichwohl schrieb der Vater auch, er sei liebenswert und wissbegierig, und man ließ ihm eine gute Schulbildung zukommen. Nach dem frühen Tod seines Vaters, eines Pelzhändlers, versuchte sich Herman Melville als Bankangestellter, als Arbeiter auf der Farm seines Onkels, als Lehrer, als Landvermesser und als Steward auf einem Passagierschiff nach England. Keine dieser Tätigkeiten brachte ihm den gewünschten Erfolg. Zwei Reisen auf verschiedenen Walfangschiffen führten ihn in die Südsee, wo er unter anderem vier Monate bei einem angeblich kannibalischen Volk verbrachte. Melville allerdings empfand das Leben hier als idyllisch im Vergleich zur hektischen abendländischen Zivilisation.
Der Walfang erwies sich für Melville nicht als Geschäft, obgleich er zumindest auf einer der Reisen, anders als sein Held Ismael, mit einem Hundertzwanzigstel am Ertrag beteiligt war. Jedoch sollten die so gewonnenen Erfahrungen für sein weiteres Leben entscheidend sein, denn sie lieferten den Stoff für seine ersten Romane, die immerhin so viel Aufsehen erregten, dass sie außer in Amerika auch in England verlegt wurden. Aber Melville sah sich immer noch nicht als Schriftsteller. Im Sommer 1850 kaufte er eine Farm. Einer seiner Nachbarn war der berühmte Autor Nathaniel Hawthorne, von dem Melville fasziniert war. Eigentlich hatte er versprochen bis zum Herbst des Jahres 1850 das Manuskript für einen neuen Roman fertig zu stellen, der den Titel *Der Wal* tragen sollte. Aber das neue Leben und die neue Bekanntschaft lenkten ihn so ab, dass *Moby Dick,* wie das Buch letztlich genannt wurde, erst im Oktober 1851 in London, einen

Monat später in Amerika erschien – mit mäßigem Erfolg. Auch mit seiner weiteren schriftstellerischen Tätigkeit konnte Melville keine Familie ernähren. Ein sicheres Einkommen fand er erst 1866, als er Zollinspektor in New York wurde. Die Arbeit und schwere private Schicksalsschläge – zwei Söhne kamen auf tragische Weise ums Leben – schränkten seine literarische Tätigkeit ein. Erst als er 1885 in den Ruhestand getreten war, schrieb er wieder mehr, vor allem Gedichte und einen Roman, *Billy Budd*, der aber erst 1924 veröffentlicht wurde. Zum Zeitpunkt seines Todes am 28. September 1891 hatte Amerika den Autor fast vergessen; in den Zeitungen erschien nur ein einziger Nachruf.

Erst dreißig Jahre später begann man sich intensiv mit Melvilles Werk, insbesondere mit seinem berühmtesten Roman *Moby Dick* zu beschäftigen und darin einen Klassiker der Weltliteratur zu entdecken. In deutscher Sprache erschien das Buch erstmals 1927; in einer Fassung für die Jugend 1950. Es teilt das Schicksal einer ganzen Reihe von Romanen wie *Robinson Crusoe, Gullivers Reisen* oder *Oliver Twist,* die ursprünglich für erwachsene Leser geschrieben worden sind und später dann vor allem als Jugendbuch überlebt haben.

Die meisten Leser sahen und sehen in dem Buch wohl vor allem die spannende Abenteuergeschichte. *Moby Dick* ist aber noch mehr. Es ist zum Beispiel ein Fachbuch über den Walfang zu einer Zeit, als dieser noch nicht fabrikmäßig betrieben wurde und die großen Säugetiere noch nicht von der Ausrottung durch den Menschen bedroht waren. Und lenkt man sein Augenmerk auf den Kampf, in dem der Einzelne sein Leben aufs Spiel setzt und im Team für das Leben aller verantwortlich ist, bekommen die Ereignisse auch noch andere Bedeutung. Vor allem die Vielzahl der

biblischen Namen, wie Ismael, Bildad, Ahab, Rahel oder Leviathan, ebenso wie die geheimnisvolle Symbolik verleihen dem Roman stellenweise fast gleichnishafte Züge.
All dies erschließt sich wohl erst bei mehrmaligem Lesen des Romans. Schon beim ersten Lesen fesselt aber die faszinierende Abenteuergeschichte, die der Grund war das Buch in die Arena-Klassikreihe aufzunehmen. Unter diesem Gesichtspunkt vor allem wurden auch die erforderlichen Kürzungen vorgenommen. Jungen und, obwohl die Gesellschaft in diesem Buch rein männlich ist, auch Mädchen werden in der spannenden Erzählung einen großen Stoff der Weltliteratur kennen lernen.

Freya Stephan-Kühn